U0055301

軍犬與藏獒

地上生靈

【新封珍藏版】

沈石溪——著

【編者薦言】

牠們，帶給我們無窮的感動和啟示

朱墨菲

對於在陸地上用四隻腳奔跑飛馳的動物，你了解多少？大自然的諸多生靈之中，除了天上飛的鳥禽之外，就屬在地上奔跑的動物最為人們所熟悉。不論是人類最好的朋友——狗兒、可愛無比的兔子，或是馳騁於叢林草原上的老虎、花豹，都和人類一樣，同屬動物界的一分子。

在華人社會已頗受矚目的動物文學作家沈石溪，在《軍犬與藏獒：地上生靈》一書中，以深富感性的文筆，集中描述了這些生存於大地之上的生靈的故事。

黃狐是一隻已經退役的軍犬，曾經為國家立下無數戰功，只因年老體衰而慘遭被替換除役的下場，對於早已將自己視為軍隊一員的牠，如何能接受這樣的事實？牠不願意過著每天只能坐吃等死的日子，牠要回到戰場上，回到那個屬於牠的地方！牠亟思尋求再度報效國家的機會。終於在一次戰役中，牠奉獻出了牠寶貴的性命，完成了牠最終的心願。牠那勇毅不屈的意志，令人動容。

曼晃則是一隻優秀的藏獒，體格健壯勇猛，堪稱狗中極品，卻因性格暴戾而輾轉流離。這樣一隻桀驁不馴的藏獒，該如何才能扭轉牠殘忍粗暴的個性呢？沒想到，一隻失怙的小羊卻激發了藏獒的母性，喚醒了藏獒的良知，意外的改變了牠，也讓藏獒完成了渡魂的儀式，真正的成了一隻狗中之王。……

在一篇篇觸動人心、扣人心弦的故事中，作者藉由數種體貌型態不同的動物，透過生動傳神的描述、精彩萬分的情節，忠實呈現動物的內心世界，也讓身為萬物之靈的人們了解：再兇惡勇猛的動物，亦有其溫馨至情的一面，牠們亦有天倫之情、手足之愛、同袍義氣以及個人榮譽。在危急關頭，牠們可以不顧一切，犧牲自我，只為了一個最重要的東西：愛！

投身軍旅的軍犬為了完成上級命令，而不惜衝破火線、身陷沙場；桀驁不馴的藏獒，可以為了一隻失怙的小羊而改變殘暴的個性；訓練有素的表演馬兒喪志絕食，甚至將自己放逐於野林之中，只為了悼念不幸意外失事的主人；充滿濃濃慈愛的母熊，為了心愛的小熊而與人類爭風吃醋，卻在生命即將逝去之時而託孤於人類……每個故事，都在在說明了一件事：動物雖然不會說話，無法言語，卻透過了牠們的肢體、眼神、表情，來傳達愛的訊息。

因為有愛，大自然的生命才能生生不息；也因為有愛，萬物生靈得以共存共生；更因為

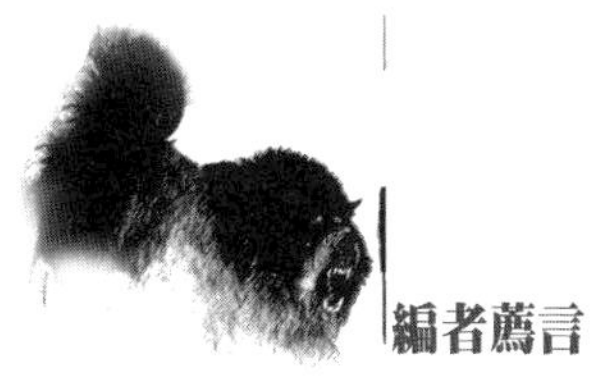

編者薦言

有愛，動物與人類之間才能打破心中藩籬，創造和諧美好的世界。誰又能說，這不是一篇最好的真愛啓示錄呢？

CONTENTS

退役軍犬黃狐

梭達硝所陣地上，挺立著兩排頭戴鋼盔全副武裝的士兵。對面七步遠的磨盤上，蹲著一條名叫黃狐的軍犬。雖然牠鼻子和唇吻間稀疏的長毛已經脫盡，露出幾分衰老，但從牠細腹寬胸的身材、發達飽滿的肌肉、肩胛上那道顯眼的傷疤和短了一小截的右前爪中，仍可看出牠年輕時威武勇猛的風采。

牠的主人——排長賈松山，將一枚二等功勳章和兩枚三等功勳章掛在牠脖頸上。鍍金的勳章在陽光下閃閃發亮，紫紅的綢帶纏在牠金黃的皮毛間，分外耀眼。

哨所最高指揮官宋副連長筆直地站在牠面前，大聲宣讀一紙命令：

「梭達哨所軍犬，編號〇八四三二，一九七九年服役，在對越自衛還擊作戰中屢建戰功，現因超齡和身體傷殘嚴重，命令其退出現役……」

宋副連長的話音剛落，隊伍裏的士兵便熱烈地鼓起掌來。

可憐的黃狐並不知道自己正在退役。牠雖然絕頂聰明，但還是聽不懂人類複雜的語言。此刻，牠瞅著這莊嚴的場面，還以爲哨所要帶牠去執行什麼重大的戰鬥任務呢。牠興奮得昂著頭顱，挺著胸脯，做出雄赳赳的臨戰姿態。

「舉前爪。」賈排長命令道。

牠立即執行。由宋副連長帶頭，四十多名軍人依次跟牠握手告別。

梭達哨所對面，是我國神聖的領土者陰山，此時還被越軍侵佔著。越軍不時朝這兒開炮，彈頭磨擦空氣發出的尖嘯聲、炮彈落地的爆炸聲、彈片飛迸時發出的嘶嘶聲，都爲這隆重的軍犬退役儀式增添了莊嚴的氣氛。

吃午飯時，黃狐才開始感覺到事情有點不妙。平日進餐，主人從不讓牠吃得過飽，太飽了不但影響牠衝擊和撲咬的速度，還會麻木牠的嗅覺神經和聽覺神經。靈敏的嗅覺和聽覺，對一條軍犬來說，是多麼重要，尤其是處在戰爭環境下，每時每刻都要防備越軍的突然襲擊。

牠完全體諒主人的苦心，總是吃到七分飽，就自覺地停止進食。可今天的午餐太特殊了，一整隻燒雞，大半盆排骨，外加兩大碗米飯，香噴噴熱騰騰，賈排長還一個勁給牠添菜。牠吃得肚皮脹成球形，宋副連長還硬把一隻大雞腿塞進牠嘴裏。這實在太反常了。

下午，賈排長牽著牠越過一道山梁，來到營部，把牠交給一位笑容可掬的胖廚師。

賈排長跟牠告別時，一次又一次用寬大的手掌撫摸牠的脊背，捋順牠的毛，還把臉頰依偎在牠的鼻子上，抱著牠親了很久很久。一串淚從主人的睫毛間滴落下來，弄濕了牠鼻翼兩

側的茸毛，又流進牠的嘴唇。

哦，人的眼淚原來是熱的，還有鹹味。牠不明白主人為啥要流淚，什麼傷心的事也沒有發生呀。四個月前，在一次伏擊戰中，牠的右前爪被越軍的手榴彈炸掉一小截，露出白的骨頭，在包紮傷口時，賈排長眼眶裏雖然蒙上了一層晶瑩的淚花，但還是沒流出來。

牠曉得，男兒是不輕易掉淚的，軍人是不輕易掉淚的。但此刻，賈排長卻變得像個多愁善感的女人，淚兒像斷了線的珍珠啪嗒啪嗒往下落。

牠非常納悶。

牠在營部等了七天，賈排長還沒來接牠。牠這才恍然大悟，自己已經退役了。

牠明白退役是怎麼回事。過去牠在團部看見過一條名叫阿丘的退役軍犬，整天吃了睡，睡了吃，養得肥頭肥腦，成了一條行動笨拙、反應遲鈍、又老又胖又醜的草狗。軍人都忙自己的事，沒人理睬阿丘。阿丘只能和一幫拖鼻涕的小娃娃為伍。為了贏得孩子一聲歡笑，討得孩子手中一塊糖果，阿丘會使勁搖尾巴，諂媚地汪汪叫，還願意在爛泥地裏打滾。

這不是軍犬，這是巴兒狗。

賈排長為啥要拋棄牠呢？牠做錯過什麼事嗎？沒有。牠哪一次沒執行命令嗎？沒有。牠的右前爪雖然短了一截，但並不影響牠的撲咬衝擊。牠十三歲，雖然年齡偏大，但還能在草叢中間聞出陌生人路過時遺留下來的氣味，並準確地跟蹤追擊。牠是一條頂呱呱的軍犬，連上次到梭達哨所來視察的軍分區司令員都當面這樣稱讚過牠。牠要回梭達哨所去看個究竟。

牠只能悄悄地潛回哨所，因爲主人命令牠待在營部，牠回去是違法的。從牠在軍犬學校接受訓練開始，整整十二個年頭了，牠還是第一次違反主人神聖的命令。

牠很聰明，選擇了正午時間回到哨所。除了崗上有個哨兵外，其他人都鑽在貓兒洞裏午睡。陣地上，只有知了在枯燥地嘶鳴。

陣地左側那片小樹林裏，有一幢結構精巧的矮房子，鋼筋編織的牆，石棉瓦鋪的頂，都漆成漂亮的草綠色。這就是牠睡了八年的狗房。牠避開哨兵的視線，匍匐接近狗房。突然，牠聞到一股陌生的氣味，那是同類身上發出來的那股刺鼻的汗酸味。

「汪！」狗房裏傳來一聲低沉的恫嚇的吠聲。

黃狐仔細一看，原來狗房裏關著一條新來的軍犬，渾身皮毛黑得發亮，眉心有塊顯眼的白斑。黑狗脖頸上套著一條黃皮帶，銅圈閃閃發亮。

牠熟悉這副皮帶圈，是用水牛皮做的，柔軟而堅挺，浸透了硝煙和戰塵，有一股使軍犬著迷的氣味，套上後，會使軍犬變得更加威風凜凜。牠妒嫉地望著這副皮帶圈，滴下了口水。

「嗚——」黑狗趴在鐵欄桿上，朝牠齜牙咧嘴地低吼著。牠明白黑狗的意思，是警告牠不要來侵犯領地。

黃狐憤怒地豎直尾巴。是你這條卑鄙的黑狗侵犯了我的崗位，我的宮殿。牠明白了主人

爲啥要拋棄牠，原來是這條黑狗頂替了牠的位置、搶走了主人的寵愛。牠把所有的委屈全遷怒到黑狗身上，復仇的火焰燒炙著牠整個身心。

突然間，牠衝動起一股殺機。黑狗也用充滿敵意的眼光傲視著牠。牠是久經沙場的軍犬了，懂得搏殺前應該做些什麼。牠把胸脯貼在濕漉漉的冒著涼氣的泥地上，讓心中的怒火冷卻濃縮。

牠冷靜地圍著狗房兜圈子，仔細打量著對手，比較著彼此的優劣，選擇最佳搏殺方式。黑狗比牠年輕，比牠高大，那隆起的肌腱、結實的胸脯，證明對方是一條強壯兇悍的狗。牠黃狐右前爪傷殘，拼蠻力顯然是很難贏對方的，只能智取。

對方年輕強壯，身上沒有傷疤，眼角沒有皺紋，是個初出茅廬的新手，沒有實戰經驗。瞧這黑傢伙顯得多幼稚，隔著鐵欄桿還朝牠頻頻撲擊，不但撞疼額頭和爪子，還徒勞地消耗掉精力和體力。老練的軍犬絕不會這樣虛張聲勢。看來，這黑傢伙確實很嫩，容易對付。

黃狐瞧出了黑狗致命的弱點，這才不慌不忙地用牙齒咬開鐵門倒插著的鐵鞘。黑狗躥出鐵門急急忙忙朝牠撲來，黃狐轉身就跑。這兒離貓兒洞太近，廝咬起來會驚醒主人。牠要神不知鬼不覺地消滅黑狗。

牠下了山坡，鑽進深箐，跑到峽谷。再拐個彎就越出梭達硝所的地界了，突然，黑狗停止追擊，站在一棵被越軍炮彈削成光頭的大樹前，勝利地吠了兩聲。黑狗也是條軍犬，沒有主人的命令是不會遠離軍營的。

這兒雖然離哨所很遠了，但山上山下是條直線，站在哨所陣地上，用個望遠鏡便可看清峽谷裏的一切。必須拐過峽谷。黃狐瞪著雙眼，尋思可以激怒對方的高招。

黑狗也怒視著牠。兩條軍犬面對面僵持著。

突然，牠把視線從黑狗身上移開，衝著黑狗右後側草叢驚叫了一聲，彷彿草叢裏驀地躥出一個怪物。黑狗果然上當了，轉過腦袋去瞧。

就在對方走神的一瞬間，牠敏捷地一躍，在黑狗身上咬了一口，叼起一撮黑毛，轉身逃出峽谷。

黑狗被激怒了，不顧一切地追出峽谷。

哦，這兒是廝咬搏殺的好地方，平坦開闊的草地便於迴旋；更重要的是，山峰像道結實的屏障，擋住了梭達哨所。牠可以放心大膽地來收拾這條黑狗了。

黑狗急於求勝，根本沒把這條殘廢的老狗放在眼裏，一開始便頻頻進攻，兩隻黑前爪像魚鉤似的彎曲著，拼命想勾住牠的脖子。牠躲閃著，周旋著，避開對方的鋒芒。

這黑傢伙果然年輕、強壯，進攻了很久，仍然氣不喘力不衰。要是一般的草狗，撲騰這麼一陣子，早癱成一團泥了。要是換了牠黃狐，恐怕也會精疲力竭了。黑狗卻仍然跳得那麼輕巧，撲得那麼準確，有好幾次，都險些兒把牠撲倒。要不是黃狐積了十年的實戰經驗，牠絕不是黑狗的對手。

牠以極大的耐心，等待對方耗盡體力，然後伺機反撲。

熾白的陽光變成橘黃，觀戰的小鳥都不耐煩地飛跑了。漸漸地，黑狗顯得氣力不支，嘴角泛著白沫，四爪變得鬆軟，腳步也有點不穩了。

是時候了。牠在黑狗又一次騰躍而起時，不再扭身躲閃，而是微微後退了一步，把身體儘量往後縮緊，讓黑狗正好落在離牠前爪一寸遠的地方。

還沒等對方落穩，牠把七天來所有的委屈、所有的憤怒、所有積蓄著的力量，都凝聚到這一撲上，牠把黑狗撲得橫臥在地，牠結結實實地踩在黑狗的胸脯上，牙齒已觸到黑狗柔軟的肚皮。只要使勁一咬，對方的肚皮就會捅開一個窟窿，狗血就會染紅綠草，狗肚腸就會流一地。牠心裏湧起一陣復仇的快感。

牠倔著脖子，狠命咬下去……

「停！」背後突然傳來人的聲音，那麼耳熟，牠不用回頭就知道，這是賈排長發出的命令。牠反射動作似的縮回牙齒，從黑狗身上跳下來，規規矩矩地蹲坐在一旁。

黑狗搖著尾巴，跑到賈排長腳跟前，委屈地嗚咽著。

賈排長滿頭大汗，扳起黑狗的前爪，仔細檢查了一遍。黑狗的肚皮被咬破了一點皮，流了幾滴血。

「畜生，你幹的好事！」賈排長掂著那條牽狗用的皮帶，惡狠狠地指著黃狐的鼻樑罵道：「叫你在營部待著，你敢跑來搗亂！」他越罵越氣，掄起手中的皮帶朝牠抽來。皮帶像條嘶嘶叫的蛇噬咬著牠的頭、耳和脊背。牠身上的黃毛被皮帶一簇簇咬下來，在空中飛旋。

牠不躲不閃，紋絲不動地蹲著，任憑雨點似的皮帶落在身上。牠是一條軍犬。主人無論怎樣懲罰牠，牠都必須毫無怨言地接受。

「滾！」賈排長一腳踹在牠身上。牠倒在地上，趕緊又站起來在原來位置上蹲好。

「滾，滾回營部去，不准你再回梭達惹事！」

這一次，牠聽明白了主人的命令，夾緊尾巴，耷拉著腦袋，沿著山間小路向營部跑去。

牠只能遵照主人的命令，在那間木板釘成的窩棚裏生活。

窩棚裏鋪著厚厚一層稻草，瀰漫著一股秋天的醉香，牠卻厭惡地把稻草全扒出窩去。軍犬習慣於臥躺在堅硬的土地或冰涼的岩石上，鬆軟的稻草會把骨頭睡酥軟的，牠情願睡在有股黴味的水泥地上。

如果用草狗的標準來衡量，牠的生活是優裕而幸福的。

牠是條立過戰功的軍犬，人們對牠很尊重，很客氣，從來不叫牠幹守更、看門、逮雞、攆豬這樣的雜事。牠整天逍遙自在，如果願意，一覺可以睡到太陽當頂，也不會有人來罵牠一聲懶狗。

當初牠在梭達哨所時，夜夜巡邏，天天訓練，還經常長途奔襲、行軍打仗。有時實在累極了，牠就幻想有那麼一天，能蜷在草叢裏好好地睡兩天兩夜，那該有多好。這清閒的日子真的來臨了，牠發覺一點沒趣。牠無事可幹，吃飽了就閒逛，看公雞打架，看耗子搬家，看魚兒爭食……無聊透了。

牠的新主人——那位和藹可親的胖廚師，待牠尤其好，每餐都給牠端一大盆飯，還有好幾根骨頭，瞧著牠吃，還會念叨：

「唔，你是功臣，多吃點，飽飽地吃，不夠我再給你添。唔，怪可憐的，腳都打瘸了。你有權多吃點的。」

牠撐飽肚皮後，胖廚師就會來親暱地拍拍牠的腦袋：「玩兒去罷，溜躂去罷。唔，好好養老。」

每當有陌生人光臨營部，胖廚師就會翹起大拇指把牠誇獎一番：

「唔，你們別瞧牠瘸了一條腿，模樣怪可憐，牠曾經是條真正的好狗，活捉過兩個越南兵。有一次，一夥特工來偷襲梭達哨所，幸虧牠發現得及時，才沒吃虧。唔，這是一條真正的好狗。」

牠知道胖廚師對牠的友好是發自內心的，但牠並不喜歡他。牠不喜歡他肥膩膩的手和甜蜜蜜的聲調，牠喜歡賈排長斬釘截鐵的命令和粗暴的呵斥。

營部是機關和家屬所在地，那幾個淘氣的小男孩常和毗鄰的苗寨小朋友玩「打仗」。苗寨小朋友有四條草狗，聲威很壯。營部的小男孩就請牠去幫他們「打仗」，牠拒絕了。小朋友之間的「打仗」，再熱鬧也是遊戲。牠渴望真正的戰鬥。

營部和梭達哨所隔著一座大山，聞不到火藥味，只是在夜闌人靜時依稀聽得見炮聲。牠就改變生活習慣，白天睡覺，夜晚耳朵貼著大地，專心諦聽那驚心動魄的炮聲。

牠思念哨所，思念那火熱的戰鬥生活。安逸的日子不但沒使牠發福，反而使牠消瘦，肩胛骨聳露出來，金黃的狗毛失去了光澤，衰老得像片枯黃的落葉。牠患了相思病。

黃狐又潛回梭達哨所。

這一次，牠不是去找黑狗報復的，一頓皮帶給牠的教訓夠牠記一輩子了。牠只是想聞聞熟悉的硝煙味，聽聽激烈的槍炮聲，看看梭達哨所的人，哪怕看看他們的影子也好。

牠躲在陣地後面那片芭蕉林裏，從這兒可以看清梭達哨所的一切，又不易被人發覺。

賈排長剛好在訓練黑狗。

怪不得主人要用黑狗來替代自己，這黑傢伙的體質確實棒，跑起來像閃電，撲起來像颶風。這黑傢伙還很機靈，匍匐前進通過低矮的鐵絲網時，姿勢那麼標準，動作那麼輕捷，簡直像條鰻魚在貼地爬行。

瞧這黑傢伙的牙多麼尖利，在陽光下白得耀眼，只一口就把帆布假人咬開一個大洞。

幾年前，牠黃狐也有這麼一口好牙，可惜，歲月不饒人——也不饒狗，現在牠的牙齒泛

黃了，沒過去那麼結實了，有兩顆大牙已經鬆動，要是換牠來咬那個假人，恐怕得折騰半天才咬得穿這厚厚的帆布。

這黑傢伙在訓練場上一個勁地騰躍撲跳，那精力和體力實在叫牠妒嫉，要是換了牠，撲幾下就該蹲著喘口氣了。

黑狗開始做最高難度的訓練科目了，就是要迅速登上一丈多高的坎壕，撲咬敵方的機槍射手。只見黑狗輕捷地一躍，像條螞蟥一樣緊緊貼在土壁的半腰上，隨後又一個上躥，俐落地翻上壕溝。

「漂亮！」黃狐忍不住在心裏讚嘆道。牠曉得要完成這套動作，功夫在於四隻利爪要像鐵鉤般深深嵌進土層。牠年輕時，也可以不費力地做到這一點的，現在不行了，殘廢的右前爪無法抓牢土壁，身體無法保持平衡，一躍上去便會摔下來的。

現在牠才明白，對梭達哨所來說，黑狗的價值遠遠高過牠。要是坎壕裏真的是個越軍機槍掩體，牠就無法躍上去，只能眼睜睜看著戰士們流血，而黑狗就完全有可能建立奇功。牠理解賈排長為什麼要用皮帶狠狠揍牠。牠服氣了。

黑狗撲咬敵方的機槍射手了。不好！黃狐差一點沒「汪」的叫出聲來，牠把嘴拱進芭蕉樹下潮濕的泥裏，才克制住自己焦急的叫喚。

黑狗撲擊呈梯形，從斜刺裏往上撲，帆布做的假敵被牠撲得仰面朝天，摔出好遠。黑狗又一跳，咬住假敵的喉管。這是教科書中的標準動作，黑狗做得分毫不差，但是這不行，這樣做在實戰中是要吃虧的！

賈排長滿意地撫摸著黑狗的脊背，把一塊什麼東西塞進黑狗的嘴裏。牠知道，那準是甜甜的糖果。主人，你也錯了，你也沒看出黑狗撲擊的破綻來。這奧秘只有牠黃狐知道。牠是用血的代價才換來這一實戰經驗的。

那是在對越自衛反擊戰剛打響過，牠也像黑狗那樣，躍上敵方坎壕，朝一個越南兵撲去。牠也按照軍犬學校傳授的規範動作，撲成個斜梯形。越南兵猝不及防，連人帶槍摔倒在地。牠立即做第二個起跳動作。就在這時，越南兵躺在地上扣動了扳機，那曳白光的子彈，比狗的動作快得多，牠在半空中，就感覺到肩胛一陣麻木。

幸虧牠沒跳到越南兵上空，子彈沒打在要害處，使牠還能拼出最後一點力氣咬斷對方的喉管。不，應當公正地說，幸虧越南兵是個驚慌失措的新兵，幸虧那挺衝鋒槍彈匣裏只剩最後一顆子彈。如果對方換成個鬍子拉渣的越南老兵，如果那挺衝鋒槍彈匣裏壓滿了子彈，不但牠會成爲一條死狗，牠身後十幾個戰士，包括賈排長在內，都將付出血的代價。

牠從這血的教訓中得出一條經驗：不能再進行斜梯形的撲擊了，儘管把對方撲得仰面朝天後隨即跳到對方身上，這兩個動作之間只間歇短暫的一秒鐘，至多不會超過兩秒鐘，但戰場上的時間是多麼重要啊，完全有可能就因爲這短暫的一兩秒鐘使我們轉勝爲敗，因爲敵人的子彈會在更短的時間內從槍管噴射出來。

你必須學會弧形撲擊。

對，是弧形撲擊。這是牠黃狐苦練出來的絕招，把斜梯形撲擊的兩個動作合併成一個，即猛地撲躍到敵人頭頂，然後微微形成個漂亮的弧形，像座山一樣朝敵人壓下去，和敵人一起倒地，倒在敵人身上，在倒地的一瞬間咬住敵人的喉管。這樣，即使對方是個鬍子拉渣的越南老兵，也毫無還手之力。

在以後的戰鬥中，黃狐就用弧形撲擊，消滅和捕獲了好幾名越南兵。

黑狗受到了主人的嘉獎，得意洋洋地搖尾巴。

不行，這個動作不糾正，在戰場上會壞事的！牠彷彿已看到黑狗倒在血泊中，賈排長也中彈倒地……太可怕了，牠急得在芭蕉林裏又躥又跳，把好幾片芭蕉葉撕成碎片，還發瘋似的咬斷兩棵芭蕉。牠必須幫助黑狗糾正這個動作。

牠想立刻跑到陣地上去，但害怕賈排長會誤解。牠無法用狗的語言向人解釋清楚內心的意願。牠悲哀地搖著頭。

牠在芭蕉林裏等了兩天兩夜，總算把黑狗等來了。

這黑傢伙年輕貪玩，黃昏時竟然違反紀律，悄悄溜到山上來逮野兔子。

牠從一棵野芭蕉背後閃出身來，攔住黑狗。牠友好地搖著尾巴。黑狗卻充滿敵意地瞪著牠，齜牙咧嘴，準備與牠廝咬。

牠使勁把尾巴搖得像朵黃菊花，躲到一邊。

黑狗把牠看成敵人、看成冤家了。

「汪！嗚——」黑狗喉嚨裏發出威脅的聲音，朝牠逼來。

牠急中生智，朝一棵芭蕉樹撲去，撲出個漂亮的弧形，茁壯的芭蕉樹嘩啦一聲被壓倒了。在芭蕉樹砰然倒地的一瞬間，牠一口咬下吊在芭蕉葉間那朵紫紅色的碩大的花蕾，銜在嘴裏，朝黑狗搖晃。

牠做了個示範動作，想讓黑狗跟著學。可惜，黑狗並不理解，非但沒跟著學，反面朝牠撲來。

牠腦子豁然一亮；既然黑狗把牠視作敵人，那就讓黑狗把牠當作試驗品，在牠身上學會弧形撲咬吧。

牠不再躲避，而是直立起來迎接黑狗的撲擊。梯形撲擊衝力很大，把牠撞出一丈多遠，但就在黑狗做第二個跳的動作的一秒鐘空檔裏，牠就地一滾，輕易地避開了。

如此反覆十幾次，黑狗漸漸領悟到自己的撲擊技巧有毛病，顯得異常急躁，亂跳亂咬。

哦，是時候了。牠覷了空隙，撲出個漂亮的弧形，把黑狗仰面朝天壓在地上，在倒地的一瞬間，牠輕輕地在黑狗喉管處咬了一下。

如此又反覆了十幾次，黑狗終於看出牠弧形撲擊的優點了，也依樣畫葫蘆地學起來，撲出一個個弧形，向牠攻擊。

開始時，黑狗動作很彆扭，不是撲得太高，弧形劃得太大，鬆弛了撲擊的力量，就是撲

得太低，形不成泰山壓頂的氣勢。但這黑傢伙很聰明，撲了幾次後，就熟練起來，弧形越來越漂亮，落點越來越準確，好幾次把牠四足朝天壓在地上。若不是牠早有防備，肯定被咬穿肚皮了。

黑狗越撲越來勁，越撲越兇猛。牠黃狐則漸漸精疲力乏，頭昏眼花。

黑狗又一次把牠撲倒在地。牠扭腰翻滾的動作慢了一點，胸部被黑狗叼走了一塊肉，鮮血淋漓。

好樣的，撲得真狠。牠忍住痛，繼續迎戰。

黑狗嘗到了血腥味，變得野性十足，倏地躍起，把牠結結實實壓在身下，使牠動彈不得。咯嚓一聲，牠的左腿骨被咬斷了。

「汪汪！」黑狗歡呼著。

牠拖著受傷的左腿，低聲哀嚎著，一瘸一拐逃出芭蕉林，鑽進灌木叢。

黑狗猶豫了一下，沒有攆上來。

牠已經跑不快了，也失去了反抗能力，要是此刻黑狗攆上來，只消再來個弧形撲擊，就能輕而易舉的把牠置於死地。

牠感激黑狗的寬仁，可是又痛恨黑狗的寬仁。牠逃進灌木林，舔著左腿上的傷口，回想起在戰場上親眼看見的一樁慘事：一條名叫柯柯的軍犬，在咬斷一個越南特工隊員右手腕後，突然動了惻隱之心，沒立即把對方的左手腕也咬斷，於是，那個越南特工隊員用左手從腰際拔出匕首，捅進柯柯的腹部……在你死我活的廝殺中，任何寬仁都是愚蠢的，都會造成流血犧牲。

黑狗，你既然把我視作仇敵，你就應該往死裏咬！絕對不能讓黑狗把這寬仁的習慣帶到戰場上去。

牠艱難地站起來，咬著牙朝芭蕉林走去。牠是條殘廢的退役的狗，牠何必再憐惜自己的生命呢。再去挑釁，再去逗引，激怒黑狗，讓對方把自己的喉管咬斷，讓對方在血腥的拼殺中養成堅決果斷的戰鬥作風。

毫無疑問，牠的生命會在黑狗尖利的犬牙上熄滅，牠覺得這樣的死法，總比吃了睡，睡了吃，最後老死在木板棚裏強。牠是條軍犬，牠還在軍犬學校受訓時就養成這麼一種信念：倒在血泊中，是一條軍犬最好的歸宿。

芭蕉林裏靜悄悄的，黑狗早已回哨所去了。

暮靄沉沉，已瞧得見半空中流螢的光彩了。牠蜷伏在芭蕉樹下，決心等黑狗再次出現，哪怕等上十天半月。那時，牠不會再退縮。

隆隆炮聲，把蜷伏在芭蕉林裏的黃狐從昏睡中驚醒，牠睜眼一看，谷地上空劃亮了一道道熾白的彈道，夜變得五光十色。山谷對面的者陰山上火光閃爍，一片通紅，越軍的地堡、鹿砦和鐵蒺藜飛上了天。緊接著，爆豆似的槍聲和粗獷的吶喊聲也響起來了。

我軍收復神聖領土者陰山的戰鬥打響了。

牠本能地挺立起來。槍炮聲就是命令，牠毫不猶豫地要衝上去。一邁步，左腿痛得鑽心。牠用三條腿一顛一顛小跑著。

梭達哨所已不見人影，牠東聞聞，西嗅嗅，哦，那熟悉的氣味已經下山谷了。牠拼命追上去，越過泉流，穿過山谷，終於在通向者陰山越軍陣地的半山坡上，追到了梭達哨所的戰士。

借著燃燒的火光，牠看見他們都聚在一塊巨大的磐石後面。前面是一片開闊地，長著齊腰深的山茅草。賈排長牽著黑狗，蹲在宋副連長身邊。

黃狐貼著磐石，悄悄接近賈排長。黑暗中，誰也沒有發現牠。

「上！」宋副連長揮揮手。大個子楊班長率先從磐石後面躍出，他身後跟著五六個戰士。他們剛衝出去幾步，突然轟轟兩聲，腳底下閃起兩團紅光，四個戰士倒了下去。

「媽的，又是雷區！」宋副連長咬牙切齒地罵了一句，扭臉問道：「還有別的路嗎？」

「沒有。」賈排長回答，「兩邊都峭壁，只有這條路。」

「嘿！」宋副連長一拳擊在磐石上。

「我去試試。」賈排長把牽著黑狗的皮帶塞給宋副連長。

剛要邁步，黑狗突然一口叼住他的褲腿，死也不鬆口。

「怎麼啦？」賈排長回身拍拍黑狗的腦袋。

黑狗狂吠兩聲，朝開闊地跳躍著，蹦躂著，竭力想掙脫皮帶。

黃狐明白黑狗的意思，黑狗想替主人去蹚雷，黑狗不愧是條軍犬，軍犬就應該在危急關頭用自己的生命保護主人和生命。

「我捨不得牠去。」賈排長說。

宋副連長沉默了一陣，用嘶啞的嗓門說：「爲了勝利。」

賈排長解開了黑狗頭頸上的皮帶圈，戀戀不捨地摟著黑狗的腦袋，用寬大的手掌捋順黑狗脊背上的毛，黑狗後腿微曲，前腿後蹲，做好快速衝擊的準備。

黃狐看見黑狗眉心那塊白斑，那麼白，那麼亮，像天上那輪滿月。說時遲，那時快，黃狐突然從磐石後面躥出來，長嚎一聲，越過黑狗，越過賈排長，衝向雷區。

牠拖著那條受傷的左腿，瘸瘸拐拐，在山茅草裏踏行。牠心裏只有一個強烈的念頭：不能失去最後一個報效主人的機會。

「黃狐！」賈排長驚叫起來。

「汪！」黑狗動情地叫了一聲。

牠沒有回頭，拼命朝前衝去。牠曉得地雷是怎麼回事：那些個絆雷、踏雷、子母雷都是躲在地下的小妖怪，能把一切路過的生命吞吃掉；牠也曉得，不管牠衝擊的速度有多快，總比不上那些活蹦亂跳的彈片。牠死了並沒有什麼可惜的，牠老了，殘廢了。讓黑狗活下去，黑狗比牠強，比牠有用。

牠感覺到身體絆著了一根根細鐵絲，牠感覺到爪子不時踏進凹陷的土坑，牠感覺到爆炸聲震破了耳膜；牠感覺到身體周圍閃耀起一團團火光，牠感覺到大地掀起猛烈的氣浪，牠感覺到濃烈的硝煙堵塞了鼻孔，牠感覺到肌肉被彈片撕裂、骨頭被彈片切碎，牠感覺到渾身被肢解開了、血已快流乾，但牠突然產生了一種奇異的快感，作爲軍犬，牠爲自己能死在戰場上感到驕傲。

牠拼命往前衝啊衝，牠想在死以前能多踏響幾顆雷，能開闢出一條戰士們衝鋒陷陣的安全通道。

牠倒在開闊地的盡頭。

一隻寬大的手掌，在捋順牠脊背上的毛。牠想伸出舌頭舔舔那隻熟悉的手掌，可惜沒有力氣了。還有，牠還沒來得及教會黑狗在戰場上千萬不能寬仁，牠無法去教了。但願黑狗自己在實戰中學會。黑狗是條聰明的軍犬，能學會的，牠相信。

牠舒暢地吐出最後一口血沫。

嘹亮的衝鋒號吹響了。

野狗魯卡

一

長著兩條蠶眉的黃營長在坑道口剛把繫在牠脖頸上的裝信的小竹筒摘下來，牠便急速轉身，朝響著爆豆似的槍聲的四八七高地飛奔。

下了營部所在地千鳳山，有一片幾百米寬的開闊地，被界河對面越軍牛角山陣地好幾挺高射機槍形成的密集火網籠罩著，只有大霧天或無月的夜晚才能通行。此刻正是晴朗的下午，萬里無雲，能見度極高。一隊身穿迷彩服、奉命去增援四八七高地的士兵，被火網阻攔在開闊地邊緣的雜樹林裏。

牠從隊伍中間穿過去。

一個頭戴鋼盔的戰士認出牠來，高聲叫道：「魯卡，危險，回來！」

牠沒理他，跨出雜樹叢，毫不猶豫地躍進光禿禿、沒有任何遮蔽物的開闊地。

狗是有靈性的動物，牠曉得前面是塊名符其實的死亡地帶，前幾天，牠親眼見到一頭牯子牛在晨霧消散時冒冒失失闖進去，結果沒走幾步，渾身便被罪惡的高射機槍子彈扎得像蜂窩。牠很可能會遭到牯子牛同樣的下場。

剛才從四八七高地來千鳳山時，牠已經冒過一次風險，純屬僥倖，只是左耳朵被一顆流彈撕開豁口。誰知道這次能不能活著衝過去呢？跟包括人在內的一切動物一樣，牠也留戀生命，不願意去死，可是，一種發自心底的崇高的激情鼓舞著牠衝進火網，因為自己的主人費根銀排長此刻正在四八七高地塹壕裏，和戴著綠色貝蕾帽的越南兵鏖戰，與面目猙獰的死神搏鬥，作為狗，牠有責任陪伴在主人身邊，和主人共同經受戰火的嚴峻考驗。

剛踏上開闊地，蝗蟲似的機槍子彈便向牠撲來。子彈咬得牠四周的山土嗤嗤呻吟，騰起一團團泥塵。高射機槍子彈與空氣磨擦發出貓頭鷹似的陰森森的囂叫，折磨著牠的神經。換一條在貴夫人膝下養尊處優的哈叭狗身臨其境，早就精神崩潰了，但魯卡早就習慣了這一切。有兩顆子彈貼著牠的脊樑飛過，灼燙的氣流像毒蛇一樣鑽遍牠的全身，空氣中瀰散開一股狗毛被燙捲的焦糊味。牠敏捷地就地打了兩個橫滾，避開那些牠無法與其噬咬和撕撲的鋼鐵小精靈。

「魯卡，危險，回來！天黑了再走。」那位頭戴鋼盔的戰士還在焦急地大聲叫喚。

牠知道，只要回轉身去，鑽進那片雜樹叢，便擺脫了死神。但牠沒有回頭，也沒停步，仍然朝前飛奔。太陽剛開始西墜，離黑夜還隔著一個漫長的黃昏，牠無法忍受等待的痛苦。牠覺得提前一秒鐘或遲緩一秒鐘趕到主人身邊，關係重大。牠雖然不能像人類那樣端起閃電噴火的細長鐵管，但牠靈敏的嗅覺能報警，尖利的犬牙能撲咬，能及時提醒主人注意茂密的

斑茅草中躲藏著的越南特工，能精確判斷出還在空中飛行的炮彈會落在離主人多遠的地方，能運用狗的特長爲主人分憂解愁。

人類在嗅覺、聽覺、視覺等許多方面都遠遠遜色於狗，牠必須儘早趕回四八七高地，關鍵時刻助主人一臂之力。牠相信主人一定處境危險，不然的話，不會讓牠冒九死一生的風險到營部來送求援信的。

那些牠看不見但確實存在的鋼鐵小精靈，像群餓極了的討厭的綠頭蒼蠅，緊緊尾隨著牠。牠左滾右翻，一會戛然止步，一會朝前猛躥，一會走成「之」字形，使出渾身解數，躲避開那些比瘟疫更可怕的高射機槍子彈。終於，牠快跑到開闊地的盡頭了，那裏有一片遮天蔽日的喬木林，洋溢著綠色的生命的光彩。牠拼足力氣，朝喬木林狂奔。

二

牠要報答主人的收容之恩。不，牠要報答主人的知遇之恩。知遇其實就是理解。對牠魯卡來說，理解是世界上最珍貴的一種感情。

魯卡不是軍犬，而是一條被人類遺棄的野狗。牠出生於大山深處一家獵戶低矮潮濕的狗棚，那兒的人們還相當迷信。魯卡的母親是條血統高貴、美麗而兇猛的獵狗，但不知爲什麼，魯卡卻長相醜陋，眼角永遠黏著眵目糊，鼻樑平塌，天生一張歪嘴，無法閉嚴的嘴角時時淌著一股又黏又滑的口涎。

牠長著一身亂糟糟的沒有光澤的黑毛，就像鍋底黑，從小就患有疥瘡，好幾處體毛脫落，露出難看的青白色的狗皮。一條十足的癩皮狗。就因爲牠這副醜相，在一個伸手不見五指的夜晚，牠被獵人裝進一隻背簍，送過三架山三條河，丟棄在野地裏。獵人沒有把牠送進屠宰場，也沒有把牠扔進湯鍋，絕不是出自善心，而是怕牠真的是鬼投的胎。鬼是不能吃的，吃了準倒楣。

那時牠還沒斷奶，靠著狗的頑強的生命力，牠奇蹟般地活了下來，變成一條無家可歸的野狗。野狗的生活很自由，吃了睡，睡了吃，不用看家護院，也沒有公差勤務，想玩就玩，愛到哪兒就到哪兒。森林裏有的是青蛙、田鼠、樹熊、野兔，千鳳山一帶終年陽光融融，沒有饑寒之虞。

但狗天生過不慣安逸舒適的日子。自由對狗來說是一種奢侈。狗是勞碌命，生來就受人類支配、供人類役使、被人類管制、依附人類生存的。自由的野狗生涯並沒使牠覺得幸福，反而惶惶不可終日，甚至產生一種命途多舛、飄泊不定、找不到歸屬的痛苦。隨著年齡增大，這種痛苦的感覺也日益加劇。

對狗來說，喪家犬是一種恥辱。

牠渴望回到人類身邊去。牠渴望溫暖的火塘，渴望能有間遮風擋雨的狗棚，渴望能有個愛牠也善於支配牠的主人，渴望當牠爲主人立下汗馬功勞後，主人能賜給牠兩根啃過的肉骨頭——頂好別啃得太乾淨，要留著肉渣和軟骨……

牠開始尋找主人。

牠闖進一家茅寮，一位扛著犁鏵的農家漢子一見牠便大呼小叫起來：「該死的野狗，快拿棒子來！」幸虧牠逃得快，不然準被打斷了狗腿。

牠闖進一幢小洋房，一位打扮得珠光寶氣的女人一見牠，便像見了鬼魂似地驚叫一聲，躲進一位西裝革履的男人懷裏說：「醜狗，野狗，不，是狼，是狐狸精……」牠只好轉身逃之夭夭。

牠冒冒失失闖進幾十戶人家，都被粗暴地攆了出來，但牠仍然執著地追求著。

半年前的一天傍晚，牠偶然路過四八七高地，見一群頭戴鋼盔的軍人正蹲在坑道裏進晚餐，牠抱著僥倖心理，遠遠站在溝沿向那群軍人擺動尾巴。沒人理睬牠。牠輕輕叫了兩聲，繼續進行尾部操練。

終於，一位戴著肩章的軍人發現了牠，端著飯碗朝牠走來，身後跟著一群戰士，他就是後來的主人費根銀。

「是來串門做客的，還是來參軍的？」

牠劇烈地擺動尾巴，表示自己的決心。

「排長，要不得，」一位圓臉蛋戰士對費根銀說：「瞧牠狗毛都脫落了，準生著疥瘡，會傳染的。」

「怕啥，」費根銀說，「泡點肥皂粉給牠洗個澡，塗點硫磺軟膏，幾天就會好的。」

「排長，瞧牠模樣，歪嘴塌鼻，按俺老家的說法，是條禍狗，怕會給咱陣地招災呢。」

「瞎扯。軍人還講迷信嗎？」

「牠實在長得太醜了。要養狗，也得找條漂亮點的。」

「又不是選女婿、招駙馬，講什麼漂亮。瞧牠四肢，細長有力，胸脯肌肉飽滿，牙齒結實，好好調教一下，準會成為一條好獵狗，不，成為一條好軍犬的。」

費根銀說著，從搪瓷碗裏夾起一大坨午餐肉，朝牠扔去。牠敏捷地往前一躍，半空中把肉叼住，贏得一片喝彩聲。

「好，考試算通過了，留下吧。」費根銀拍拍牠的腦門說。牠激動得狗眼裏流出了淚水。

三

牠終於躥進喬木林，踏上山背那條崎嶇的羊腸小徑。越南高射機槍再也無法威脅牠了。牠從容不迫地小跑著，但跑著跑著，牠突然發現四八七高地激烈的槍炮聲、廝殺聲和吶喊聲逐漸平息，牠心裏產生一種不祥的預感，心急火燎，四蹄生風，踏著砂礫，踏著草葉，踏著鬆軟的山土，朝四八七高地飛奔。

四八七高地一片死寂，只有幾朵紫杜鵑在山風中擺曳，沙沙沙，發出輕微的嘆息聲，佈滿亂石的山崖上橫七豎八地躺滿了屍體，有戴貝蕾帽的越南兵，也有戴大蓋帽的我軍將士；

有的還跪著舉槍射擊但腦袋卻炸飛了，有的把腸子像圍巾似的纏繞在脖頸上，還有好幾對兩國士兵緊緊扭抱著倒在一起……褐紅的土地上鋪著一層殷紅的血漿，血漿上蓋著一層火紅的殘陽，整個高地紅得叫牠心驚膽顫。

不難看出，這裏剛剛經歷了一場殘酷的肉搏，很有可能是越南兵在兇猛炮火的掩護下，攻入塹壕。我方忠勇的士兵子彈打光了，就用刺刀、鐵鍬、手榴彈、十字鎬與敵人同歸於盡……

三兩隻烏鴉在天空滑行，地面移動著黑色的恐怖的投影。

魯卡鑽入死人堆，尋找自己的主人。血腥味太濃了，濃得使牠狗的嗅覺都失去了靈敏。找了好半天，才在陣地左側一塊兔形的磐石背後找到費根銀。主人仆倒在血泊中，側著腦袋，臉上沾滿土屑和血絲，英俊的面容凝固著一種痛苦和遺恨的表情，本來挺漂亮的草綠色軍服被戰火烤得焦黑，背部有個彈洞，傷口上的血已經凝固了。牠跪在地上，在主人耳邊熱烈而又急切地吠叫起來。

醒醒吧，醒醒吧，你忠誠的魯卡回來了！

牠叼住主人的衣袖拼命拖曳。

醒醒吧，醒醒吧，魯卡不能失去你的愛！

牠用舌尖輕輕舔著主人的眼皮。

然而，主人木然躺在地上，沒有知覺，沒有聲息。牠打了個寒噤，突然產生一種深深的內疚。牠回來得太晚了。要是牠早趕回來一分鐘，也許，主人背上就不會出現那個致命的彈洞。牠蹲在主人身邊，一聲接一聲淒厲地哀嚎。

主人待牠太好了，一日三餐供牠熱食，治癒了牠身上的疥瘡，還在坑道壁挖了只狗洞，使牠有了棲身之所。

然而，主人永遠安息了。

陣地上的人、石頭和空氣都是僵硬的。魯卡叫啞了嗓子，靜靜地僵臥在主人的懷裏。

突然，牠發現離主人費根銀五六米遠的亂草叢中躺著的一具「屍體」蠕動了一下。牠以爲是自己眼花了產生的錯覺，眨眨狗眼再仔細一瞧，「屍體」確實在動，還發出一聲輕微的嘶啞的呻吟。

那人仰臥在地，頭埋在草葉間，雖看不清眉眼，但瞧著牠所熟悉的鑲有星號的鮮紅領章，牠知道是自己人。牠一陣興奮，躍過去，俐落地扒開草葉，唔，是四班長苑竹平。

四班長苑竹平長得眉清目秀，是四八七高地公認的美男子。此刻，雖然他下半個身子浸泡在血污中，死神還在他身上踟躕逗留徘徊，但仍掩蓋不住他俊美的神采：筆挺的鼻樑，飛揚的劍眉，方正的臉龐和那口潔白整齊的牙齒，沒被選到北京的儀仗隊去真是屈了才。他腿部負了重傷，一動彈，傷口又滲出一片汪汪的血，他已虛弱到了極限，連喘氣都很困難。

牠咬住苑竹平的衣肩，費了好大勁，才將他拖靠在土坎上。他仍處於半昏迷狀態，一面下意識地呻吟著，一面舔舔乾裂的嘴唇：

「水……水……」

陣地上的水缸、水罐和水泥蓄水池都已被炮彈轟得稀爛。魯卡的眼光不由自主地移向箐溝裏那條界河。界河寬約兩尺，水深沒膝，水清得發藍，帶著野花的芳香，在潺潺流淌。牠曉得，寧靜的界河周圍只要稍有動靜，我軍的炮火便會在界河邊築起一道火牆，而與四八七高地對峙的越軍陣地也會拋來一面火網。

牠猶豫了。

牠絕不是怕死。要是此刻是費根銀需要喝水，那怕前面是刀山火海，牠也會闖進去的。但苑班長是這樣討厭牠，鄙視牠。

「水……白兔……水……白兔……」四班長苑竹平仍在發出夢囈般的呼喚。

魯卡這才發現白兔沒了蹤影。

白兔不是兔子，而是四八七高地上豢養的另一條白狗的名子。苑班長非常寵愛白兔。白兔到那兒去了？即使犧牲了，也該在苑班長周圍發現牠的遺體呀。難道白兔會在關鍵時刻背叛主人？

四

費根銀收留魯卡不久，苑班長從猛硐集市上帶回了白兔。

好像是老天爺故意要印證牠魯卡長得醜似的，白兔漂亮得就像個王子。牠渾身毛色雪白，體態勻稱，五官秀美，叫起來音色柔和圓潤。那條狗尾巴又粗又長，像白綢緞編織成的，光滑明亮。尤其一寸許的尾尖，奇蹟般地長著一撮紅毛，鮮紅鮮紅，像一朵在雪野裏灼灼燃燒的火焰。本來苑班長就不怎麼喜歡魯卡，白兔來到陣地後，牠就越來越被冷落了。

白兔是在人類溫暖的火塘邊長大的，從小就學會了一套討乖賣俏的本領，很快便受到戰士們的寵愛。譬如，苑班長一聲吆喝，牠立刻會跑過來，一遍又一遍舔苑班長的鞋子，還前足騰空直立起來，撲進苑班長的懷裏撒嬌。戰士們拿蘋果餅乾逗牠，牠會翻跟斗、匍匐前進、騰跳撲躍，博得大家哈哈大笑。

牠見到每一個戰士，都甜膩膩地搖動尾巴。牠的尾巴搖得瀟灑柔美，像端午節的龍燈，像眩目的飛蝶，像紛迷的節日焰火，像幻化的舞廳燈火，像被旋轉的霧絲糾纏著的紅玫瑰，這真是一門藝術，站在牠面前的戰士，這時總忍不住俯下身來，用手掌愛憐地摩挲牠的腦門，捋順牠的體毛。每次開飯，苑班長都把白兔喚到身邊，和戰士們一道圍個圈蹲在菜盆旁，戰士們紛紛扔給牠雪白的大米飯和啃了一半的肉骨頭。

魯卡無法享受到這樣的恩寵，牠只能孤零零地站在一旁淌口水。有時牠實在看得眼饞，也想學學白兔那些討人喜歡的本領，但牠從小遠離人類，不善此道。其他不說，光說搖尾巴就不是白兔的對手。那尾巴搖起來總是剛猛過剩，柔美不足，撲棱撲棱，左掃右甩，濺起泥星土屑，想討好結果反遭來白眼。

孤獨的野狗生活，也使牠的性格變得內向，像保溫瓶似的，把熱情都藏在心裏。即使面對所敬重的主人費根銀，雖說恨不得立刻爲他去赴湯蹈火，但也不會去舔他的鞋子，也不會撲進他懷裏去撒嬌。牠只是一步不落地跟在主人身後，或者豎起警惕的耳朵，冷峻地佇立在主人身旁。牠想學得乖巧些，卻怎麼也學不會。

有時候，牠也頗不服氣。真的，別瞧白兔會搖尾巴，會翻跟斗，會躺在苑班長懷裏嗚嗚學貓叫，會參加戰士們捉迷藏的遊戲，但牠魯卡也有白兔所不及的長處。例如白兔攆山狩獵的本領就不如牠。那一次，牠們同時追捕一隻黃鼠狼，白兔追了一半就氣咻咻地跑不動了，是牠魯卡一追到底，咬斷黃鼠狼喉管的。

白兔的聽覺嗅覺也比牠遜色多了。那天半夜，兩個越南特工想來四八七高地摸哨，是牠魯卡先聽到山坡下灌木林裏有異常的響動，又聞到異常的氣味，於是用嘶啞的嗓子汪汪吠叫報警的，而白兔只不過跟著牠叫喚而已。

還有，白兔膽子也不如牠大，在陣地上巡夜值勤，哨兵一離開，牠就鑽進狗棚不出來了。遺憾的是，苑班長似乎並不特別看重牠魯卡這些長處，也並不因爲白兔存在這些缺點而減少些寵愛。

那天晚飯後，戰士們在陣地上玩起「過地雷陣」。這是一種軍事演習和遊戲相結合的娛樂活動，將四顆教學用的假雷埋進一片鬆軟的山土中，看誰在最短時間裏找到並起出雷來，誰不幸踩上了雷，那是要倒扣分的。好幾個戰士都邀請白兔幫自己找雷。

白兔有時候能準確找到埋雷的位置，但更多的時候卻是幫倒忙，亂蹦亂跳地踩中了雷，引起一陣陣哄堂大笑。牠魯卡在一旁看得心裏癢癢的，不知不覺擠進人群。要是誰找牠幫忙，牠絕不會讓他失望的。

白兔，你真是傻瓜，雷就埋在你左側半步遠的地方呢！魯卡眼看白兔即將錯過良機，忍不住衝進去想助白兔一臂之力，但牠剛跑到白兔身旁，冷不防苑班長斜衝過來，揚起手臂驅趕：

「去去，走開，走開，別把你的疥瘡傳染給白兔！」

其實牠的疥瘡早就被費根銀治好了，雖說狗毛還是斑斑駁駁的。

牠無趣地走開了，走到山頂水泥崗棚邊，讓猛烈的山風吹拂鬱結在胸中的憂傷。費根銀來了。他是四八七高地最高指揮官，工作繁忙，難得有閒暇來陪伴牠。

「唔，夥計，別傷心了，」費根銀坐在牠身旁，深沉的目光凝視著牠說，「我曉得你比白兔強。你用不著去跟牠比，你是獵狗，不，你會成爲一條好軍犬的。供人玩耍，給人逗樂，那是叭兒狗的德性。夥計，記著我的話，總有一天，人們會認識到你的價值，透過你醜陋的外貌看到美麗的靈魂……」

牠雖然聽不懂人類的語言，但牠從主人充滿感情的語音中，從主人寬大厚實的手掌的深情撫摸中，感受到了一種信任、期待、希冀，和對狗來說是很深奧的生活哲理。

牠感動得流下了淚。

五

「水……水……」苑班長還在艱難地呻吟著。

魯卡僅僅猶豫了一秒鐘，便羞愧難當。在這種時候，怎麼還能去計較個人恩怨呢？牠愛主人，當然也愛主人甘願爲之灑盡熱血的這塊土地，當然也愛和主人同吃一鍋飯、同睡一個坑道的親密的戰友。對牠來說，主人——主人守衛的國土——主人摯愛的戰友，是一個有機的整體，應當付出同樣的忠誠；不然的話，便是一種不貞和褻瀆。牠不再多想，用爪子在土堆裏刨出一隻口缸，叼著向箐溝裏的界河奔去。

非常幸運，牠沒碰上任何麻煩，就從界河裏舀得一口缸水。當牠銜著口缸好不容易爬回山腰時，猛聽得四八七高地傳來一陣異樣的響動，好像是有人在惡毒地咒罵，嗓子黏澀嘶啞，語音低沉短促，充塞著一種要把對手置於死地的刻骨仇恨。

魯卡三竄兩跳登上高地，不由得大吃一驚：一個頭戴貝蕾帽、滿臉血污的越南兵，握著一把明晃晃的鐵鍬，搖搖晃晃向苑班長逼近。

越南兵那雙很有東南亞特色的眼裏閃爍著一種嗜血成性的殘忍的獸光，挺直的鼻樑也興奮得扭歪了。他步履蹣跚，趔趔趄趄，彷彿喝醉了酒。毫無疑問，這是一個剛剛從屍體堆裏爬起來的人，也許剛才是被炮彈震昏的，現在醒了。

越南兵一直走到苑班長跟前。苑班長仍然神志不清地躺在土坎上。越南兵獰笑著，將鐵鍬高高掄起……

魯卡氣得渾身顫抖，放下口釭，悄然無聲地往前猛躥，像道黑色的閃電，就在越南兵掄起鐵鍬朝苑班長頭部劈下去的一瞬間，牠一個梯形撲擊，一口咬住越南兵的胳膊，「匡啷」一聲，鐵鍬掉在岩石上，濺起一簇火星。

越南兵被這突如其來的攻擊驚得連連倒退。魯卡不等他站穩，便連連撲咬。牠知道，一條狗是很難敵得過一個強壯男人的，何況人還會使用武器。最好的辦法就是不給對方喘氣的機會，這樣或許還有取勝的希望。

越南兵的衣裳褲子被牠尖利的爪子和犀利的犬牙撕咬成碎片。要是這傢伙是個初出茅廬的新兵，這時恐怕早就魂飛魄散敗下陣去了，但眼前這傢伙鬍子拉渣，真不愧是個久經沙場的老兵油子，不但忍住了魯卡這頓凌厲的撕咬，居然還在忙亂中看清攻擊他的是一條其貌不揚的草狗。於是，他一面舉起左手，鎮定沉著地擋住魯卡的攻擊，一面用右手在草叢中摸索。

突然，他抓住一支鐵柄衝鋒槍，朝魯卡橫掃過來。魯卡只顧撲咬，來不及躲避，右前腿被衝鋒槍的鐵柄砸了個正著，疼得牠慘叫了一聲，一瘸一拐，撲咬的速度顯然放慢了。越南兵乘機拉響槍栓，「喀嚓」一聲脆響，子彈上膛了，黑森森的槍口移向魯卡。

魯卡認出這種細長的鐵管，知道鐵管裏會放射出鋼鐵小精靈，憑牠狗的智慧和體魄，是無法鬥贏這些小精靈的。鐵管近在咫尺，小精靈會準確地鑽進牠的體內，將腸子和心肺扯拉出來。

要逃避還來得及，牠左邊是塊扇形的岩石，右邊是斑茅草叢，牠可以轉到岩石背後，憑著狗的靈敏的嗅覺和聽覺，和越南兵躲迷藏繞圈子；牠也可以鑽進草叢，在茂密的草葉的掩護下逃之夭夭。

撲上去是死亡，躲閃是生路，僅僅只有百分之一秒時間的選擇。牠不能避開，牠不能給死神讓道，只要牠還活著，牠就不能讓躺在自己身後的苑班長暴露給這個殘忍的越南兵。

牠迎著槍口奮不顧身地撲上去。槍響了，一瞬間，牠腦子裏掠過一個念頭，希望苑班長此刻能從昏迷中清醒過來，能看見牠現在的行爲。牠絕不是想炫耀自己，也不是想邀功取賞，牠只是渴望苑班長冰釋對牠的誤解，再也不要把牠看作野狗了。

六

苑班長他們寵愛白兔，不喜歡牠魯卡，牠只好認了。牠無法改變人們的審美觀。牠無法忍受的是，他們又把野狗的惡名按在牠的頭上。

唉，可惱的未婚妻事件。

那是一個星期前的下午，牠像往常那樣守在通往陣地的路口，警惕地注視著四周的動靜。突然，山路上姍姍走來一位身穿連衣裙，打扮入時的小姐，渾身散發出一股香味。

牠從來沒見過她。陣地上也從來沒有過這種香水味；陣地上只有坑道的黴味、戰士身上的汗酸味和瀰漫在空中的硝煙味。牠警覺地衝著姑娘吠叫起來，一方面是報警，一方面是讓小姐停步等待哨兵來查問。

要是她老老實實站著不動，牠魯卡是不會那麼魯莽地朝她腿上咬一口的。要是牠早知道她是苑班長的未婚妻，牠或許會原諒她的放肆的。

小姐根本無視牠的警告，仍然往陣地走來，還撿起一根樹枝，矜持地朝牠揮打，挺神氣地吆喝道：「滾開，別擋道，滾開！」

魯卡憤怒了，這等於是無視牠的存在、無視牠的尊嚴。牠咆哮一聲撲上去，朝小姐粉嫩的小腿咬了一口。牠還算是口下留情，沒敢真咬，只是想嚇唬嚇唬她，咬掉點她的傲氣。小姐小腿上只是留下兩行犬齒的紫血印。

驕傲的小姐突然像殺獵似地尖嚎起來。戰士們湧出坑道奔跑起來，苑班長跑在最前頭。小姐一下撲進苑班長的懷裏，哭泣道：「該死的野狗……咬我……疼死我了……哎喲……」

魯卡還得意地朝苑班長搖尾巴呢，牠認爲自己如此忠於職守，沒讓陌生的小姐闖進陣地來，會得到誇獎和犒賞的。豈料苑班長順手撿起小姐丟在地上的樹枝，夾頭夾腦朝牠抽打，打得牠暈頭轉向，打得牠嗚嗚慘叫。

「是該打，」一位胖乎乎的戰士一面安慰那小姐，一面氣憤地說：「瞧牠把班長的未婚妻咬得多慘。人家萬里迢迢，不顧危險，跑到陣地上來探親，竟然被咬了。真是條歹狗！」

「瞎了你的狗眼！」另一位高個戰士也指著牠罵道，「現在社會上有幾個小姐瞧得起咱山頭大兵，肯跟咱相好的？你怎麼偏偏就朝這位美麗的小姐亂咬呢！」

「哎喲，疼死我了，」小姐仍在傷心地哭泣，「這腿上的狗牙印怕是一輩子褪不掉了，叫我以後怎麼穿裙子呀！」

苑班長白皙的臉憋成豬肝色，樹枝像雨點般落在牠身上，喘著氣罵道：「叫你咬……」

牠這才曉得自己犯了一個不可饒恕的錯誤。牠既不躲避，也沒逃躥，任憑樹枝在身上印出一道道血痕，任憑一簇簇狗毛被樹枝抽下後在空中飛舞。但願苑班長和他的未婚妻能因此出氣解恨，原諒牠的罪孽。

「野狗，真是一條道道地地的野狗！」

「這種野狗，本來就不該收容牠的。」

「不要牠，趕牠走。」

「滾，滾得遠遠的！」苑班長恨恨在牠身上踢了一腳。

「滾，滾！」有幾個戰士也拿著掃帚、柴塊來攆牠。

牠逃進了森林。

牠覺得委屈，主人費根銀交代的任務，就是讓牠日夜守在路口，阻攔壞人混進陣地。牠怎麼知道小姐是好人並且是苑班長的未婚妻呢？就算是牠錯了，不該咬她，牠願意接受任何懲罰，也不要攆牠走，不要罵牠是野狗。這比打斷牠腿、打折牠腰更使牠痛心十倍。

半夜，牠又從森林裏悄悄潛回四八七高地。牠不願意離開家，不願意再去當野狗。

翌日晨，苑班長發現牠回來後，又提著木棒把牠攆走了，但一轉身，牠又溜回陣地。直到兩天前的傍晚，費根銀從團部開完會回到陣地，才制止住這毫無道理的攆趕。

七

完全是僥倖，越南兵朝牠發射子彈，子彈竟沒有碰著牠。牠一口咬住他的手腕，不管他怎樣用槍管和鐵柄敲牠的腦袋，戳牠的鼻樑，牠反正是死死不鬆口。

砰，槍聲又響了。這次牠聽見喀嗒一聲脆響，屁股上一陣刺骨的疼痛。牠回頭一望，原來是自己那根像旗幟那樣高高豎起的尾巴被槍彈打斷，掉在地上，那條斷尾還帶著生命的慣性，在地上蹦躂，牠的屁股上還拖著兩寸長的尾巴，傷口滴著一串串珍珠似的血粒。

牠忍不住一陣傷心。

人類很難理解狗尾巴對狗的心理上和感情上的價值與作用。狗尾巴能驅蚊趕蠅；能像舵一樣，操縱指揮狗撲躍時前爪精確落到目標上；豎起狗尾巴，表示憤慨和力量；夾緊狗尾巴，表示投降和臣服；搖動狗尾巴，表示友好和信任；捲緊狗尾巴，表示滿足和愜意……

此刻，珍貴的狗尾巴被這越南兵打斷了！

傷心變成狂怒，變成嗜血的野心，變成一團復仇的火焰。牠尖利的犬牙深深刺穿了越南兵的手腕，牠的舌頭嘗到了鹹腥的熱血。越南兵慘叫一聲，衝鋒槍摔掉在地。

魯卡狂風暴雨似地朝越南兵撲咬，撲他的眼睛，咬他的喉管……與其說越南兵是在體力上被牠打垮的，還不如說是在心理上、精神上被牠摧垮了。他臉上露出駭然的神態，意志崩

潰了，勉強抵抗了兩下，便掉頭朝山下鼠竄。他逃得那麼快，連滾帶爬，魯卡拖著一條負傷的腿，追到界河，越南兵早已沒蹤影了。

等魯卡一瘸一拐再次回到四八七高地，發現剛才失蹤了的白兔不知啥時候突然鑽了出來，叼著牠魯卡從界河裏舀來的那缸水，朝苑班長乾裂的嘴唇裏倒。苑班長終於睜開了眼睛。白兔乖巧地汪汪柔聲叫著，不住地用舌頭舔苑班長的手背和臉頰，那條美麗的尾巴龍飛鳳舞起來，彷彿是在爲主人的甦醒而慶賀，又好像在向主人表示自己的忠誠。

魯卡厭惡地扭過頭去。牠不想看白兔的那股媚態。當越南兵的鐵鍬砸向苑班長的危急關頭，你白兔躲那兒去了呢？牠真想這樣大聲責問一聲。瞧白兔的皮毛，仍然那樣潔白，那樣乾淨，既沒沾血腥，也沒被硝煙熏焦，一定是仗一打響，就躲進貓耳洞去了。

「白兔，唔，我的好狗，你一直守在我的身邊嗎？」苑班長虛弱地抬起手臂，撫摸著白兔的腦門和脊背，輕聲說道，「我剛才迷迷糊糊時，好像聽見狗咬，是你吧？」

白兔的叫聲更加柔和，尾巴搖得更加歡暢。

苑班長把白兔摟進懷裏說：「我知道是你救了我，還給我找水喝。你真是條好狗！」

魯卡木然地蹲在主人費根銀的遺體旁，一動不動，像一尊石雕。

天黑盡了。又是一個伸手不見五指的黑夜。我軍增援四八七高地的後續部隊在黑夜的掩護下，終於登上陣地。戰場上的屍體被抬走了，苑班長也被包紮停當，放進擔架。白兔在擔架旁上躥下跳，搖首搖尾，表現出一種多愁善感的惜別之情。

新來的指揮官拍拍苑班長的肩頭和藹地問道：「夥計，你還有什麼要交代的嗎？」

「請你們一定要好好餵養白兔，牠救過我的命，是一條好狗。」

「放心吧，我們不會虧待牠的。」新來的指揮官又指了指守在路口的魯卡問道：「那麼這條斷尾巴的狗呢，怎麼樣？」

「這是一條野狗。不過……」苑班長沉吟了一下說，「費排長生前倒是挺喜歡牠的。」

「噢，原來是條野狗呀。」

警犬拉拉

一

訓練場上，秋風肅殺，梧桐樹金黃的落葉像蝴蝶般飛舞，輕盈地飄落到地上。十幾名荷槍實彈的警員，排成一列橫隊，標準的立正姿勢；每位警員右側蹲著一條警犬，前肢直立，後肢盤跪，也是標準的狗式立正姿勢；警員和警犬都紋絲不動，像一群威武的雕像。

隊伍前面，一位佩戴銀質警督銜的姚警官，用渾厚的男中音高聲宣讀一紙命令：

「……〇一七號警犬維奇，在偵破孔雀別墅謀殺案戰鬥中，率先找到關鍵物證，爲破案提供了重要線索，使狡猾的罪犯受到法律嚴懲……鑒於警犬維奇的出色表現，經報省公安廳批准，榮立三等功一次……警員金永輝，訓犬有方，人與犬配合默契，特予以嘉獎……」

警員小金牽著警犬維奇從隊列裏走了出來，那位警督銜的姚警官，將一枚勳章用紅綢帶掛在警犬維奇的脖子上，隊伍響起熱烈的掌聲。

維奇是條黑黃雙色犬，背脊黑如漆，腹部黃如金，牙口還不滿三歲，正當青春年華，眼睛清亮，皮毛光滑像塗了一層釉。紅綢帶掛在黑色的狗脖子上，格外醒目，豔陽照耀，把牠胸前那枚勳章照得亮燦燦，如同掛著一輪小太陽，無論人眼還是狗眼都看得眼花撩亂。

人逢喜事精神爽，狗逢喜事也精神爽。維奇本來就是警犬中的帥哥，佩掛耀眼的勳章，更顯得英姿勃發、威武雄壯。

「多好的警犬呀，剛從警犬學校畢業才兩個月，就建立了功勳，將來前途不可估量啊！」姚警官慈愛地撫摸維奇的腦殼，意味深長地說，「每一條優秀的警犬背後，都有一位優秀的警員；反過來說，只有一流的警員，才能訓練出一流的警犬。」

警員小金白胖的臉上飛著紅霞，胸挺得更直，頭昂得更高，眉宇間，一股掩飾不住的得意與自豪，腳後跟啪地靠近，朝姚警官行了個規範的舉手禮，激情澎湃地說：

「首長請放心，我保證把維奇培養成最優秀的警犬！」

又贏得姚警官讚許的目光，又贏得一陣熱烈的掌聲。

所有警員都用羨慕的眼光望著小金，所有警犬都用羨慕的眼光望著維奇。

警犬拉拉也在隊伍裏，與維奇相比，拉拉的外觀形象就要差一大截了。皮毛土黃，色澤黯淡，左耳朵被子彈打裂後縫補起來的，留下無法遮掩的難看的傷痕。歲數偏大，頸部的絨毛已開始禿落，露出難看的青灰色狗皮。歲月風塵，在狗臉上鏤刻出幾道深深的皺紋。犬牙蒙著一層黃漬，透出一種滄桑感。只有兩隻狗眼，仍炯炯有神。

在所有警犬中，只有拉拉用鄙夷的目光投向維奇，要不是主人大漫命令牠蹲坐在地，不得擅自行動，要不是狗脖子被牽引索拉扯得無法動彈，牠很想撲躥上去，衝著維奇的耳朵狠

狠咆哮一聲，或者一爪子將維奇打翻在地，讓這個爭名奪利的傢伙清醒清醒，然後咬住那根紅綢帶，把那枚金光閃閃的勳章從維奇脖子上摘下來，叼還到主人大漫手裏。

老天可以作證，這枚勳章本來就應該屬於牠拉拉的。

十天前，風雨交加的夜晚，西山風景區的孔雀別墅發生了一起入室盜竊殺人案，一名做珠寶生意的富婆，穿著睡衣被人殺死在臥室門口。富婆的丈夫到緬甸去進貨了，兒子在加拿大讀書，家裏只有她和一位女傭。據那位女傭講，她剛剛入睡，聽得一聲慘叫，趕緊從床上跳起來，披著衣裳奔到樓上，見女主人已倒在血泊中，一個黑影跳窗而逃。她立刻按響報警器，並打一一〇電話報警。

孔雀別墅屬於高級住宅區，警衛措施嚴密，圍牆四周、主要路段及每棟別墅的門口，都安裝了紅外線監視器，且有專職保全人員二十四小時值班巡邏。接到報案後，十幾名刑警帶著拉拉和維奇兩條警犬，火速趕到現場。

別墅區六名值班保全人員比刑警提早進入現場，罪犯的腳印痕跡與值班保全人員的腳印痕跡混淆在一起，罪犯的氣味痕跡也已與值班保全人員的氣味痕跡混淆在一起，已經很難辨認了。

現場勘察發現，受害者右胸中了一刀，刺穿肺部，左胸中了一刀，刺穿心臟。不難推測，罪犯在行竊時發出異常響動，受害人驚醒，從臥室開門出來，被罪犯刺了一刀，未刺中要害，受害人慘叫，極有可能受害人與罪犯發生短暫扭打，罪犯又一刀刺破受害人心臟，受害人倒地斃命。

可以肯定，罪犯身上沾滿了受害人的鮮血。

查看錄影帶，十幾個畫面均未發現有可疑的人，顯然，罪犯避開了分佈在別墅區裏的十幾隻攝影鏡頭，是順著水管從後窗進到屋內的。從影帶判斷，罪犯還在別墅區內，因爲別墅區大門和圍牆上的幾架攝影機都未出現案發後有人走出大門或翻越圍牆的鏡頭。刑警和保全人員封鎖了別墅區，把搜索任務交給了警犬拉拉和維奇。

要是天氣好的話，在這樣一個特定環境裏尋找到罪犯或犯罪物證，並不是一件太難的事，罪犯跳窗而逃，重重落地，窗下的路面上肯定會留下罪犯清晰的腳印，罪犯渾身是血，還帶著血跡斑斑的犯罪工具，一走動，就會在空氣中留下一條靈敏的狗鼻子很容易識別的氣味，順著氣味追蹤而去，就可找到罪犯或犯罪物證。但遺憾的是，老天不幫忙，一直在下雨。嘩嘩而下的滂沱大雨一遍又一遍沖刷路面，早就把罪犯的腳印抹洗得無影無蹤，也把空氣中的氣味洗刷得乾乾淨淨。

只能採用全面搜查的辦法，搜遍別墅區每一寸土地，每一個角落。當然是連夜搜查，不讓罪犯有時間銷毀或轉移罪證。

孔雀別墅屬於園林式住宅，占地面積不小，亭臺樓閣，溪流水池，健身娛樂，會館餐廳，一應俱全，別墅區後面還有一片十多公頃松樹林。大漫牽著拉拉，小金牽著維奇，由東向西，冒雨搜尋。

開始，維奇的積極性還蠻高的，東躥西奔，尋找可疑的氣味。剛從學校畢業的年輕警犬，工作熱情都很高，都想儘快建功立業，一鳴驚人。可維奇畢竟缺乏實戰經驗，精神雖然可嘉，但效率卻難以恭維。在搜索一塊花壇時，維奇突然大呼小叫，狗爪子在泥土中拼命抓刨，警員小金真以爲發現了什麼有價值的線索，脫掉笨重的雨衣，一手拿電筒，一手用鐵鍬挖。折騰了好一陣，卻挖出一隻死老鼠來。

死鼠已經腐爛，散發濃烈的惡臭。氣得小金用牛皮製作的牽引索在維奇背上狠狠抽了兩下，呵斥道：「發狗瘟的，拿隻死老鼠來哄我，你當我是餓貓呀！」

搜索持續進行了三個小時，仍未發現罪犯的蛛絲馬跡。別墅住宅區已搜遍，還剩下那片占地十多公頃的松樹林。警員小金連續打噴嚏，像是冷得感冒了。大漫解開拉拉和維奇脖頸上的牽引索，命令道：「你們到松樹林去搜索，不准放過任何一個角落！」

大漫攙著小金鑽進警車，他們太累了，喝碗熱騰騰的薑湯驅寒解乏。

鑽進黑黝黝的松樹林，避開主人監督的視線，維奇打了個哈欠又打了個噴嚏，神情變得沮喪，擠到樹根下避雨，不再賣力地搜尋了。

剛從學校畢業出來的警犬，都有類似的毛病，由於沒經過磨練，性格脆弱，做事情緒化，順境時浩氣沖天，逆境時頹廢喪氣，缺乏百折不撓的韌勁。

拉拉繼續用狗鼻子梳理著松樹林每一寸地面。牠也是血肉之軀，牠也已經被大雨淋澆了三個多小時，牠也冷得瑟瑟發抖，牠的體力也已嚴重透支，牠也想找個地方避避雨暖和暖和身體，可是，牠是一條久經考驗的警犬，牠曉得貴在堅持的道理，主人既然已經下達了搜索的命令，牠只要還有一口氣，就要不折不扣執行主人的命令。無論是在主人的監督下，還是遠離主人的視線，都毫不含糊一絲不苟地完成主人交代的任務，人前人後一個樣，這才算得上是條忠勇的好警犬。俗話說，養兵千日，用兵一時，警犬也是兵，養犬千日，用在一時，別說下雨了，就是天上下刀子，牠也要挺住，決不會退縮或偷懶的。

拉拉咬緊牙關，拖著疲憊不堪的身體，在松樹林裏穿梭奔忙。

前面是條溪流，這是人工造景開鑿出來的小溪，平時水很淺，薄薄一層晶瑩的水片順著五顏六色的鵝卵石叮咚滑行。下了大半夜雨，溪流也漲潮了，濁黃的水嘩嘩流淌，深及狗肚皮。既然是全面搜索，當然不能遺漏這條溪流。拉拉毫不猶豫跳進小溪。

溪水冰涼，冷得牠直打哆嗦。水流湍急，底下又是滑溜溜的卵石，牠閃了兩個趔趄，才勉強站穩。牠把狗鼻子貼在水面，認認真真嗅聞識辨。泥土腥味，草木清香，雨水特有的微酸氣息……

突然，牠在溪流所散發出來的複雜的氣味圖譜中，聞到一股特別的甜腥氣味，很像是人血的味道。牠神經陡地緊張起來，一面嗅聞，一面溯流而上。

很快來到一座造型精美的小橋下，人血的氣味源就來自一塊大鵝卵石底下。牠費了很大的勁，用狗爪蹬開那塊大鵝卵石，踩了踩，底下是堆柔軟的東西。牠將狗頭潛進水中，將那堆東西叼了出來，哦，是捆紮成一團的人的衣裳，散發出一股刺鼻的血腥味。

經驗告訴牠，這很可能是罪犯行兇時穿的衣裳，來不及銷毀，匆忙間裹成一團藏匿在小溪的鵝卵石下。

牠吃力地叼起那坨衣裳，想躥上岸交給主人大漫。

這是一條人工開鑿的溪流，岸沿用水泥鋪砌，有兩米多高，斜坡很陡。要是在平時，這點高度決難不倒牠，牠是訓練有素的警犬，躥高是牠的拿手好戲，縱身一躍即可登上岸去。但此刻，牠在雨水和溪水中已浸泡了好幾個小時，累得全身狗骨頭都快要散架了，且溪水快淹沒牠的脊背，那坨衣裳被水浸泡後也變得石頭般沉重，牠跳了兩次，都沒能達到登岸的高度，半途又滑落下來。

沒辦法，看來只有用吠叫聲將主人引來了。

牠剛想叫喚，就在這時，維奇出現了，趴在堤岸上，狗嘴呼哧呼哧激動地喘息。這傢伙，一定是聽到異常響動，聞到那坨衣裳的血腥味，所以才從躲雨的樹下跑出來的。維奇的腦袋伸了下來，狗眼盯著那坨衣裳，犬牙喀嚓喀嚓做出叼咬狀，用意很明顯，是在告訴牠，願意替牠將那坨濕衣裳叼上岸去。

牠當時根本沒想別的，只希望能趕快將罪犯藏匿的罪證儘快送到主人手中。維奇肯幫忙，兩條警犬齊心協力，是有可能把那坨濕衣裳運送上岸的，那就不用麻煩主人大漫前來接應牠了。牠直起後肢，兩條前腿摳住岸壁，叼著那坨濕衣裳站了起來，維奇則小心翼翼地伸下嘴吻來，努力了一陣，維奇的牙齒咬著衣裳了，用力吊拔，將那坨濕衣裳叼上岸去。

牠鬆了一口氣，重擔卸掉了，牠稍事休息，緩過勁來後，就可以輕鬆地從溪流躥跳上岸了。

意想不到的事情發生了，維奇把那坨濕衣裳吊上岸去後，一秒鐘也沒有耽擱，立刻叼起衣裳往別墅住宅區狂奔，一邊跑還一邊從嘴角發出嗚嗚嗷嗷興奮得意的嚎叫。

等牠積攢夠力氣從溪流躥跳上岸，想去追逐維奇要還那坨濕衣裳，已經晚了，維奇已奔到那輛警車上，將那坨濕衣裳投送到警員小金懷裏。只聽見小金用無比激動的聲音高喊道：

「快來看哪，我的維奇找到罪犯的血衣啦，哦，還有一把匕首，罪犯的兇器也找到啦！是我的維奇找到的，是我的好維奇找到的！」

……

這坨濕衣裳和裹在衣裳裏的那把帶血的匕首成了最重要的物證，很快就真相大白，原來是孔雀別墅一名保全人員作的案，監守自盜，行兇殺人。

明明是牠拉拉不顧寒冷和疲勞，跳到湍急的溪流裏，經過艱苦的努力才尋找到那坨濕衣裳的，可金光燦燦的勳章卻掛在了維奇的狗脖子上。

張冠李戴，這也太過分了吧。牠不怨警員小金，也不怨那位姚警官，是維奇用假象蒙蔽了人，所以才造成指鹿爲馬的荒唐。牠雖然身體無法動彈，但牠的眼光還是自由的，牠用嚴厲譴責的目光死盯著維奇，牠想，維奇貪天之功占爲己有，理應做賊心虛，不敢正視牠的眼光，臉上露出羞愧難當無地自容的表情。

可牠很快發現自己想錯了，維奇的眼光與牠的眼光對接，絲毫沒有羞慚之意，恰恰相反，嘴吻上翹，眉眼高、挑，顯得洋洋得意，嘴角還露出一絲嘲諷，似乎在說：瞧你這個傻瓜，白白讓我撿了個大便宜，你生氣去吧，氣疼了肚子也是白搭！

真不知道天下還有羞恥兩字；沒想到某些狗的臉皮比豬皮還厚。若是人，氣煞人也；牠是狗，氣煞狗也。

拉拉是條閱歷豐富的警犬，牠曉得掛在狗脖子上的勳章意味著什麼。功勳警犬，每個週末都要加餐，香噴噴的紅燒牛肉可以敞開肚皮吃。尊容還會拍成大幅照片，張貼在門前的光榮榜櫥窗裏，明星似地供人瞻仰。年老退役，所享受的待遇也要比沒有立過戰功的普通警犬高得多，單獨住一間寬敞舒適的狗棚，終生享用高額伙食費，直到老死這一天。

還不僅僅如此，勳章掛在警犬脖子上，更主要是掛在主人臉上。警犬立功，主人就臉上有光。任何一位警犬訓導員，都做夢也盼望著自己所訓練的警犬能立下赫赫戰功。很多時候，主人和警犬的命運是相輔相成聯繫在一起的。有作為就有地位，警犬身價提高，主人也前程輝煌。主人對贏得聲譽的警犬會百倍呵護，會更加寵愛。

瞧那個警員小金，臉笑成一朵花。而牠的主人大漫，劍眉緊皺，嘴角耷落，表情嚴肅得近乎苦澀。多年來，牠與大漫朝夕相處，雖是不同物種，但人與狗亙古以來就是朋友，狗心和人心在很多時候都是相通的，牠能揣摩大漫此刻的心思，主人肯定心裏頭酸溜溜的，有點嫉妒，也有點遺憾，兩條警犬同時執行搜索任務，結果戰友小金引領的警犬立功受獎，而自己的警犬卻一無所獲，任何人心裏都會不舒服的。

唉，怪只能怪自己是條缺心眼的狗，白白丟失了榮譽，也辜負了主人的期望。牠憋著一肚子窩囊氣，苦楚卻無處訴說。

狗與人感情再深，也無法用語言進行溝通。一片枯黃的梧桐葉，被秋風從樹梢吹落，在空中飄飄搖搖，徐徐下降到拉拉面前，牠的身體還蹲坐不動，狗頭閃電般前擊，唰地咬住那片落葉，狠狠噬咬，枯葉在狗嘴發出窸哩窣囉的破碎聲。

牠用狗的特殊方式，渲洩內心的憤懣。

姚警官扭頭用責備的眼光看拉拉。警員大漫羞得滿臉通紅，猛拽牽引索，從牙縫迸出幾個斬釘截鐵的音節：「吐掉樹葉，不准動！」

要是在平時，拉拉會毫不猶豫地執行主人的指令，將嘴裏的梧桐葉吐出來，然後繃緊全身的肌肉與神經，蹲坐得筆挺，即使黃蜂叮螫眼皮，也不會再動一動了。令行禁止，鐵的紀律，這是警犬最起碼的素質。可現在，牠心裏冤得慌，血液在燃燒，根本沒法讓自己平靜下來。牠又張嘴咬住一片飄落到面前的梧桐葉，發狠地嚼咬，狗眼死死盯住維奇，喉嚨深處發出嗚嗚低嚎。牠希望主人能從牠反常的行為中，讀懂牠的心事，瞭解牠所受的委屈。

肅靜的隊列，出現不和諧的響動。

姚警官不滿地皺起了眉頭，對警員大漫說：「這是你養的警犬嗎？在隊列裏鬆鬆垮垮、吵吵鬧鬧，散漫得就像老百姓家裏養的看家的草狗！」

大漫臉上一陣紅一陣白，攥住牽引繩的拳頭青筋暴漲，發狠地叱罵：「再動，就勒死你！」

拉拉的喉嚨被繩索卡住了，狗眼突凸，憋得幾乎喘不過氣來。主人從來沒有這麼粗魯地對待過牠，即使牠完不成訓練項目，主人也從沒捨得用繩索勒痛牠的脖子。看來，主人是真的發火了。

牠熱昏的腦袋很快冷靜下來，意識到自己確實做得太過分了。站在隊列裏吵鬧，就像一條沒有教養不聽使喚的野狗，這會讓主人難堪，讓主人丟臉。不管怎麼說，牠是警犬，警犬的天職就是無條件地絕對服從主人的指令，即使心裏有天大的委屈，也不該由著性子破壞隊列整齊劃一的秩序。牠趕緊吐掉嘴裏的梧桐葉，規規矩矩蹲好。

牽引繩鬆弛了，但直到頒獎儀式結束，大漫的眉頭始終擰成疙瘩。

牠本意是要討回本該屬於牠的榮譽，給主人臉上爭光，結果卻適得其反，讓主人蒙羞含垢抬不起頭來，唉——苦水往肚裏咽，淚水往心裏流。

二

維奇漫山遍野不停地奔跑，東嗅嗅，西聞聞，尋找可疑的氣味。前面出現一道三米多寬的河溝，底下濁浪翻滾，驚濤拍岸，假如不小心摔下去的話，就算不被激流沖走，也會變成一條狼狽不堪的落水狗，可維奇沒有任何猶豫，嗖地一聲，撲躥到河溝對岸，用鼻子在岸邊的山茅草地裏搜尋了一遍，沒發現有價值的線索，又冒險從河溝對岸跳了回來。

行進到山腰，窪地有一叢灌木，枝枝蔓蔓密不透風，樹叢裏還橫七豎八纏繞著長著毒刺的荊棘，維奇毫不遲疑地一頭鑽了進去，裏頭也沒有要找的東西，過一會兒又從灌木叢鑽了出來，渾身黏滿了枝葉，背上和胯部都讓荊棘給劃破了。

到了山頂，絕壁上有個岩洞，地勢非常險峻，底下是百丈深淵，在上面攀爬，稍有不慎，就會一失足成千古恨，跌得粉身碎骨，可維奇根本沒有任何懼怕，縱身一躍，狗爪摳住石縫，狗嘴咬住草根，像壁虎似地嗖嗖嗖往上躥，登上那個岩洞，在洞裏逛了一圈，還是沒找到破案的物證。

維奇在這座名叫駱駝峰的山上奔波忙碌了一個多小時，沒任何實質性進展。太陽當頂，正值盛夏，天氣悶熱得就像在蒸籠裏。狗沒有汗腺，全靠舌頭散熱。維奇舌頭拖出嘴腔有三寸長，呼哧呼哧喘著粗氣，看樣子累得夠嗆，可牠仍不肯鑽到樹蔭下來涼快涼快，又擠進密匝匝的草叢尋找起來。

立功心切，恨不得立刻找到罪犯藏匿的贓物，然後叼到警員小金面前去邀功請賞，讓狗脖子上再掛一枚金光燦燦的動章。

拉拉心明眼亮，維奇心裏是怎麼想的，休想瞞得過牠。

說心裏話，拉拉還是有點欣賞維奇的，年輕漂亮，精力充沛，表現得也很勇敢，具備了優秀警犬的素質。立功心切，也不是件壞事，強烈的榮譽感也是優秀警犬的必備品質。不想

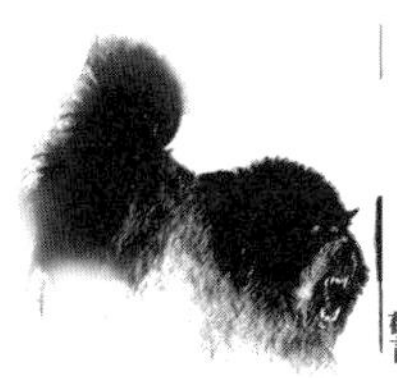

當將軍的士兵不是個好士兵，不想掛勳章的警犬也不是條好警犬。要不是上次在偵破孔雀別墅謀殺案時彼此鬧了彆扭，牠有可能會喜歡上這個傢伙。雖然事情已經過去大半年了，可一想起這傢伙曾奪走本該屬於牠的榮譽，牠仍有一股怨氣直沖腦門，心口堵得慌。用不正當的手段奪取本不該屬於自己的勳章，這決不是一條好警犬應該做的事情啊。

案情是這樣的：據臥底提供的線索，兩名喬裝成中醫的走私犯，隨身攜帶價值六百多萬人民幣的珠寶，裝在一個羊皮袋裏，偷越邊境線，從緬甸進入中國。當地武警根據情報，在駱駝峰設伏。兩天後，荒無人煙的古驛道上，果然出現一個鬼鬼祟祟的人影。

令人遺憾的是，罪犯走到離伏擊圈還有百餘米時，一名武警戰士不知是因爲緊張還是大意，手槍突然走火了，砰，寂靜的山野響起刺耳的槍聲，本來就是驚弓之鳥的罪犯撒腿就跑。山高坡陡，草深林密，幾十名武警追捕了整整一夜，這才在駱駝峰山腳下一座廢棄的磚窯將兩名罪犯捕獲，但檢查罪犯身上和背簍，只有幾味草藥，卻不見珠寶。

罪犯大呼冤枉，矢口否認自己走私。問他們爲何要跑，他們說以爲碰到了劫財的強盜。問他們把那袋珠寶藏哪兒了，他們說自己家裏窮，這輩子連珠寶是啥樣子都沒見過。可以肯定，狡猾的罪犯把贓物藏在山上某個地方了。可他們死不承認，倒也拿他沒辦法。必須找到那袋珠寶，人贓俱獲，才能給罪犯定罪。

幾十名武警在山上尋找了七天七夜，沒能找到珠寶。沒辦法，只好向更高單位求援，要求派經驗豐富的警犬來協同破案。

軍犬與藏獒：
地上生靈

狗的嗅覺遠勝過人的嗅覺，不是吹牛，一百隻人鼻子也抵不上一隻狗鼻子。找尋罪犯藏匿的東西，這方面本事，四足行走的狗比兩足行走的人要強多了。

拉拉是條老警犬，曾破獲過好幾起類似案件；維奇是條前不久才立過戰功的功勳警犬；牠倆雙雙跟隨自己的主人，來到坐落在滇南邊陲的駱駝峰。

當然是先把牠們牽到兩名罪犯面前，嗅聞氣味樣本，然後解開牽引索，放牠們進山，讓牠們自由發揮狗的聰明才智。

自打上山，拉拉就躲在樹蔭下歇涼，躺臥在濕潤的樹根旁，或閉目養神，或眺望風景，或看著維奇上上下下瞎忙乎，悠哉優哉，好不愜意。

牠可不是人前一套人後一套的兩面派警犬，主人不在身邊就想偷懶，牠也絕非在鬧情緒消極怠工。牠之所以躺在樹蔭下歇涼，是因爲現在還不具備搜尋的條件。

正午無風，枝不搖，葉不動，空氣都彷彿凝固了。氣味也停止流動，沉落在地面，固定在一個狹小的範圍。這樣的氣候條件，對發揮嗅覺功能是很不利的。對狗而言，追蹤氣味尋找被隱藏在秘密角落的東西，狂風驟雨固然會沖淡氣味源吹散氣味流，但一絲風也沒有的悶熱天氣，也會讓狗迷失氣味方向，或根本就找不到氣味方向。

駱駝峰可不是孔雀別墅，孔雀別墅占地僅幾十公頃，找不到氣味方向，可以採取全面盤查的方式，搜遍各個角落，而駱駝峰方圓幾十公里，占地約幾萬公頃，假如也全面盤查的話，別說只有兩條警犬了，即使有二十條警犬，也起碼要半個月才能搜遍各個角落。

六百萬元珠寶，聽起來挺嚇人，但珠寶價值昂貴，也就兩、三公斤重一點的東西，裝在一隻小小的羊皮口袋裏，駱駝峰上溝壑縱橫，植被茂盛，亂石遍地，藏一小袋珠寶是再容易不過的事了，而想要找到那袋珠寶，談何容易喲。

再說，尋找珠寶不比尋找血衣，血衣氣味濃烈，容易發現，而珠寶的氣味細微淡薄，距離稍隔遠點就很難嗅聞得到。可以這麼說，在靜止空氣中，在面積如此寬廣、地表如此複雜的駱駝峰，想要找到那袋珠寶，就像大海撈針，成功的機率微乎其微。

執行這樣的任務，確實困難重重。

拉拉可不是那種遇到困難就想打退堂鼓的軟蛋狗，警犬的秉性，就是披荊斬棘，踏碎千難萬險永往直前，在警犬的字典裏沒有退縮這兩個字。牠躺臥在樹蔭下，是在養精蓄銳，觀察天氣變化，等待枝搖葉動，山風漸起。

發揮警犬嗅覺功能的最佳天氣，是既晴朗又微風吹拂的天氣，陽光照耀，溫度提高，會讓隱藏的物體源源不斷蒸發出特有的氣味，形成不斷發佈氣味訊息的氣味源，而微風吹拂，特有的氣味就會在空氣中流動漫游，形成動態的氣味流，狗鼻子只要捕捉到氣味流，即可追尋氣味軌跡，找到目標。

這是生命歷程中積累的寶貴經驗。

維奇顯然不懂得這一點，一味盲目搜尋，瞧，又在箐溝裏白跑了一趟，累得狗腿都打顫了，不得不像坨稀泥巴軟綿綿躺倒在樹蔭下喘息。

假如不先確定氣味方向，單憑工作熱情和苦幹精神，即使累斷狗腰累折狗腿，也休想找到你想要找的東西啊。

日頭西斜，涼風乍起，枝影搖曳，樹葉沙沙響，白雲也婆娑起舞。是時候了，拉拉邁動矯健的步伐，一口氣登上山頂，迎風而立，收集隨氣流漫游過來的氣味訊息。

維奇當然不甘示弱，也氣喘吁吁地追隨拉拉來到山頂。

駱駝峰是座獨立的山峰，氣流會隨著陡峭的山體爬上來，然後又順著山勢蜿蜒轉動，螺旋形上升，氣流到達山頂後，形成一個看不見的氣流漩渦，山腳、山腰和山坡上各種氣味都會彙聚在氣流漩渦中，在狗靈敏的嗅覺中，就像煮著一鍋翻滾的氣味粥。

哦，刺鼻騷臭，那是野豬在爭偶打架；哦，魚腥甜膩，那是蟒蛇在遊竄出洞；哦，奶氣四溢，那是母鹿在為幼鹿哺乳；哦，暗香浮動，那是太陽鳥在啄食花蕊……拉拉佇立在氣流漩渦中，有節奏地噏動鼻翼，仔細分辨各種氣味，沙裏淘金般尋覓疑點。

突然，牠聞到一絲羊膻味，氣味極淡，若有若無，若斷若續，就像溪流中一隻調皮的小蝌蚪，閃了一下又倏地不見了。牠是老警犬了，曉得尋找氣味源就好比人類釣魚，最要緊的就是耐心。牠潛心嗅聞，靜靜等待著。

由西向東徐徐吹來一陣暖風，過了一會兒，那股羊膻味又出現了，不是純粹的岩羊氣味，那股羊膻味很特別，與人身上的汗酸味及煙草味混雜在一起。牠心頭一陣顫慄，經驗告訴牠，牠已經抓住了有價值的氣味線索了。

下一步要做的事情，就是確定氣味方向，追尋氣味線索，找到目標。

與此同時，維奇也站在山頂嗅聞。突然，維奇尾巴陡地豎立起來，抑制不住興奮，汪汪吠叫起來。拉拉明白，這傢伙也聞到了暖風送來的那股奇特的羊膻味。對狗而言，敏銳的嗅覺是天生的，看來這傢伙的天賦還是不錯的，拉拉想。

暖風由西向東吹拂，維奇狗頭朝著西面，使勁聳動鼻翼，吸取氣味訊息，牠似乎已經認準了方向，嗖地向西面躥躍而去，準備下山搜尋。

拉拉跟在維奇後面躥躍，做出一種急不可耐也想從西面下山去尋找的姿態。維奇勃然大怒，扭頭朝牠呲牙咧嘴咆哮，意思再明確不過了，是在向牠發出如此威脅：是我先發現了氣味線索，這個方向的搜索權屬於我，你別想跟在我後頭占我的便宜，不然我就要對你不客氣了！

這傢伙，獨佔功勞獨霸榮譽的老毛病又犯了，自私的令狗髮指！拉拉裝著害怕的樣子往後退縮，退到山頂蹲坐下來，似乎被維奇的威勢嚇倒，再不敢輕舉妄動了。

維奇嚇退了競爭對手，躊躇滿志，飛也似地從西面那條羊場小徑下山去。

拉拉心裏啞然失笑，這個心高氣傲的傢伙，終於上牠的當了。

牠曾跟隨主人多次到滇南中緬邊境一帶執行任務，熟悉亞熱帶氣候，由於多雨潮濕，地表水蒸汽豐富，蒸汽與山風常在山腰碰撞，順著山體走勢迂迴，形成一個氣流大回轉。換句話說，從東面升騰的氣流，到了山腰，會受山體的影響突然反方向運動，變得像是從西面刮來的風，反之亦然。維奇剛從警犬學校畢業不久，從未到亞熱帶地區執行過任務，不瞭解這種特殊的氣流運行規律。這傢伙自以爲搶佔了先機，其實卻是南轅北轍，跑得越快，離目標越遠。

假如換一條其他警犬，拉拉是不會讓自己的同伴往錯誤的方向越走越遠的，對待維奇就另當別認了。這傢伙實在太可惡，在孔雀別墅奪走本屬於牠的榮譽，害得牠和主人大漫臉上蒙羞，這筆冤枉帳，牠是不會輕易忘卻的。

走冤枉路去吧，也讓你體味失敗的苦澀，看你以後還敢不敢狂妄自大！

望著維奇的身影消失在西面山坡的樹叢裏，拉拉這才起身，不慌不忙繞到東面，從一條野獸踐踏出來的牛毛細路下山。

寶貴的經驗幫了拉拉大忙，果然不出牠的所料，到了山腰，在一個圓弧形絕壁前，那股特別的羊膻味突然就拐了個一百八十度大轉彎，變成由東向西飄遊的氣味流。

有了確切的氣味線索，要找到目標，就不是太難的事了。

下了兩道石坎，穿過一片黃竹林，又翻越一座小山包，來到一面長著幾棵野香樟的山坡上，那股特別的羊膻味變得越來越清晰，氣味也越來越密集，可以肯定，氣味源就在這附近。

拉拉先在山坡上往左右兩邊移動，從氣味的濃淡變化中，確定氣味源的中軸線，是在一棵歪脖子香樟樹上。然後，牠又在斜坡上緩慢往下爬，一面爬一面噏動鼻翼嗅聞，用鼻子測

定氣味的橫向座標。

當牠爬到那棵歪脖子香樟樹下，那股特別的羊羶味突然就消失了，可當牠返身往坡上爬，那股特別的羊羶味就又出現了，爬到與樹冠平行的位置，那股特別的氣味最爲清晰濃密。經過上下左右反覆測量，氣味中軸線與氣味橫向座標就在這棵歪脖子香樟樹交會，目標鎖定在樹冠上。

山坡很陡，那棵歪脖子香樟樹幾乎是貼著山坡生長的，樹冠離山壁最近的地方還不到一米。拉拉蹲坐在山壁上，眼鼻並用，視覺與嗅覺同時展開，搜索樹冠。風吹葉動，牠看見在兩根樹枝的交叉處，有一隻盆形鳥巢，由上往下望去，巢內無鳥也無蛋，卻有一堆深棕色的東西，塞滿整個鳥窩。距離稍有點遠，又有葉子遮擋視線，看不清楚究竟是什麼東西。

愛鑽鳥窩的，只有蛇。就在這時，飛來一隻羽毛亮麗的翠金鳥，就停棲在盆形鳥巢邊，啁啾鳴叫。鳥窩裏毫無反應。要真是蛇的話，早就閃電般一擊將那隻翠金鳥吞食了。可以推斷，這是一堆沒有生命的死東西。

迎面刮來一陣勁風，是進行氣味定位的良機，牠立刻抬起鼻子貪婪地嗅聞，沒錯，那股特別的羊羶味就來源於那隻盆形鳥巢。

拉拉一陣狂喜，功夫不負有心狗，牠終於找到目標啦。可牠僅僅高興了幾秒鐘，就又開始犯愁了。別樣憂慮，才下眉頭，又上心頭。怎麼才能從高高的樹杈取到那隻羊皮袋子呢？

狗不是貓，貓身體輕盈，善於爬樹，狗卻不會爬樹。最容易的辦法，就是趕快下山去，找到主人，然後由牠帶路，將主人引領到這棵歪脖子下，然後張大狗嘴銜著枝椏上的鳥巢狂吠亂嚎。主人是爬樹高手，會像猿猴般爬上樹去，猴子摘桃似地把羊皮袋子摘下來的。

可牠有點不甘心這麼做，牠更願意直接叼著裝滿珠寶的羊皮袋子，送到主人懷裏，給主人一個驚喜，讓主人免受爬山爬樹的勞苦，同時也有力地證明牠是一條具有非凡本領和卓越才華的好警犬。

牠在山壁上來回奔跑，尋找可以取到那隻羊皮袋子的辦法。

並非沒有這種可能性，牠想，這棵香樟樹歪著脖子，最粗那根橫枝幾乎平平地生長出來，都快要觸碰到山壁了，這點距離要是在平地，牠很輕鬆就能跳躍過去，然後沿著那根橫枝就可走到鳥巢下方，目測一下，鳥巢離那根橫枝約一人高，牠應該能躥跳起來將鳥巢掀翻的。

當然，這有點冒險。從陡峭的山壁往橫枝上跳，萬一跳偏落點不準，就會從樹上掉下去；那根十多米長的橫枝，就像架在空中的獨木橋，能不能走穩當，也是個大問題；就算能順利到達鳥巢下方，能保證在掀翻鳥巢的同時，又使自己毫髮無傷地平安落地嗎？這棵歪脖子香樟樹少說也有十七、八米高，地面是斜坡，裸露著堅硬的岩石。萬一有個閃失，從樹冠一頭栽落下去，輕則頭破血流，重則傷筋斷骨，後果不堪設想啊。

拉拉正在猶豫，西面山上忽然傳來汪汪熟悉的狗吠聲，牠聽出來了，是維奇在叫，叫聲嘶啞低沉，透出無限委屈和憤懣，聲音由遠及近，正迅速向這兒移動。這傢伙肯定是跑到西

面山腰後，發覺氣味流迂迴掉頭，自己南轅北轍白跑了許多冤枉路，又急又恨，心急如焚，也跟著氣味流掉轉頭來，火速往東趕。

不能再猶豫了，拉拉想，留給牠的時間不多了，再磨磨蹭蹭，維奇就會趕到這棵歪脖子香樟樹下。維奇的嗅覺也很靈敏，肯定也能找到來自鳥窩的氣味源。這樣，牠倆就會同時下山給主人報信。

牠的右腿在兩年前與一夥武裝毒犯交火時受過槍傷，雖經治療沒落下殘疾，但腿彎有一小條肌腱永久性斷裂，影響快速奔跑。牠的速度不如維奇，維奇會搶先跑到山腳的軍用帳篷，把發現目標的喜訊告知警員小金。不明真相的人們，又要張冠李戴把功勞記到維奇身上了。

牠不能讓歷史的悲劇重演，牠不能讓眼看就要到手的榮譽再次飛掉。

牠不再遲疑，咬緊牙關，後腿在岩石上用力一蹬，身體呈流線形躥躍出去。

到底是久經考驗的老警犬了，牠的落點既準且穩，四隻狗爪剛好落在那根橫枝葉簇中央。橫枝搖晃，但葉兒攙扶，草木亦有情，沒讓牠從樹上掉下來。那根橫枝雖有牠身體般粗，但樹枝呈圓形，樹皮光溜溜，很容易打滑。

牠當年在警犬學校時，受過走平衡木的訓練，此項科目成績優異。警犬學校學的東西派上用場了，牠半曲膝蓋，儘量壓低身體，以增加平衡感，指爪張開，尖利的指甲死死摳住樹皮，以加大摩擦力，小心翼翼地一步步往前走。老天保佑，牠總算順利到達鳥巢下方了。

剛才目測得不太準，鳥巢與橫枝間距離足有兩米。牠是狼狗血統，踮起後肢站直了就有一米多高，用足力氣躥跳，前爪是可以抓到鳥巢的，可是，牠絕無可能在掀翻鳥巢後，又穩穩站回到橫枝上來的，牠必然會連同鳥巢一起從十多米高的樹上掉下去。牠思忖著，在空中該如何調整姿勢，以避免落地時摔傷。

汪汪，維奇的吠叫聲越來越近，從聲音判斷，維奇現在的位置離歪脖子香樟樹頂多還有三百米，要不了兩分鐘，維奇就會出現在這棵香樟樹下。

牠沒時間多想了，心一橫，頭一翹，腿一蹬，身體筆直躥跳起來。

牠的躥高能力極強，兩隻前爪抱住了鳥窩，狠命一抓，把整個鳥巢抓了個底朝天。覆巢之下安有完卵——那隻羊皮口袋被拋在空中，像斷了翅膀的鳥，一頭栽落下去。

牠也被樹枝彈射出來，直直墜落。牠在抓鳥巢時用力過猛，被樹枝彈射出來後，身體在空中打滾。快要落地了，糟糕的是，牠後背朝下四腳朝天。底下是塊堅硬的花崗岩。任由這個姿勢著地，極有可能會跌斷脊樑骨，牠從此以後變成一條斷了脊樑的癩皮狗。

牠意識到危險，想調整姿勢，翻過身來四爪先著地，但已經來不及了，跌落的過程是瞬間完成的，牠的脊背離地面僅有半米高了。

急中生智，不不，完全是一種想要保住性命的下意識反應，一種剎那間而至的反射動作，牠嗖地一聲將自己的尾巴翻捲到脊背下，用柔軟的尾巴護住自己的脊樑骨。

砰，牠四腳朝天重重砸在岩石上，牠只覺得尾巴就像被毒蛇咬了一下，痛得失去了知

覺。

這是一個很陡的斜坡，牠的身體順著慣性在往下滑，滑出一丈多遠，這才勉強翻轉身來。脊樑骨保住了，身體的其他部位也沒受什麼傷。牠扭頭看自己的尾巴，不看不知道，看了嚇一跳，那條褐黃色毛茸茸漂亮的大尾巴，好像變戲法一樣，尾巴上所有的狗毛都不見了，光禿禿又細又瘦，露出灰白的狗皮，狗皮上沁出星星點點猩紅的血珠，活像拖了一條被剝了皮的小蛇。再看地面，那塊瓦灰色花崗岩上，有長長一條帶血的擦痕。哦，牠整個身體壓在尾巴上，順勢下滑摩擦粗糙的岩石，尾巴上的狗毛被活生生拔光了。

牠試著搖動尾巴，有痛的感覺，整條尾巴雖不能搖甩，但尾尖卻還能隨著意念微微顫動。謝天謝地，尾巴只是脫毛和扭傷，還沒有完全斷裂，不至於變成醜陋的斷尾狗。

那隻深褐色的羊皮袋子就滾落在牠身邊，牠用狗爪踢了踢，裏頭沙啦啦響，聞一聞，透過汗酸、煙草和羊膻味，能聞到一股珠寶所特有的華貴氣息。

牠終於成功了，找到了主人大漫迫切想找到的東西！

三

拉拉叼著那袋重約兩、三公斤的羊皮袋子，興高采烈往山下奔跑。尾巴雖受到重創，但心裏高興，那疼痛的感覺也就減輕了許多。能幫助主人偵破此案，別說尾巴只是受傷，即使尾巴斷掉，牠也心甘情願。

拉拉前腳離開那棵歪脖子香樟樹，維奇後腳趕到。維奇在那棵歪脖子香樟樹下大呼小叫，顯然，這傢伙聞到了羊皮袋子和珠寶的氣味，為自己痛失立功受獎的良機而悔恨不已。

你來晚了，傷心去吧，嫉妒去吧，哭泣去吧！

拉拉剛走通牛毛細路，維奇就趕到牠身邊了。維奇年輕，腿力矯健，而牠腿部過去受過槍傷，嘴裏又叼著東西，維奇當然是能追上牠的。

維奇貼在牠身邊，與牠並肩奔跑。維奇的鼻翼噏動著，貪婪地嗅聞羊皮袋子，臉上刻滿妒意，嘴角口水滴嗒，就好像聞到了一隻香噴噴的羊肉餡餅。

對警犬來說，這隻裝滿珠寶的羊皮袋子，比世界上任何羊肉餡餅味道更鮮美得多啊。

維奇在拉拉耳畔汪汪叫，維奇的尾巴搖得像朵花，態度很友善，叫聲婉轉柔順，顯得挺親熱。汪，這羊皮袋子挺沉的，到山腳還有好遠的路呢，你不覺得累嗎？汪，我來替你叼一程吧，你年紀大了，也該歇歇啦！

拉拉叼緊羊皮袋子，只顧往前跑。多謝啦，你的美意我心領了，叼著這隻羊皮袋子，爬九十九座大山，蹚九十九條大河，我也不會覺得累的。

維奇吊眼聳鼻，臉上的表情更諂媚，叫聲也更悅耳動聽。汪，你的尾巴受傷了，一路跑一路灑著血花，停一停吧，你在這裏養傷休息，我來替你傳遞這隻羊皮袋子。

拉拉根本不予理睬，悶頭趕自己的路，犬牙將羊皮袋子銜得更緊。你肚子裏打什麼鬼主意，我心裏清楚得很。別枉費心機了，我是不會再上你的當的。你就是掏出你的狗心狗肺狗

肚給我當點心充饑，也休想讓我把羊皮袋子交給你。

維奇的臉拉長了。拉拉乜斜狗眼注意觀察。維奇鼻吻間有一種騙術被揭穿後惱羞成怒的表情。狗急跳牆，人急打架，這傢伙可能會動粗。害狗之心不可有，防狗之心不可無，拉拉心裏多了一份警覺。

維奇的奔跑速度與拉拉保持同步，狗嘴不懷好意地伸了過來，突然加速躥躍，狗牙閃電般咬過來，目標當然是那只羊皮袋子。拉拉早有防備，緊急停頓，狗脖子同時往後收縮。維奇咬了個空，身不由己撞在旁邊的石頭上。

你一撅屁股我就知道你要拉什麼屎；這份功勞你是騙不去也奪不走的，我奉勸你，還是死了這份心吧。拉拉從牙縫間發出憤怒的低嚎，繼續快步往山腳下趕。

維奇又追了上來，憑藉速度優勢，嗖嗖嗖連續躥躍，很快就跑到拉拉前面去了。前面是個彎道，路的一邊是懸崖，另一邊是絕壁，地勢十分險峻。維奇突然扭過身，將牛毛細路完全封鎖，吹鬍子瞪眼，亮出滿嘴交錯的犬牙，惡狠狠咆哮，用意再明顯不過了，是在進行恫嚇，企圖用武力掠奪那隻羊皮袋子。

拉拉停了下來，放下羊皮袋子，伸出舌頭舔動牙齒，那是狗式磨刀霍霍，以備應戰。牠絲毫沒有懼怕，牠是警犬，決不會向暴力屈服。牠奉行的原則是，狗不犯我，我不犯狗，狗若犯我，我必犯狗。雖說維奇比牠年輕，體質也許更棒些，但牠也不是吃素的，牠有豐富的格鬥經驗，牠有機敏的頭腦，牠有殊死搏殺的勇氣和膽量，再者，牠為捍衛自己的榮譽而戰，對方是卑鄙的掠奪者，正義在牠這邊，真理在牠這邊，牠相信自己是不會輸給維奇的。

拉拉耳廓豎直，頸毛姿張，狗爪嘶嘶刨動地面，用形體語言明確告訴對方：靠騙術騙不走的東西，靠武力更休想得到；你想打架，好哇，我正牙齒癢癢、爪子癢癢呢；我會奉陪到底的，休怪我把你咬得狗血淋頭！

也許是掂量彼此的實力覺得取勝的可能很渺茫，也許是被拉拉誓死捍衛的決心所震懾，也許是想起了每一條警犬都必須恪守的「嚴禁團隊內打架鬥毆」的紀律，維奇咆哮了一陣，聲音越來越低，氣焰也越來越衰微，突然停止咆哮，一掄尾巴，悻悻而退，跳到一邊去，讓開路來。

這是一場智慧與決心的較量，拉拉贏了。既然對方偃旗息鼓，牠當然也就沒必要爭強好勝。牠重新叼起那只羊皮袋子，穿過那段險峻的彎道，小跑著往山下去。

維奇哭喪著臉，跟在拉拉身後，不時發出一、兩聲哀嚎，顯得無比懊惱。

哦，你只能怪你自己運氣不好，想立功，那就勤學苦練搜索本領。

剩下的路已經不多了，再翻過一座小山包，就是武警部隊的軍用帳篷了。大功即將告成，勝利就在眼前。拉拉心裏充滿了喜悅，步履也變得輕快多了。牠想像主人大漫見到牠時的表情，雙眸洋溢著強烈的驚喜，肯定會笑得合不攏嘴。他會張開雙臂，讓牠撲進他寬廣的胸懷。他會用強有力的胳膊圈住牠的腰，摟得牠幾乎喘不過氣來。牠會用長滿繭花粗糙的手掌撫摸牠的臉，將柔情和愛傳遞到牠的心田。牠喜歡他男子漢式的擁抱，牠是狗，牠渴望主

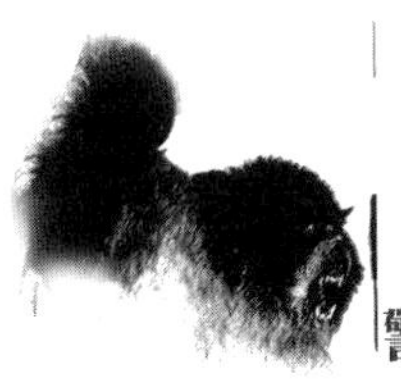

人深情的撫摸。

下到溝底，在一塊面積不大的鹽鹼塘邊穿行，只要穿過這塊鹽鹼塘，就能望見在帳篷頂上飄揚的旗子了。

鹽鹼塘是亞熱帶森林特有的水塘，含鹽濃度很高，是各類走獸經常光顧的地方，舔食鹽鹼水，以補充體內消耗的鹽份。鹽鹼塘邊緣，有一條野獸踐踏出來的小路。拉拉在小路上奔跑。

此時，鹽鹼塘周圍杳無獸影，水藍得像塊大玻璃，有一對豆雀在天空嘻鬧，灑下一串銀鈴似的啼鳴聲。拉拉做夢也沒想到，自己會在這個時候遭到暗算。

維奇走在外側，維奇的狗頭與牠的狗腰位置平行，突然，牠覺得自己的腰部遭到了猛烈撞擊，咚的一聲，來勢兇猛，牠猝不及防，身體被撞得彈飛出去。牠是在鹽鹼塘邊緣行走，在地上打了兩個滾，眼瞅著就要跌進鹽鹼塘了。牠趕緊將兩隻前爪摳住泥土，但下半身在強大的衝擊力下，還是落進鹽鹼塘了。

嘩，大玻璃碎了，平靜的水面爆出一朵藍色水花。一陣難以忍受的劇痛剎那間從尾部傳遍全身。牠的尾巴從歪脖子樹上摔下來時受了傷，尾毛拔脫鮮血淋漓，浸泡在高濃度鹽鹼水裏，就好像突然被烈火焚燒，突然被油鍋烹炸。一瞬間，牠下意識張開狗嘴發出一聲慘嚎。

毫無疑問，牠這一張嘴，那只羊皮袋子就掉下來了。維奇立即撲躥上來，一口叼住羊皮袋子，撒腿向山腳下狂奔而去。

等拉拉反應過來是怎麼回事，維奇已經叼著羊皮袋子逃出一百多米遠。

汪，你給我站住，還我羊皮袋子！拉拉憤怒吠叫一聲，拼命追攆，想奪回羊皮袋子。

可惱的是，維奇非但不站住，反而跑得更快了。

拉拉由於腿部曾受過槍傷，奔跑速度本來就不如維奇，此刻蘸了鹽鹼水的尾巴疼得如萬箭穿心，也影響了快速奔跑，彼此間的距離不僅沒縮短，還越拉越遠了。

很快，維奇就跑到山腳下，衝進軍用帳篷。

等拉拉氣咻咻趕到，只見警員小金一隻手高舉沉甸甸羊皮袋子，一隻手摟住維奇的脖子，激動地大聲喊叫：

「快來看哪，珠寶找到啦，價值六百萬的珠寶找到啦！是維奇找到的，是我的維奇找到的！」

警員小金像喝多了喜酒，滿臉通紅，把維奇緊緊抱在懷裏，人嘴狗嘴咂咂親吻，人眼狗眼閃爍喜悅的淚光，爲勝利而陶醉了。

拉拉看見主人大漫兩條劍眉又蹙緊了，臉上浮現出失望遺憾的表情。

熱血衝上腦門，拉拉快氣瘋了。是牠冒著從歪脖子香樟樹上掉下來摔死的危險得到羊皮袋子的，爲此牠尾巴負傷，付出了血的代價，榮譽花環卻又套到了維奇脖子上，這也實在太過分了啊！

趁牠不備冷不防將牠撞進鹽鹼塘，然後奪走牠叼在嘴上的羊皮袋子，這是赤裸裸的強盜

行徑，換了任何一條有血性的警犬也無法忍受這種恥辱的。一瞬間，牠忘了警犬的紀律，忘了警犬的禁忌，也忘了警犬學校所傳授的一切清規戒律，只有復仇毒焰在心中熊熊燃燒。牠狂嚎一聲，從背後撲躍上去，跳到維奇背上，在維奇的肩胛上狠狠咬了一口。

可恥的騙子，卑鄙的強盜，看你以後還敢不敢搶掠榮譽！

嘶，傳來狗皮的撕裂聲；汪，傳來維奇慘烈的嚎叫聲。

「快來人哪，瘋狗咬人啦！不不，瘋狗咬狗啦！」警員小金驚慌失措地喊叫起來。

好幾名員警湧上來，但懼怕被狗咬，只敢在一旁吶喊，不敢靠得太近。

大漫衝了過來，雙手卡住拉拉的脖子，厲聲呵斥：「鬆開嘴，混帳東西，命令你鬆開嘴！」

拉拉是條好警犬，從來都不折不扣執行主人的命令。主人要牠坐，牠絕不會站起來；主人要牠衝鋒，牠絕不會退縮半步。可這一次，牠沒聽主人的，仍咬緊牙關，拼命甩動腦殼，狠勁地咬，毒毒地咬。

噗，一小塊狗肉被牠活生生咬下來了，牠舌頭嘗到鹹津津的狗血，唇齒間黏滿狗毛。

牠還想繼續咬第二口，咬第三口，但主人大漫壓在牠身上，壓得牠喘不過氣來，壓得牠無法動彈。

牠如果在大漫胳膊上咬一口的話，輕易就能從主人的束縛中掙脫出來，可牠是條忠誠的警犬，無論何時何地何種情況下，也絕不會咬自己主人的。

維奇肩胛部位被鮮血染紅，撕心裂肺嚎，疼得在地上打滾。

「快，快拿鐵鏈子來；快，快叫獸醫來！」警員小金氣急敗壞地喊叫。

四

狗咬狗，這句俗話，在人類日常生活中，形容兩個壞東西互相攻奸，含有活該倒楣的意思。然而，在警犬隊伍裏，狗咬狗卻是被明令禁止的，屬於一種必須要受到懲處的嚴重錯誤。

拉拉脖子上套著一條沉重的鐵鏈，被鎖在刑警隊後院垃圾箱旁一隻長一米寬、半米高、四十公分狹長的鐵籠子裏。不能走動，不能轉身，也不能站直，空間狹小得連甩甩狗尾巴的餘地也沒有，待在裏頭非常難受。

這是警犬專用的禁閉室，俗稱狗式囚籠，專門懲罰犯錯誤的警犬。被剝奪自由，受點皮肉之苦，這樣有利於反省自己的錯誤。

一般的警犬，犯了些雞毛蒜皮的錯誤，如不聽指揮、尋釁打架、偷吃東西等等，在狗式囚籠裏待上幾個鐘頭，就會將尾巴夾緊，耳朵耷落，眼露乞憐之意，做出馴服的動作和表情來。於是主人將其訓斥一番，乖巧的罪狗拼命搖動尾巴以示心悅誠服，主人也就饒恕其罪過，打開牢門把牠放出去。從此這條警犬牢記教訓，革心洗面，痛改前非，重新做條聽話的好狗。

拉拉在狗式囚籠裏關了整整兩天兩夜，卻仍然尾不倒、耳不耷，一雙狗眼仍怒火熊熊，毫無妥協之意。

「你不悔改，就讓你永遠待在鐵籠子裏！」警員小金氣憤地用腳踢狗式囚籠，把鐵籠子踢得乒乒乓乓響，「你的嫉妒心也太強了，自己沒本事找到珠寶，就嫉妒我的維奇，把牠往死裏咬。你知道你犯的什麼錯誤嗎？這叫謀害自己的戰友，罪大惡極，罪不可赦！」

那位穿白大褂的獸醫來了，撬開拉拉的嘴看口腔，用聽診器聽牠的心跳和呼吸，還將體溫表插進牠的肛門量體溫，忙碌了半天，最後說：

「身體檢查不出有什麼異常，大概是心理上的毛病。有的狗天生就嫉妒心特別重，國外有過這樣的報導，一位女士養了一條狼犬，狗與主人彼此感情很深，後來那位女主人生了個孩子，對孩子當然更疼愛，那條狼狗漸生妒意。有一次，女主人給孩子餵食，狼狗去爭搶，把孩子嚇哭了，女主人很生氣，就踢了狼狗一腳。狼狗懷恨在心，某天趁女主人外出購物之際，將孩子咬死了。心理醫生認爲，那條狼狗是患了因長期嫉妒而引發的狂躁型精神分裂症。我看吶，拉拉有可能也患上了類似的精神疾病。」

「完全有這種可能。」警員小金在一旁火上澆油，「上次孔雀別墅破了案，姚警官給我的維奇授勳，這條瘋狗也想衝上來咬我的維奇，要不是大漫將繩索拽得緊，我的維奇早就被牠咬傷了。今天牠敢咬維奇，說不定哪天瘋勁上來了，還要傷人哪！」

與獸醫一同前來的姚警官皺著眉頭思考了一會兒，緩緩說道：「要真是患了精神疾病，再讓牠留在刑警隊裏，確實太危險了。我看可以考慮把牠處理掉，不能留下隱患。」

人得了精神疾病，可以送醫院治療。狗就沒那麼幸運了，狗得了精神病，俗稱瘋狗，出路只有一條，那就是處理掉。所謂處理掉，就是判處死刑的另一種說法。狗雖然是人類最忠誠的朋友，但人道主義光輝卻很難照耀到狗身上。

警員小金挺解恨地揮了揮拳頭：「我這就去打報告，送這條瘋狗去見狗閻王。」

「不不，拉拉是條好狗，我與牠相處多年，我瞭解牠，牠的心理很健康，絕不會患什麼精神疾病的。」一直站立在狗式囚籠旁的大漫急忙替拉拉說情，「姚警官，請相信我，拉拉確實是條好狗，曾協助我們破了許多案子，牠身上還挨過罪犯子彈。牠只是一時糊塗，做了錯事，我求您了，給牠一次改過自新的機會吧。」

姚警官寬厚地咧嘴笑了笑，拍拍大漫的肩說：

「你與拉拉相處多年，割捨不掉這份感情，這我能理解。可牠因嫉妒咬傷維奇，這也是不容置疑的事實。我親自查看過維奇的傷口，連皮帶肉被咬掉了兩公分大面積，縫了六針才勉強把傷口縫起來。要不是精神錯亂，會這麼狠毒咬並肩戰鬥的戰友嗎？我們誰也沒有否認拉拉過去的功勞，但昨天的功勞不能抵消今天的罪孽。養一條腦子出了毛病的狗，會給刑警隊的聲譽帶來負面影響。放心好啦，我會關照他們採用藥物處理的辦法，保證讓牠走得毫無痛苦。大漫同志，你是不錯的警犬訓導員，我會再給你配一條最棒的新警犬。」

「姚警官，拉拉咬維奇，確實咬得太狠了點。牠犯了錯誤，我也有責任，我訓犬無方，

您就處分我好啦。拉拉挺懂事的，牠已經認識到自己錯了，相信我，牠會改正自己錯誤的。」大漫仍一個勁爲拉拉求情。

姚警官臉上露出一絲譏笑，指了指關在狗式囚籠裏的拉拉說：「你瞧瞧，牠尾巴受了傷，還翹得筆直，橫眉豎眼，傲慢無禮，一副兇相，這叫認識自己錯誤嗎？」

「姚警官，拉拉就是這個德性，心裏認錯了，但表情卻還是不屈不撓。每條狗都有不同的脾氣，我瞭解拉拉，牠早就爲自己所犯的錯誤痛悔不已了。」大漫固執地爲拉拉辯解。

「那好吧，去把維奇牽來，看看你的拉拉是不是真有悔罪表現。」姚警官說。

警員小金很快把維奇牽進後院。維奇身上纏了厚厚一層白紗布，紗布上滲透出斑斑血漬，每走一步都會疼得呲牙咧嘴，看樣子確實傷得不輕。

走到離狗式囚籠還有兩、三米遠的地方，維奇狗毛聳立，身體一陣陣顫抖，狗眼充滿畏懼，任憑警員小金怎麼拉牽引索，再也不肯往前走了。

而拉拉，一看到維奇跨進後院，渾身的肌肉立刻就繃緊了，兩隻狗眼瞪得溜圓，死死盯著冤家對頭，喉嚨深處發出威脅的呼呼聲，那目光那表情，用「虎視眈眈」和「仇人相見分外眼紅」這兩句成語來形容，再貼切不過了。

大漫趕緊蹲下來，兩隻手從囚籠的鐵桿間伸進去，一隻手捂住拉拉的嘴巴，不讓牠惡聲咆哮，另一隻手壓在拉拉的脊背上，想讓牠側身躺臥下來。大漫用顫抖的聲音說道：

「拉拉，你要聽話，乖，躺下來，給維奇賠個不是。哦，我要你躺下來，完成承認錯誤的姿勢！」

警犬學校有這個訓練課目，當兩條狗發生爭執，需要甲狗向乙狗賠禮道歉時，訓導員就會發出指令，讓甲狗側躺下來，四條腿放鬆，頭部後仰，暴露出身體最薄弱的環節──咽喉部位，乙狗精神上得到了補償，就會原諒甲狗所犯的錯誤，矛盾化解，疙瘩解開，兩條警犬重歸於好。

其實，警犬學校所訓練的這套賠禮道歉動作，是從狼的行爲中套用過來的。在狼群，當兩匹狼爲爭偶、爭食或爭地位高低而大打出手，一匹狼打輸了，就會側躺下來，向勝利者暴露自己最致命的咽喉部位，以示臣服和求饒，這個時候，怒氣沖沖的勝利者立刻會放棄繼續噬咬的念頭，網開一面，給打輸的狼留一條生路。

這是嗜血成性的狼在頻繁的種內衝突中，爲避免自相殘殺導致種群滅絕而設置的和解機制。

警犬大多爲狼狗後裔，血液中含有狼的成份，天生具備狼的某些習性。通過警犬學校訓導員的反覆訓練，應該說每一條警犬都會做這個賠禮道歉的姿勢。

好幾個人的眼睛都盯著拉拉，看牠是否能順從大漫的指令，側躺下來，以此來判斷牠是否有悔罪的表現。

拉拉當然聽得懂大漫的指令。主人的眼眶蓄滿晶瑩的淚水。主人的聲音在顫抖，主人的手在顫抖，主人的心在顫抖。牠曉得，主人不僅僅是在命令牠，而是在懇求牠。

此時，要是主人命令牠躥進火海，牠眼睛都不會眨一下就撲躍上去的；要是主人命令牠上刀山，粉身碎骨牠也會勇往直前。可牠知道，此時此刻，主人是在用淚水期待牠向維奇完成賠禮道歉的動作。

狗式囚籠雖小，但完成側躺動作不應有什麼障礙。牠從沒違抗過主人的指令，更不用說主人帶淚的懇求了。可這一次，牠卻破天荒不願按主人的吩咐去做。

天地良心，明明是牠得到了那隻羊皮袋子，被維奇用不正當的手段搶奪了去，不僅榮譽歸維奇所有，還要牠倒過來向維奇賠禮道歉，如此顛倒黑白，天理何在呀？牠如果真的違心側躺下來，牠就不是錚錚鐵骨的警犬，而是斷了脊樑的癩皮狗！

「拉拉，你一定要聽我的話，躺下來，快躺下來……」大漫用哽咽的聲音不斷重複這句話。

拉拉不可能完全聽懂人類的語言，但牠從主人大漫淒楚的語調和苦澀的表情中，猜出自己的處境很不妙，假如不聽從主人的勸告側躺下來，也許會凶多吉少。但就算會惹出殺身之禍，牠也不能在維奇面前側躺下來。牠不能忍氣吞聲活著，不公平，毋寧死。

世上確實有些東西，比生命更值得珍惜。

牠頑強地站立著，那根光禿禿的狗尾巴雖然脹痛難忍，卻高傲地豎立著。

不知出於什麼樣的動機，警員小金抱起維奇，貼到狗式囚籠上來。

拉拉狗頭猛地往後一縮，狗嘴不再被大漫捂緊，汪汪汪，爆發出一陣猛烈的吠叫。牠的身體躍動撲躥，撞得囚籠哐啷哐啷響，尖利的犬牙啃咬鐵桿，發出喀嚓喀嚓可怕的響聲。再糊塗的人也看得出來，要是沒有堅固的囚籠阻隔，拉拉肯定會撲到維奇身上來撕咬的。

「行了，就這麼定了，明天上午，把這條狗交衛生隊處理。」姚警官果斷地作出了最後決定。

這天夜裏，警員大漫用自己的津貼買了好幾隻紅燒肉罐頭餵拉拉。整整一夜，大漫就坐在狗式囚籠旁，默默流著淚，直到天亮。

五

鬧區一條大街上，槍聲像炒豆似地乒乒乓乓爆響。

拉拉被牽到一輛警車後面，四周都是荷槍實彈的武警戰士，有的在用擴音器喊話，有的在舉槍射擊，子彈像蝗蟲似地在頭頂飛舞。

大漫將一挺鐵柄衝鋒槍送到拉拉鼻子底下，讓牠聞了聞，然後指著兩百米開外一輛藍色卡車，斬釘截鐵命令道：「去，把歹徒手裏的那挺衝鋒槍奪過來！」

案情是這樣的：早上八點五十三分，兩名窮兇極惡的武裝歹徒，搶劫停在工商銀行儲蓄所門口的一輛警運鈔車，開槍打死四名運鈔人員，搶走一百多萬元，然後駕駛那輛藍色卡車逃竄。一一〇緊急出動，警笛嗚叫，警車呼嘯，圍追堵截，終於在街上將歹徒攔截住了。

藍色卡車被擊毀，但歹徒憑藉卡車作掩護，負隅頑抗。歹徒有一支土造手槍和一支衝鋒

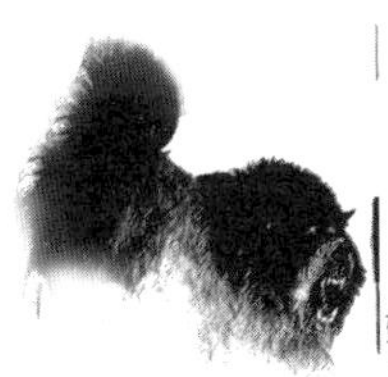

槍。土造手槍作用不大，衝鋒槍卻威力很強，兇猛掃射，封鎖了這條街道。防暴員警組織三次進攻，但地形對員警不利，結果都無功而返。

有一名武警戰士犧牲，兩名武警戰士受傷。指揮部決定使用警犬，警犬目標小，靈巧機警，易接近歹徒，奪取那支罪惡的衝鋒槍，以減少人員傷亡。

接到命令時，刑警大隊十條警犬，有八條在外執行任務，一時半刻無法召回。只有維奇在家養傷，還有就是關在狗式囚籠裏的拉拉。情況萬分火急，沒有挑選餘地，只有讓維奇和拉拉去參加戰鬥。

維奇身上纏著繃帶，帶傷出征。

拉拉脖頸套著鐵鏈，戴罪參戰。

大漫在給拉拉解開鎖鏈時，指了指身邊的維奇，厲聲說：「不許咬維奇，你們要並肩戰鬥，聽明白了嗎？這是戰場，不准再胡鬧了！」

警員小金舉起手槍在拉拉腦殼上比劃，威脅道：「要是你胡來，不去奪歹徒衝鋒槍，而敢再放肆咬維奇的話，我就一槍崩掉你的狗頭！」

其實不用大漫吩咐，也不用小金威脅，拉拉心裏明白，此時此刻，自己該做什麼不該做什麼。作爲警犬，槍聲就意味著衝鋒陷陣，槍聲就意味著赴湯蹈火，這是牠神聖的使命與責任，牠決不會在這個時候鬧情緒、鬧彆扭、鬧矛盾的。

來日方長，與維奇的這筆帳，留待今後再算。

拉拉和維奇貼著街邊建築物牆腳，一前一後，向兩百米開外的藍色卡車小跑而去。

警犬相對來說目標較小，兩名歹徒的注意力都集中在幾輛警車和武警戰士身上，拉拉和維奇很快接近目標，並成功跳到卡車的車廂上，與躲在卡車背後的歹徒相距僅幾步之遙。

拉拉蹲伏在車廂裏，思量著該如何完成主人交代的任務。兩名歹徒暫時還沒有發現牠和維奇，這是克敵制勝最好的時機。牠曾參加過緝拿武裝毒梟的戰鬥，曉得要想制服手執自動火器的人，唯一的辦法就是突然襲擊，以速度取勝，在對方還沒反應過來是怎麼回事時，以迅雷不及掩耳之勢撲到敵人身上撕咬。

牠豎起耳朵諦聽，想先確定歹徒衝鋒槍的位置，然後用一個躥高動作越過車廂一米高的欄桿，出奇不意撲下去。如果位置計算準確的話，剎那間牠就可以將歹徒壓翻在地，衝鋒槍也許會滾落到一邊，維奇就可以順順當當將衝鋒槍銜走了。

戰鬥方案考慮得很周密，勝算把握很大。

只有一個細節讓牠猶豫不決，那就是，那挺衝鋒槍將由維奇叼走，換句話說，勝利果實將歸維奇所有。

難道又要由牠來冒生命危險衝鋒陷陣，最終卻張冠李戴，榮譽的花環套在維奇身上？

也許，可以用激將法唆使維奇先躥高撲跳到車廂下去，牠與維奇角色互換，維奇撲倒那個手執衝鋒槍的歹徒，牠後半步躥跳下去，輕輕鬆鬆叼取那支衝鋒槍，將榮譽的花環套在自己身上。

牠瞥了維奇一眼，立刻打消了角色互換的念頭。

維奇從警犬學校畢業不久，缺乏磨礪；維奇從沒參加過真槍實彈的戰鬥，缺乏在刺耳的槍聲中擒拿格鬥的經驗。還有一點，牠看得很清楚，維奇纏在身上潔白的繃帶，肩胛部位又滲出一片血跡，顯然，被牠咬傷的創口並未癒合，一走動又開始流血了。出其不意撲倒手執衝鋒槍的歹徒，要訣是三個字：快、狠、準，動作須銜接緊湊，連貫一氣，稍有遲疑，稍有疏忽，動作哪怕慢了半秒，落點哪怕偏了半寸，那支衝鋒槍黑洞洞的槍口就有可能對準狗心臟，發出噠噠噠魔鬼般的奸笑。

維奇既缺乏實戰經驗，還在流血的創口又影響撲咬動作的敏捷度和準確性，很難說不會出紕漏。萬一維奇失手，別說奪取那支衝鋒槍了，恐怕狗命都保不住。牠緊跟在維奇後面撲跳下去，後果也不堪設想。更嚴重的是，牠們進攻失利，警車後面那些武警戰士，包括牠的主人大漫在內，將不得不迎著歹徒衝鋒槍密集的子彈發起攻擊，流血犧牲遭受很大損失。

牠不能為謀求榮譽的花環，而不顧全局利益。再說，把率先躥高撲跳的危險推給別的警犬，自己巧取豪奪勝利果實，這也不符合警犬的行為規範，牠會因此而一輩子遭受良心譴責的。

罷罷罷，就讓維奇再撿一次便宜吧。

主意既定，牠心裏平靜了許多。從衝鋒槍的噠噠聲中，牠很容易就判斷出，手執衝鋒槍的歹徒，就隱藏在卡車後輪背後。

確定了方位，後退兩步，運氣蓄力，準備躥跳。

就在這節骨眼上，車廂下面那位手執衝鋒槍的歹徒不知是急紅了眼，還是想爲自己壯膽，突然扯起公雞般嘶啞的破嗓子，吼叫道：

「爛員警，有種就衝上來吧，老子跟你們拼了，拼一個夠本，拼兩個賺一個！」

兩百米開外，幾輛警車背後，傳來警員小金用手提喇叭發出的喊聲：

「維奇，你還磨蹭什麼呀，快給我上！」

警員小金立功心切，恨不得維奇像老鷹捉小雞那樣，撲跳下去把那支衝鋒槍奪到手。

也許是受了歹徒吼叫的刺激，也許是受了警員小金喊聲的鼓舞，維奇突然間跨到拉拉前面來，汪汪發出一串氣勢磅礴的吠叫，擺出躥跳姿勢。

剎那間，藍色卡車下面死一般寂靜，兩秒鐘後，響起一個哭喪的聲音：「媽呀，警犬摸到車廂上來了！我最怕大狼狗了，我們完蛋了。」

那個公雞嗓子的歹徒在給同夥打氣，也在爲自己壯膽，大叫道：「別怕，再兇的狼狗也擋不住子彈，看我一槍崩掉狗頭！」

拉拉差點沒暈倒。好你個維奇，你想爭強好勝，你想搶奪頭功，我讓你就是了，可你千不該萬不該，不該瞎叫啊！

目標已經暴露，突然襲擊已沒有可能。維奇後腿曲蹲狗頭高昂，若不加阻攔，這個冒失鬼瞬間就要躥跳出去。

現在躥跳出去，無疑是去撞槍口，是去做衝鋒槍的靶子。拉拉心裏很清楚，歹徒已經知道車廂上面有警犬，那支衝鋒槍正對準車廂搜索目標，只要一望見警犬的身影，就會毫不留情地扣動班機。狗的動作再快，也不及子彈速度快。牠曾受過槍傷，領教過子彈的厲害。那子彈看不見摸不著，像隱形小精靈，在極短的瞬間就可以在你身上鑽出窟窿來。

不能躥跳，你想送死呀！拉拉舉起一隻前爪，在維奇的狗腰上猛搡了一把。維奇躥跳的姿勢散了架，被迫停頓下來。

維奇朝拉拉洶洶嚎了一聲，狗爪狠狠撕抓過來，拉拉躲閃不及，臉上被抓脫幾綹狗毛，火辣辣疼。

拉拉知道，維奇誤會了牠的意思，維奇肯定以爲牠是在和牠爭搶衝鋒陷陣的率先權，怕頭功讓牠得到，便出手動粗，惡聲詆毀。

這叫狗咬呂洞賓，不識好「人」心。拉拉不想在這裏打架，只得往後退了一步。

維奇又躊躇滿志地擺出躥跳姿勢。

勸也勸不聽，攔也攔不住，這個狂妄自大的傢伙想要去送死，那就悉聽尊便吧。拉拉想，不是牠要陷害維奇，是維奇固執地要往槍口上撞，老天可以作證，這不關牠什麼事。這傢伙立了兩次騙來搶來的功，不知天高地厚，虛榮心膨脹得厲害，活該提前去見狗閻王！

維奇後腿曲蹲，尾尖支地，就要起跳。

拉拉睜大眼睛看著，至多還有兩秒鐘，活蹦亂跳的維奇就要變成一條死狗了。只要維奇躍過車廂頂，身體就會被一梭子彈鑽出許多小窟窿，像一隻濕漉漉的蜂窩煤。牠應該幸災樂禍才對，這傢伙害牠害得好苦哇，兩度剽竊牠的榮譽，害得牠在狗式囚籠裏關了兩天兩夜，差點被當做精神錯亂的瘋狗淘汰掉，這樣壞心腸的狗，死了才解恨哪。

死吧，去死吧，你死了，這世界就少了一個榮譽詐騙犯！

死吧，去死吧，世界上優秀警犬多了，少了你這麼一條警犬，地球照樣轉！

牠有一千個理由看著維奇送死，牠有一萬個理由來幸災樂禍，可不知怎麼搞的，牠心裏沉甸甸的，總覺得有一種更莊嚴更神聖更強大的力量，迫使牠改變袖手旁觀的態度。

維奇雖然爭強好勝，私心太重，但畢竟與牠是在同一個刑警隊服役的警犬，套用人類的話來說，是一條戰壕裏的戰友。看著戰友跌進火坑，看著戰友命歸黃泉，而無動於衷，牠豈不成了千古罪狗？縱然維奇有千錯萬錯，但罪不該誅，遠未到看其斃命方解恨的程度。

更關鍵的是，假如維奇葬身在歹徒子彈下，兩條警犬就變得只剩一條警犬了，力量驟減一半；歹徒已知道車廂上有警犬，在密切防範下，僅憑牠單個力量，是不可能從歹徒手裏奪下那支肆虐的衝鋒槍的。

爲了戰鬥勝利，牠也不能讓維奇白白去送死。

嗖，維奇躥跳起來了。

拉拉來不及多想，也在剎那間起跳，兩隻前爪摟住維奇的腰。維奇僅僅躥跳了半米高，狗頭剛剛伸出車廂頂部，就被拉拉拽拉下來。兩條警犬跌回車廂裏面。

幾乎在同時，車廂底下那支罪惡的衝鋒槍發出震耳欲聾的聲響，砰砰砰，一梭子彈蝗蟲似地飛到車廂頂，就在維奇狗頭伸出去的位置，將木欄桿打得碎木飛迸，子彈還撞在車廂頂篷的鐵桿上，飛濺出耀眼的火星。

狗是高智商動物，維奇望著車廂被打爛的木欄桿，舌頭不由自主伸出嘴腔，舌面上沁出點點滴滴亮晶晶的水珠。這是狗遭遇恐懼時特有的動作，意味著已經嚇出一身冷汗來了。

好險哪，要不是拉拉及時將維奇從半空中拽拉下來，維奇現在已經變成烈士狗了。

維奇輕吠一聲，伸出舌頭舔拉拉前腿，感謝拉拉救了牠。

拉拉一甩尾巴跑開了。謝不謝無所謂，現在要緊的是想出辦法，完成奪取衝鋒槍的任務。

在鬧市區展開槍戰，社會影響太大，還擔心會誤傷無辜的行人，多拖延一秒鐘就會多一份損失，必須儘快結束戰鬥。

拉拉在車廂裏轉了一圈，很快想出新的進攻辦法。從聲音判斷，另一名使用土造手槍的歹徒躲藏在卡車的前輪胎後面。車廂角落裏，有一隻汽油桶，可以用來當跳板。拉拉是這樣設計行動方案的，牠先跳到汽油桶上，突然向躲在前輪胎下那名歹徒撲下去，手執衝鋒槍的歹徒必然會將注意力轉移到牠身上來，移動槍管朝牠掃射，當槍聲響起時，維奇從車廂的後輪位置躥跳下去，搶個時間差，咬個短平快，在歹徒來不及掉轉槍口時，將歹徒撲倒並搶奪那支衝鋒槍。

維奇很機靈，拉拉使了幾個眼色，維奇就心領神會，在恰當的位置姿張、頸毛曲蹲、後腿做好躥跳的準備。

吸取了剛才的教訓，維奇緊閉著嘴，不再胡嚎亂叫。

拉拉輕輕一躍，登上汽油桶。有汽油桶做跳板，牠的起跳點離目標更接近了，垂直距離不超過兩米，在一秒鐘之內就可以撲到目標上。牠最後朝維奇甩了甩尾巴，提醒維奇行動就要開始了，然後繃緊腿部肌肉就要躥跳了。

突然間，牠心尖顫抖了一下。在槍口監視下躥跳出去，要冒何等風險，牠心裏很清楚。那是九死一生的拚搏，小命懸在刀尖上的險棋，有百分之五十可能，牠還沒有撲到目標身上，子彈就會在牠身上鑽出幾個血窟窿。牠現在還活著，幾秒鐘後牠就死掉了，變成毫無知覺不會動彈的死狗。

牠雖是狗，也珍惜生命，也熱愛生活，也知道活著比死掉好。牠不想死，牠想眺望藍天，牠想呼吸空氣，牠想在主人膝下撒歡，牠想津津有味地大啃肉骨頭……

警犬的責任重於泰山，主人的指令重於泰山，對狗來說，人類的利益高於一切。牠心一橫，牙一咬，躥跳起來。牠躍出車廂，頭朝下尾朝上直撲下去。

目標近在咫尺，那是一個矮胖的歹徒，正蹲在地上緊張地撥弄一支土造手槍。土造手槍大概出了故障，矮胖歹徒急得滿頭大汗。牠的狗爪已搭在矮胖歹徒肩膀上了，尖厲的狗牙朝歹徒的臂膀咬去。

砰砰砰，響起衝鋒槍的連發聲。手執衝鋒槍的歹徒腦子反應很快，剎那間就掉轉槍口，朝拉拉開了火。拉拉只覺得肚子一陣麻木，身體像戳破的氣球變得軟綿綿，一頭栽落下去。

有一顆子彈擊中拉拉，從牠的腹部貫穿過去，一槍穿了兩個洞。冷風從彈洞灌進肚皮，熱血從彈洞湧流出來。拉拉栽落在矮胖歹徒頭上，把矮胖歹徒撞翻在地。矮胖歹徒嚇得魂飛魄散，亂喊救命。

同一瞬間，車廂上躍出一條矯健的身影，以泰山壓頂氣勢，撲到手執衝鋒槍的瘦高歹徒身上。維奇不愧是警犬學校畢業的高材生，爪子一落地，立即咬住瘦高歹徒的右胳膊，又踢又蹬拚命噬咬，咬得又狠又準，那支衝鋒槍哐啷掉在地上。

維奇牢記自己肩負的重任，鬆開瘦高歹徒，轉身想去叼取那支衝鋒槍。瘦高歹徒識破維奇的意圖，一把揪住纏在維奇身上的繃帶，不讓維奇接近那支衝鋒槍。

人與狗扭抱成一團，在地上打滾。

拉拉看見維奇身上那條繃帶湧出汪汪鮮血，哦，維奇肩胛處兩天前縫合的創口又迸裂了。創口迸裂的巨痛影響了維奇搏鬥技能，維奇在地上打了好幾個滾，也未能擺脫瘦高歹徒的糾纏。當然，瘦高歹徒也沒占到什麼便宜，衣裳給維奇咬破了，滿臉是血，可怕得像個魔鬼。

人與狗僵持著，難分上下。

拉拉突然產生一種負疚感，要不是牠把維奇咬得這麼厲害，維奇很可能早就甩脫瘦高歹徒的胡攪蠻纏，把那支衝鋒槍叼走了。窩裏鬥，真是有百害而無一利。

「快來幫我，快，把狗捅死！」瘦高歹徒向同夥求救，「丟了衝鋒槍，你我都……完蛋！」

矮胖歹徒沒受什麼傷，只是被撞翻在地，嚇尿了褲子，經瘦高歹徒一喊叫，如夢初醒，抖抖索索站起來，從腰間抽出一把寒光閃閃的匕首，向卡車後輪走去。

距離很近，只須跨三步，矮胖歹徒就能去到人狗扭打的位置，將鋒利的匕首捅進維奇的身體，瘦高歹徒將重新拾起那支衝鋒槍，繼續進行頑抗。

拉拉倒在血泊中，腹部的兩個彈洞還在汩汩淌著血。決不能讓矮胖歹徒用匕首去傷害維奇！牠已無力站起來，便側身翻滾，滾到矮胖歹徒身後，一口咬住矮胖歹徒的腳後跟。

矮胖歹徒又摔倒在地，啊啊呻吟，用匕首朝拉拉臉上左右劈砍。

第一刀，劃傷拉拉肩胛；第二刀，刺破拉拉頸皮；第三刀，把一隻狗耳朵劈成兩片；第四刀，扎傷了拉拉的嘴吻……

拉拉頭部和頸部挨了五、六刀，刀刀見紅，快變成一條血狗了，就像在遭受最殘酷的凌遲刑罰，痛得撕心裂肺。

牠知道，只要牠鬆開嘴，放掉咬在嘴裏的歹徒臭烘烘的腳後跟，立刻就能躲避利刃的劈砍。可牠是決不會鬆口的，那怕剁下牠的狗頭，牠的狗牙一定還死死咬住矮胖歹徒的腳後跟！

卡車後輪那兒，瘦高歹徒拉脫了維奇身上的繃帶，維奇狠勁朝瘦高歹徒的頸窩咬去，瘦高歹徒急忙用雙手去擋，哪知維奇是虛晃一槍，趁機猛烈彈跳，一下從瘦高歹徒懷裏掙脫出來，急旋狗腰，跳躥過去，叼起那支衝鋒槍，繞過藍色卡車車頭，向兩百米開外的警車疾跑而去。

維奇肩胛處的創口血肉模糊，一路跑一路灑著鮮血，就像綻開無數朵小紅花。

牠不該咬傷維奇肩胛的，拉拉想。牠流血過多，腦子一陣暈眩。昏迷中，牠依稀聽到警員小金在大喊：「我的維奇奪到衝鋒槍啦！我的維奇成功啦！」

牠還聽到武警戰士奔跑吶喊的聲音，聽到歹徒絕望的嘆息聲。

六

兩個月後，刑警大隊訓練場上，又舉行一次頒獎儀式。還是持槍肅立的警員，還是威風凜凜的警犬，排成一字形橫隊。還是那位佩戴銀質警督銜的姚警官，用渾厚的男中音高聲宣讀命令：

「〇一七號警犬維奇，在銀行搶劫案戰鬥中，機智勇敢，不怕犧牲，迎著歹徒的槍口衝鋒陷陣，在身體負傷的情況下，頑強與歹徒搏鬥，奪取歹徒衝鋒槍，爲活捉兩名歹徒立下奇功，特榮記一等功一次……」

警員小金臉上喜氣洋洋。

維奇肩胛上的傷口已經痊癒，蹲坐在隊伍最前列，雙眸清澈如水，皮毛閃閃發亮，顯得特別精神。

姚警官將串綴金質勳章的紅綢帶，很隆重地套在維奇脖頸上。對警犬來說，一等功是最高榮譽，是事業輝煌的標誌。隊伍裏響起熱烈的掌聲，警員和警犬，所有羨慕的眼光都集中到維奇身上。

拉拉也蹲坐在隊伍裏，牠臉部與頸部的刀傷還未拆線，疤痕非常明顯，腹部的槍傷還未癒合，身上纏著厚厚的繃帶。

拉拉是經過三天三夜搶救，醫生才把牠從死神手中奪回來的。

姚警官來到拉拉面前，友好地摸摸牠的腦殼，說：

「警犬拉拉雖然違反紀律，因嫉妒而咬傷了維奇，但在銀行搶劫案戰鬥中身負重傷，也算是爲勝利盡了責流了血，功過相抵，就不追究咬傷維奇的責任了，可以繼續留在刑警隊服役。」

警員大漫啪地一個立正，大聲說：「謝謝首長。」

這時，意想不到的事情發生了，維奇突然往前躥跳，擺脫繩索的羈絆，躥到拉拉面前，熟練地側躺下來，四條放鬆，狗頭後仰，暴露出身體最薄弱的環節——咽喉部位。所有在場的警犬訓導員心裏都清楚，維奇所做的姿態，是在向拉拉表示賠禮道歉。

警員小金跑了過來，滿臉不悅地喝道：

「維奇，起來，我命令你站起來!你是吃錯藥了吧，是牠咬傷了你的肩胛，該由牠向你賠禮道歉，你不要搞錯了！」

一向對小金的指令堅決服從的維奇，這一次卻一反常態，對小金的呵斥置若罔聞，不僅仍側躺著，還毫無顧忌地將自己的頸窩奉送到拉拉嘴吻下，狗舌伸得老長，殷勤地舔理拉拉的前腿。

警員小金撿起牽引索，用力拉扯：「起來，你這個傻瓜蛋，別在這裏給我出洋相了，你給我起來！」

維奇的脖頸被繩索吊了起來，但身體仍側躺著賴在地上。

在狼群社會，側躺這個姿勢，是地位低卑的弱者向地位高貴的強者表示認輸與臣服。警員小金的臉氣得鐵青。所有在場的人都面面相覷，不明白這是怎麼回事。

拯救雌虎藍藍

一

拉拉被主人大漫牽引著，跨進陽光馬戲團大門，來到專門飼養老虎的院落前。鐵柵欄裏，飄來一股虎身上特有的濃烈的腥騷味，拉拉厭惡地打了個噴嚏。牠雖然是英勇善戰的警犬，但虎是百獸之王，人類尚且談虎色變，狗當然也對虎有一種天生的畏懼。

大漫蹲了下來，將拉拉摟進懷裏，粗糙的手掌動情地撫摸牠的脖子和耳朵，鬍子拉渣的下巴輕柔地摩挲牠的鼻吻。

拉拉跟隨大漫多年，牠曉得，主人性格有點內向，並不是什麼時候都會深情地擁抱牠親吻牠的；只有在兩種情況下，大漫才會對牠做出如此隆重的親暱舉動來。一是牠完成了重大戰鬥任務，大漫會用撫摸和親吻來對牠進行嘉獎；二是牠即將出發去執行特別危險的使命，大漫也會用這樣的方式對牠表達生離死別的牽掛。這幾天，牠並沒破獲什麼疑難案件，可以排除主人是在對牠進行嘉獎，那麼就剩下一種可能，馬上就要讓牠去執行特別危險的使命！

拉拉忍不住打了個寒噤。牠是條高智商的警犬，主人把牠帶到老虎居住的院落前，對牠做出生離死別性質的撫摸和親吻，牠立刻就猜到，主人是要牠鑽進虎窩去和老虎周旋。

果然，大漫伸出一根手指，在牠眼前晃了晃，然後將手指移向飄散出濃烈老虎氣味的院落。這是警犬導引員慣用的「視線指引法」，給警犬明確執行任務的對象和目標。

「銜！哦，不是叫你去銜老虎，是叫你想辦法救救這隻出了問題的老虎。唉，我實在想不出怎樣才能讓你準確領會我的意圖。」大漫兩條劍眉擰成了疙瘩，用手使勁拍打自己的腦殼，愁眉苦臉地說，「人都做不成的事，卻要一條狗去完成，也不知是哪個混蛋出的餿主意。拉拉，聽好了，裏頭那隻名叫藍藍的老虎，得了一種奇怪的心理疾病，你要設法讓牠恢復正常。銜，銜；就是救救牠的意思，你聽懂了嗎？」

拉拉雖然豎起耳朵諦聽，兩隻狗眼還聚精會神地觀察大漫臉上細微的表情變化，但還是沒能確切理解主人的意思。人類社會太複雜，狗腦筋無法急轉彎。大漫嘴裏吐出來的一長串音節，拉拉完全能聽懂的只有一個字，那就是「銜」。平時訓練，主人會將一串鑰匙或一隻皮球遠遠拋進茂密的草叢裏，發出「銜」的口令，牠就像離弦的箭飛奔過去，將鑰匙或皮球叼回到主人手裏。牠想，此時此刻主人嘴裏發出「銜」的指令，大概是要牠到虎窩裏去叼取某樣東西。

危急時刻或危險場景，人們指示警犬去叼取東西，這是司空見慣的事。牠曾許多次執行過「銜」的任務。有一次某幢民宅發生火災，大漫一聲吆喝：「銜！」牠衝進火海將困在房間裏哇哇啼哭的嬰兒叼了出來；有一次追擊一個殺人兇手，歹徒將兇器扔進路邊的糞坑，大

漫從牙縫裏迸出一個「銜」字，拉拉不顧惡臭跳進糞坑，銜住那把帶血的匕首叼到主人身邊；還有一次，從一輛公共汽車上搜出一顆恐怖分子安放的定時炸彈，大漫先指指滴嗒滴嗒發出鬧鐘走針聲的定時炸彈，然後手指移向遠處的空地，斬釘截鐵地大喝一聲：「銜！」牠毫不遲疑地撲躍上去，銜住那枚隨時都有可能把牠炸成粉末的炸彈，用最快的速度飛奔到空地，吐下炸彈後又往回奔，好險哪，跑出十幾步遠，炸彈就爆炸了，猛烈的氣浪使牠跌了兩個跟斗……

牠不喜歡到虎窩裏去銜叼東西，假如能選擇的話，牠寧可到火海中去叼取嬰兒，或者到臭氣熏天的糞坑去銜取罪證。可是，牠是警犬，牠沒有選擇權。

警員大漫打開沉重的鐵門，發出一聲「進」的指令。拉拉緊走兩步跨進虎窩。

牠是警犬，警犬的天職就是服從，哪怕前面是刀山火海，主人說進，牠也會義無反顧地闖進去的。

二

雌虎藍藍可不是普通老虎，牠是陽光馬戲團的動物明星，屬於珍貴的孟加拉虎血統，高大威猛，斑斕虎皮閃耀著金屬光澤，飾有白斑的虎臉上，銀針似的鬍鬚閃閃發亮，長著一雙罕見的藍眼睛，藍得就像高原湖泊，那根虎尾光滑得就像用絲綢織成的。

藍藍不僅形象美麗，演技也出類拔萃，可以說是身懷絕技。譬如演鑽火圈這個節目，普通老虎能克服對火的畏懼，從一隻燃燒的鐵圈中間穿過去，已經算很不錯了。藍藍卻能玩兩隻疊在一起的雙層火圈，牠先是輕輕縱身一躍，從正在熊熊燃燒的底層那只火圈鑽過去，在落地的一瞬間，牠突然直起身體躥出三米高，身體在空中完成一百八十度旋轉，唰地從上層那只火圈穿越回來。

兩個鑽圈動作銜接連貫，優美矯健，一氣呵成。

藍藍的身世也很顯赫，牠出生在和中國友好的鄰邦巴基斯坦，滿周歲時，作為友好使者來到陽光馬戲團的，是中巴兩國友誼的象徵。

一個月前，牙口五歲的藍藍做了媽媽。藍藍一胎生了兩隻虎崽，令人遺憾的是，有一隻虎崽是怪胎，生下來就沒有嘴巴，兩天後活活餓死了。但另一隻小雌虎卻健康活潑，全身絨毛金黃，就像一朵在豔陽下盛開的蒲公英，兩隻眼睛清澈透明，就像兩粒藍寶石。起名就叫清清。藍藍頭一次做媽媽，表現出強烈的母愛，總是含情脈脈地舔吻小寶貝。

誰也沒想到，藍藍的幸福會這麼短暫。

這天早晨，藍藍正側躺下來準備給清清餵奶，突然一隻大黃蜂飛進虎窩來，嚶嚶嗡嗡在清清頭頂飛舞。藍藍肯定是擔心大黃蜂會螫傷小寶貝，就重新站起來揮舞虎爪驅趕討厭的大黃蜂。不知什麼緣故，大黃蜂執拗地圍著清清飛來飛去。藍藍屢屢撲空，氣得吹鬍子瞪眼，索性兩條後肢踮立，身體站直，用兩隻前爪來拍打可惡的大黃蜂。

這時候，眼睛還沒睜開的小虎崽，大概是肚子餓得咕咕叫了，嗅聞著藍藍身上散發出來

的那股奶香，吃力地蠕動著，黏在藍藍身後爬行。藍藍專心致志對付大黃蜂，這隻膽大妄爲的尾部長著毒刺的昆蟲，似乎故意要激怒老虎，就在藍藍耳畔旋來繞去。

藍藍是威風凜凜的老虎，哪受得這種窩囊氣，怒吼一聲躥跳起來，兩隻前爪鼓掌似地拍打大黃蜂。大黃蜂扇動翅膀，機靈地從虎掌間溜走了。藍藍是直立躥跳的，落下來時，後掌先著地，恰巧這個時候，懵然無知的虎崽爬到藍藍身體底下，不偏不倚，那隻左後掌踩在清清的脖頸上，傳來吱呀一聲細弱的叫喚，藍藍立刻像踩著火炭似地縮回爪掌，但已經遲了，清清七竅流血，痛苦地抽搐了一陣，便永遠離開了這個世界。

成年孟加拉虎體重達五百來斤，剛出生幾天的幼虎脆弱得就像一隻波斯貓，五百來斤的重量壓在幼虎脖子上，幼虎當然難逃死亡厄運。

藍藍開始時不停地用舌頭舔清清，連續舔了好幾個小時，指望能把小寶貝從死神手裏奪回來，可虎舌根本不具備起死回生之功效，回天乏術，無法讓清清重新睜開眼睛。繼而，藍藍蹲坐在幼虎屍體旁，發出淒厲的吼叫，彷彿是要把飄遊到另一個世界去的靈魂給叫回來，那令人心碎的吼叫聲持續了整整一夜……

第二天早晨，飼養員驚訝地發現，藍藍那隻左後掌，也就是踩斷清清脖頸的那條虎腿，好像患了嚴重疾病，彎曲懸吊起來，再也無法著地了。牠痛苦地呻吟，只能用三條腿走路，瘸瘸拐拐，躓躓顛顛，變成一隻殘疾虎。

開始，人們以爲這只是過度悲傷引發的暫時症狀，隨著時間推移，那條懸吊起來的左後腿會自然而然恢復正常。飼養員費了九牛二虎之力，將藍藍從產房轉移到專爲老虎演員準備的院落裏，希冀能用改變環境和與幼虎屍體脫離接觸的辦法，讓藍藍從失子的悲慟中解脫出來。意想不到的是，好幾天過去了，藍藍那條左後腿仍然懸吊在腹部，艱難地用三條腿走路，沒有任何好轉的跡象。

三

拉拉跨進虎窩，這才發現，院落中央那塊奇形怪狀的太湖石旁躺臥著的老虎，竟然是同牠搭檔演過電視劇的藍藍！

拉拉長長舒了口氣，繃緊的心弦鬆弛下來。

那是半年前的事了，電視臺拍攝一部名叫《苗山少年》的連續劇，裏面有這麼一個情節，主角帶著獵犬深山尋寶，遇到斑斕猛虎，英勇的獵犬與猛虎殊死搏殺，掩護主人安全脫險。拉拉飾演忠誠的獵犬，藍藍飾演兇殘的猛虎。牠們跟隨攝製組在苗山生活了十八天。

剛開始時，拉拉還對藍藍有一種畏懼感，不敢靠得藍藍太近，藍藍打個哈欠，牠都會心驚肉跳，藍藍朝牠迎面走來，牠就會狗毛倒豎，緊張得喘不過氣來。但接觸了一段時間後，拉拉逐漸明白，藍藍雖然外表兇悍威猛，其實卻性格溫順，從不會施展可怕的野性。

有一次，拍攝這樣一個鏡頭：猛虎從荒草叢中高高躍起，襲擊正埋頭挖寶的苗山少年，就在這千鈞一髮之際，獵犬從背後躥出來咬住老虎尾巴。在導演的一再催促下，拉拉大著膽

子，張嘴將虎尾含在嘴裏，不敢做出咬的動作，生怕把老虎咬疼了，老虎翻臉不認狗，讓牠吃不了兜著走。結果拍了十幾遍導演都不滿意，導演虎著臉對守候在一旁的大漫吼道：

「這哪裡是在咬虎尾呀？簡直就是在含冰棍嘛！這也太假了，一看就曉得是在做遊戲。不行，得重新拍。請告訴你的狗，要撲出獵狗的氣勢來，要咬出獵狗的威風來。呲牙咧嘴地咬，惡狠狠地咬，讓畫面出現感官刺激的效果！」

於是，大漫連續向牠發出「襲、襲、襲！」的指令聲。

牠還是有點心虛膽寒，這時，令牠驚訝的事情發生了，藍藍走到牠面前，一個轉身，將尾巴亮在牠面前，那條黑黃相間的虎尾像條活潑的花蟒蛇，搖甩彈跳，虎臉還扭過來朝牠輕柔地打了個響鼻。

心有靈犀一點通，牠讀懂了藍藍的肢體語言，是要牠放心大膽地做出逼真的噬咬動作，即使真的被牠咬疼了也不會怪罪牠的。牠受到鼓勵，狂吠一聲躥跳起來，像條瘋狗一樣撲到藍藍的屁股上，狠狠咬住虎尾。

當然不是真咬，但因爲太想追求逼真的效果了，又對假咬不熟練，一口下去，牠狗耳朵聽得很真切，傳來犬牙刺穿皮肉的輕微割裂聲。藍藍被從空中拽落下來，狼狽不堪地在地上打了兩個滾，發出痛楚的吼叫。導演高興得手舞足蹈，連聲叫好。

拉拉感覺到自己的狗嘴裏黏著許多虎毛，唇齒間還嘗到鹹津津的虎血味。牠一陣驚悸，假戲真做咬得太重了，老虎會不會被惹怒喲？牠的擔心是多餘的，鏡頭拍完後，藍藍沒有任何粗暴的舉動，只是用抱怨的眼光掃了牠一下，便蹲坐在地，用舌頭舔理被咬傷的尾巴。

這以後，拉拉對藍藍消除了恐懼感，彼此成了友好相處的玩伴。整個劇組就拉拉和藍藍兩個客串的動物演員，雖然一個是犬科動物，一個是貓科動物，但動物與動物似乎更容易溝通些，牠們常常聚在一起玩耍，或在鋪滿夕陽的草地上打滾，或在晨雀啁啾的林子裏散步，度過了那段難忘的時光。

汪，汪汪！拉拉邁著輕快的步子，跑到離藍藍五米遠的地方，使勁搖動尾巴，發出圓潤的吠叫聲。那是典型的犬式問候，好比在說：「老朋友，見到你真高興，你還好嗎？」

拉拉看見藍藍半開半閉的眼睛突然睜圓了，黯淡的目光變得明亮，三角形的耳廓瑟瑟發抖，顫顫微微站了起來，用嘶啞的嗓門朝拉拉柔和地吼了一聲。顯然，藍藍認出牠來，在對牠進行虎式寒暄。

拉拉這才發現，半年沒見，藍藍變得差點讓牠認不出來了。原先豐滿矯健的身材，如今卻形骸枯槁；原先炯炯有神的那雙藍色虎眼，如今卻混濁不堪，眼角佈滿眵目糊；原先閃耀著金屬般光澤的斑斕虎皮，如今也黯然失色，沒有了昔日的光彩。最讓拉拉吃驚的是，藍藍那條左後腿懸吊在腹部，好像出了嚴重問題，只能用三條腿站立了。

藍藍邁動三條腿艱難地走了兩步，便又神情淒涼地躺臥下來，閉上疲憊的眼睛。

拉拉不清楚藍藍究竟出了什麼事，但牠知道，藍藍肯定是遇到了大麻煩，才會如此憔悴消瘦、落魄潦倒的。牠心裏很難過，只希望能趕快完成主人下達的指令，去銜叼大漫感興趣

的某樣東西，然後儘快離開此地。

四

藍藍那條左後腿懸吊起來，陽光馬戲團尹團長的心也隨之懸吊起來。藍藍是馬戲團的動物明星，培養一個動物演員是非常不容易的，捧紅一個動物明星更是難上加難，當然不能聽之任之，看著藍藍變成一隻不能再上臺演出的殘疾虎。

開始，大家以為藍藍那條左後腿屬於功能性疾病，或腿骨折斷，或肌肉撕裂，或關節脫骱，或軟組織挫傷，於是請來最有名的獸醫，用麻醉槍將藍藍射倒，送到醫院去檢查，又是搓，又是揉，又是X光透視，結果令人大感意外，藍藍那條左後腿絲毫沒有跌打損傷，可以說是完全正常。在藍藍麻醉期間，獸醫捏住牠的左後腿試了試，關節活動自如，肌肉飽滿結實，與另外三條腿沒有任何差別。可麻醉一過，藍藍恍恍惚惚爬了起來，開始還是四條腿站立的，兩三分鐘後，那條左後腿又懸吊起來。

「牠身體沒病，」獸醫很肯定地說，「牠這是心理疾病。牠這條左後腿踩死幼虎，對牠刺激太大，陷入深深的自責，痛恨自己這條肇事的腿，造成嚴重的心理創傷，再也不敢踩踏下去。說得通俗點，類似於得了經神性官能症，或者說得了輕度臆想症。」

「到底能不能治得好？」尹團長焦急地問。

「心病須用心藥醫。我……我學的是獸醫學，從沒學過心理學，真的很抱歉。」請來的獸醫很無奈地說。

社會上倒是有許多心理診所，據說執業者大多是從國外學成歸來的博士。可如果抬著一隻老虎去看心理醫生，恐怕心理醫生自己就會心理崩潰，嚇得暈死過去。

藍藍是陽光馬戲團的搖錢樹，當然不能讓牠倒下。更嚴重的是，陽光馬戲團下個月就要出國到巴基斯坦去演出，藍藍是周歲時作爲兩國友誼的象徵，由巴基斯坦送到中國來的，四年後重返故鄉演出，意義重大，巴基斯坦許多媒體早已對這件事作了充分報導，藍藍的玉照刊登在各種報紙上，毫不誇張地說，藍藍已成爲巴基斯坦家喻戶曉的新聞「人」物，巴基斯坦人民正翹首等待闊別四載的藍藍榮歸故里，演出精彩的馬戲節目呢。假如藍藍不能按時作爲友好使者出訪巴基斯坦，這毫無疑問會使陽光馬戲團的聲譽一落千丈，在外交上也會造成無法彌補的重大損失。

無論如何，不惜一切代價，也要讓藍藍恢復正常！

有人出主意說，愛情是治療心理疾病的靈丹妙藥，弄一隻雄虎來配對，甜蜜的愛情也許就能使藍藍忘卻失子的悲痛。於是，他們花了很大一筆錢從圓通山動物園租賃一隻名叫山山的七歲齡英俊瀟灑的雄虎，亂點鴛鴦譜，送進藍藍居住的閨房，結果好心不得好報，藍藍一見到山山就憤怒地咆哮，山山涎著臉剛走到藍藍身邊，藍藍就張開血盆大口作噬咬狀，不是冤家不聚頭，聚頭更是死冤家，若一意孤行，非要藍藍和山山捆綁成夫妻，絕對會爆發一場你死我活的爭鬥。沒辦法，只好忍痛撤銷山山候補夫婿的資格。

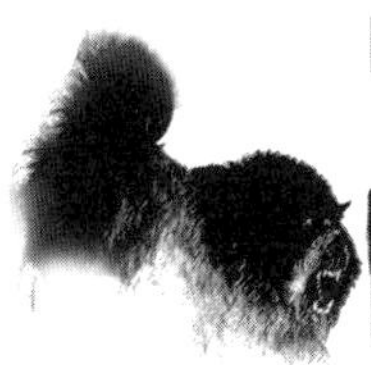

又有人出主意說，什麼鑰匙開什麼鎖，藍藍是因爲幼虎喪生這才弄成這副樣子的，如果能找到一隻哺乳期的虎崽，代替死去的清清，讓藍藍濃烈的母愛有移情別戀的對象，心理創痛就會得到平復。於是，從外省一家馬戲團借了一隻兩月齡大的虎崽，坐飛機空運過來。

爲防不測，將小虎崽裝在一隻小鐵籠裏，送到藍藍身邊，以試探藍藍的反應。令人失望的是，藍藍粗暴地對著小鐵籠吼叫，還用牙齒咯嚓咯嚓啃咬小鐵籠，嚇得小虎崽渾身觳觫。要不是有小鐵籠保護，小虎崽小命玩完矣。沒辦法，只好放棄這個第二方案。

馬戲團動物演員有一條必須恪守的禁忌，那就是不殺生。換句話說，馬戲團裏的食肉動物，只能餵切碎的肉塊，而嚴禁投餵活物。動物學家研究表明，馬戲團裏的食肉猛獸一旦打開殺戒、捕食活物，便會誘發壓抑的野性，再難服從調教和馴化，弄不好還會發生傷害馴獸員的悲慘事件。但爲了能挽救藍藍，尹團長咬咬牙，吩咐往虎窩裏投放一隻肥碩的母雞，並停止投餵肉塊。

尹團長的想法是，藍藍肚子餓了，肯定會對母雞垂涎三尺，三條腿是捉不到母雞的，爲了能吃到肥碩的母雞，只有放下那條懸吊的左後腿進行撲躥追捕。

沒想到這個方法同樣不奏效，餓了兩天，藍藍仍沒有撒開四腿捕食唾手可得的母雞。令人啼笑皆非的是，那隻被當做飼料的母雞，竟然還在離藍藍五米遠的草叢裏生下一枚蛋來！

能用的辦法都用過了，能使的手段都使盡了，藍藍仍然還是瘸腿虎。

五

拉拉小跑著在虎窩兜了一圈，院落約有一個籃球場大，是專為飼養老虎設計的，有一座隆出地面約兩米來高的石山，供老虎騰跳攀爬，有一棵枝繁葉茂的緬桂樹，供老虎乘蔭納涼，有一個兩米多長的大石槽，盛放食物和水，三米多高的圍牆邊，還有一隻長條形木凳，供老虎磨礪爪子。

拉拉不可能搬動石山，不可能移動緬桂樹，也不可能抬起千斤重的大石槽，這些東西中，牠唯一可以拖動的就是長條形木凳了。牠叼住佈滿虎爪抓痕的長條凳，吃力地拖往那扇鐵門。可才拖了兩米遠，站在鐵門外的大漫就發出嚴厲的指令：

「非；非！」

所有的警犬都明白「非」字的含義，就是立即停止正在進行的動作。

拉拉立刻放下長條凳，蹲坐在地，豎起兩隻耳朵，準備接受主人的下一個指令。「銜；銜！」大漫指著藍藍大聲喝道。

拉拉不知所措，虎窩裏已沒有牠能叼得起的東西了呀！「銜；銜！」大漫繼續叫道，並學著動物的行走姿勢，四肢著地，然後將左後腿懸吊起來，晃動著以吸引拉拉的視線。

拉拉目瞪口呆，主人竟然要牠去叼藍藍那條懸吊的左後腿！老虎頭上拍蒼蠅，人類這句俗話，是形容狂妄的冒險行為。去銜咬虎腿，比老虎頭上拍蒼蠅厲害多了，這行得通嗎？牠十分茫然，不曉得該怎麼辦才好。

難道主人真捨得讓牠去飛蛾撲火嗎？

「桑桑，哦；桑桑，哦。」大漫嘴裏吐出一串奇怪的音節。就像熱蒸籠裏突然潑了一盆冷水，拉拉混沌的腦袋瓜頓時變得清醒。桑桑這個熟悉的名字，讓牠想起一段難忘的往事。

桑桑是刑警大隊一條牙口兩歲的警犬，性格孤傲，平時有點自高自大，尾巴總是高高翹起，有一次追逐一名毒犯，不知是傷風感冒鼻子失靈還是怎麼回事，竟然讓狡猾的毒犯從牠眼鼻底下溜走了。桑桑的搭檔、警員小金因追捕失利，而受到姚警官嚴厲的批評，便把一肚子火都發洩在桑桑身上，當著十幾條警犬的面，指著桑桑的鼻樑厲聲訾罵：

「你這個不中用的草包，還好意思翹尾巴，我都替你臉紅；你放跑了毒犯，比農戶家的草狗都不如，簡直就是飯桶，還有什麼值得驕傲的嘛！」

警員小金越說越氣，掄起皮帶朝桑桑高擎的尾巴猛抽了兩下。猶如鳥折翅、蛇脫骱、柳斷腰，桑桑那根高傲的尾巴頹然垂落下來。沒想到的是，從此以後，桑桑的尾巴再也不會翹舉了，再也神氣不起來了。威武英俊的警犬，變成了夾緊尾巴的喪家犬。

經獸醫檢查，桑桑的尾巴並沒有骨折或斷裂，是一種無顏見人的深刻自卑，一種心理上的巨大創傷，使牠那根尾巴變得像死蛇爛繩。

更可悲的是，桑桑情緒低落，外出執行任務，給牠發出「襲」的指令，牠便縮頭縮腦哀哀嚎叫，一副做錯了事，害怕受到懲罰的模樣。

警員小金很後悔，好言相勸，帶著桑桑上街遛蹓，自己掏錢給牠買高級的狗食罐頭，還一遍又一遍地給牠播放貝多芬的《英雄》交響樂，然而，一切努力均屬徒勞。

於是，大漫就把桑桑牽進牠拉拉的狗棚，讓牠幫助桑桑恢復正常。

幾天後的一個下午，大漫帶著牠和桑桑到西山亂墳崗追捕一個殺人犯。牠早就聞到可疑的血腥味，但牠沒有吠叫報警，牠要把發現敵情的機會讓給桑桑，牠相信這有助於桑桑消除自卑心理。再走得近些時，桑桑終於也聞到殺人犯身上散發出來的那股淡淡的血腥味，便汪汪嚎叫起來。

大漫撫摸桑桑腦殼說了聲：「好樣的！」便動手解開牠和桑桑脖頸上的牽引索，低喝一聲：「襲！」牠和桑桑像兩支離弦的箭，射向亂墳崗。

躲在墓碑後面的罪犯倉皇逃竄。牠撲上去，咬住罪犯緊握利斧的那條手臂，罪犯的拳頭猛擊牠的腦袋，罪犯的腳猛踹牠的腹部，可牠死死咬住罪犯的手臂蹦躂顛跳，哐啷一聲，利斧掉地，罪犯解除了武裝。牠又被罪犯重重踢了一腳，便鬆開嘴，蹲在地上呦呦哀嚎，彷彿已沒有力氣再繼續朝罪犯撲咬了。罪犯一腳深一腳淺在亂墳崗跌跌撞撞奔逃。

其實，牠並沒受什麼傷，牠是受過特殊訓練的警犬，抗擊打能力極強，區區幾拳幾腳豈能將牠打趴下？牠之所以倒地不起，是要把擒捉罪犯的機會送給桑桑。榮譽是治療自卑的良藥。桑桑追上去了，罪犯已手無寸鐵，哪裡是警犬的對手。僅兩個回合，桑桑就把罪犯撲倒在地。

這時，大漫和其他幾名警員趕了上來，給罪犯戴上錚亮的手銬。大漫將桑桑抱進懷裏，撫摸桑桑的額頭和脖子，連聲誇獎：「太棒了！嘿，太棒了！」而牠則用嫉妒的眼光看著桑桑，發出怨恨的低嚎。

受到別人的嫉妒，是恢復自信心最好的辦法。果然，在大漫熱烈的擁抱下，在牠妒嫉的嚎叫聲中，桑桑垂掛在屁股上猶如死蛇爛繩的尾巴，就像從冬眠中甦醒了似的，活潑地扭動起來，驕傲地豎立起來。

對狗來說，尾巴就是心的旗幟。勝利的旗幟高高飄揚。

拉拉是條聰明的警犬，一經主人提醒，牠很快明白過來，眼前這隻名叫藍藍的老虎，之所以左後腿懸吊起來，與桑桑一樣，也是由嚴重的心理創傷引起的。牠的任務，就是要幫助藍藍恢復正常。

這是艱巨而又特殊的任務，牠該怎麼做呢？

六

女演員柳霞首先提出讓拉拉來幫助藍藍恢復正常。她口齒伶俐地說：

「拉拉是條通人性的警犬，什麼事都難不倒牠。你們還記得嗎，一年前，大公象阿瓦隆突然跑到街上撒瘋，全靠拉拉勇敢阻攔，並機靈地將阿瓦隆引進鐵籠子，不然的話，我的阿瓦隆早就被閻王爺勾走了。」

負責照料雌虎藍藍的飼養員也說：「請警犬拉拉來幫忙，這是個好主意。半年前拍《苗山少年》電視劇，拉拉和藍藍搭檔演出，關係很融洽，在一起進食，在一起玩耍，可要好了。值得請拉拉來試一試。」

尹團長已經黔驢技窮，急得火燒眉毛，立刻就去刑警大隊找到姚警官，懇請幫忙。

「你這是病急亂投醫。」姚警官一口回絕，「讓一條警犬去做老虎的心理醫生，虧你想得出來！聽起來就像是一篇童話，你腦子是不是有毛病呀？我教你一個辦法吧，弄一根電警棍，專門擊打那隻老虎的左後腿，讓牠領教觸電的滋味，看牠還敢不敢把腿懸吊起來？」

「牠是馬戲團演員，牠不是罪犯。」尹團長說。

「那你找錯門拜錯佛了，這裏是刑警大隊，專門對付罪犯的。」

尹團長沒辦法，只好走上層路線，專門爲此事打了個報告，最後市長親自在報告上批示：外事活動，關係重大，請刑警大隊全力協助，確保陽光馬戲團赴巴基斯坦演出順利進行！

俗話說，官大一級壓死人，姚警官比市長矮了好幾級，根本就沒有討價還價的餘地，只有恭恭敬敬不折不扣地去執行。姚警官恨恨地對尹團長說：

「我真想塞你一嘴狗屎。別緊張，我是文明員警，我只是想想而已。我警告你，拉拉是條功勳警犬，要是被你的老虎吃掉了，我跟你沒完。」

就這樣，拉拉被牽進馬戲團，來到充滿凶險的虎窩。

七

拉拉仔細觀察藍藍，虎臉上淒風苦雨，腹部幾隻乳房鼓鼓脹脹，一看就知道是處在哺乳期的母獸。虎窩裏沒有幼虎，不難猜測，藍藍所遭受的心理創傷，與幼虎有關。

拉拉先是發出一串柔和的吠叫，然後在藍藍面前跳躍翻滾。半年前在電視劇攝製組，牠與藍藍就經常玩追逐打鬥的遊戲，你把我掀翻，我把你撞倒，你追過來，我攆過去，以消磨空閒時間和多餘精力。牠邀請藍藍重溫這個遊戲，假如藍藍肯玩的話，那條懸吊的左後腿毫無疑問就要落地踩踏。

遺憾的是，藍藍躺臥在地，淚光朦朧的眼睛看了看牠，就把臉扭過去了。這等於在說：我心裏難過，哪有心思跟你玩喲。

餵食的時間到了，飼養員將一大塊牛排扔進石槽，藍藍用三條腿疲遝地走過去。拉拉靈機一動，迅速撲躥上去，一口叼住牛排，拖到院落的另一側，動作誇張地用自己的身體蓋住牛排，朝藍藍發出氣勢洶洶的吠叫。

凡食肉獸都能讀懂這套形體語言，這是在警告對方：這些食物歸我所有，你若想來染指，我定要拼個你死我活！這是明目張膽的搶掠，牠希望自己的強盜行徑能激怒藍藍，撲過來與牠爭奪這塊牛排，這樣的話，那條瘸腿也就能恢復正常了。沒想到的是，藍藍沒有任何憤怒的表示，垂著頭又一拐一拐去到院落中央那塊奇形怪狀的太湖石旁，神情萎靡地躺臥下來。

虎口奪食，也無法讓藍藍振作起來。看來，只有用非常手段去刺激藍藍了，拉拉想。

所謂非常手段，就是攻擊和噬咬。牠爬到用太湖石壘成的假山上，繞到藍藍背後，擺開撲咬架勢。突然間，牠心頭一陣顫慄，不禁猶豫起來。那可不是紙老虎，而是真老虎啊；也不是在演電視劇，而是真正的挑釁；藍藍雖然是從未開過殺戒的馬戲團演員，但畢竟是體格魁偉、性情兇猛的孟加拉虎，啊嗚一口就可以咬斷狗脖子……風險很大很大，弄不好就會變成捨身飼虎的大傻瓜。

牠扭頭去看主人，大漫正蹲在鐵門外，用鼓勵的目光望著牠。

對忠勇的警犬來說，主人鼓勵的目光，就是無言的鞭策。牠不再猶豫，咬咬牙，撲躍下去，在四隻狗爪落到虎背的一瞬間，照準藍藍那條左後腿不輕不重啃了一口。隨即，牠皮球似地彈跳開去，一溜煙朝鐵門逃竄。

這是一種巧妙的策略，假如藍藍被激怒了，放下那條懸吊的左後腿，想撒開四蹄來追咬牠，牠只要逃到鐵門前，大漫必定會配合默契地適時打開鐵門，放牠出去，然後又及時關閉鐵門，把危險鎖在鐵門裏頭。

藍藍沒料到拉拉會跳到自己身上來啃咬，出於一種本能的反應，倏地蹦跳起來，一剎那，那條懸吊的左後腿伸直了，同另外三條腿一樣，穩穩地站立在地上。

這進一步證明，從生理功能上說，藍藍那條左後腿完全正常。

藍藍一雙藍色虎眼閃爍著憤怒的光芒，嘴吻兩側銀白色的鬍鬚生氣地顫抖，張開血盆大口，露出匕首似的虎牙，發出驚心動魄的虎嘯。

說實話，拉拉這一口咬得並不重，只是啃掉一綹虎毛而已。但藍藍是威震山林、唯我獨尊的老虎，平白無辜地被狗咬一口，自尊心受到極大刺激。虎落平陽被犬欺，那滋味實在不好受。藍藍咆哮著，眼瞅著就要邁步躥跳了，突然間，彷彿有一種神秘的力量在支配牠的肢體動作，那條左後腿又痙攣擺動，慢慢懸吊起來，轉眼間又變成只能用三條腿站立的瘸子了。

拉拉本想逃出鐵門去的，但看到藍藍那條左後腿又懸吊起來，目的沒有達到，任務沒有完成，就改變主意，繞著院牆奔逃。

三條腿的老虎，連走路都東倒西歪，當然無法追上機靈的警犬。

繞了兩圈後，藍藍氣喘吁吁停了下來，朝拉拉兇狠地吼了兩聲，躺臥在地。拉拉則衝著藍藍猛烈吠叫，黏在唇齒間的金色的虎毛在空中飛旋，試圖用這種肆無忌憚的挑釁，使藍藍暴跳如雷，忘卻一切撲躥過來。

然而，收效甚微，拉拉叫得嗓子都嘶啞了，藍藍仍病懨懨地躺臥在地。

「襲，襲！」鐵門外，傳來大漫焦急的呵斥聲。

拉拉再次繞到藍藍身後，準備第二次撲咬。

八

虎的機警和威猛，遠遠超出拉拉的想像。

當拉拉第二次從假山上往藍藍背部撲躥，身體剛騰空而起，藍藍彷彿背後也長眼睛似的，那條虎尾唰地豎直，猶如一條鋼鞭，啪地一下打在牠身上，牠被打落在地，就落到藍藍身旁約半米的位置，沒等牠站起來，藍藍用一條後肢支撐，上半身嗖地躥高，玩了個餓虎撲食的動作，以迅雷不及掩耳之勢，將牠按翻在地，牠想掙扎反抗，但藍藍兩隻前爪孔武有力，一隻虎掌按住牠的腦袋，另一隻虎掌按住牠的屁股，牠根本無法動彈，緊接著，牠感覺到自己的頸椎被虎牙銜咬住了，血盆大口把牠的脖頸整個兒都含進去了。

牠曉得，這是老虎的捕獵絕招，被老虎從背後咬住頸椎，別說一條狗，即使是長著獠牙的公野豬、膘肥肉厚的黑熊和魁梧高大的野牛，也絕無生還的可能，強有力的虎嘴用力一擰，就能將獵物置於死地。尖利的虎牙鉗子似地夾緊，牠的兩隻狗眼瞪得溜圓，彷彿要從眼眶裏掉出來了，喉嚨似乎也被卡住了，叫不出聲來，也無法呼吸。

拉拉停止了徒勞的掙扎，等待響起頸椎斷裂的喀嚓聲。

就在這時，突然，牠感覺到銜咬的虎嘴停止了繼續用力，鉗子似的虎牙一點一點鬆啓，窒息的痛苦緩解了，牠竟然恢復呼吸了！沒等牠明白是怎麼回事，突然，藍藍一下把牠從虎嘴裏吐了出來，按住牠的兩隻前爪也鬆開來。牠抖抖索索站起來，但沒等牠站穩，虎爪橫掃過來，把牠像皮球似地掃出好幾丈遠。

嗷——嗷——藍藍發出令人也令狗心驚膽寒的吼聲，並呲牙咧嘴做出躍躍欲撲的架勢。不難讀懂藍藍這套形體語言，是在嚴厲警告拉拉：我放你一條生路，我不再欠你，我們兩清了。假如你再不知趣，還敢來惹我煩我，我立馬叫你碎屍萬段！

拉拉心裏明鏡似的，牠很清楚，藍藍之所以在最後一秒鐘停止致命的噬咬，將牠從血盆大口吐了出來，原因就是牠曾經救過藍藍的命。

也是半年前在《苗山少年》電視劇設攝製組，那天清晨，牠和藍藍到樹林裏遛躂。路過一片灌木叢，突然，前面草叢裏出現一隻五彩繽紛的大公雞。出於本能的誘惑，藍藍興致勃勃地朝大公雞小跑而去。

拉拉是警犬，出於職業的習慣，用警覺的目光打量大公雞。荒山野嶺，四周沒有村莊，哪來的大公雞呢？更讓牠感到奇怪的是，那隻大公雞已經看到一隻斑斕猛虎和一條威風凜凜的狼狗奔過來了，嚇得撲扇翅膀咯咯喔喔亂叫，可還待在原地沒有逃竄。這很反常，凡警犬都知道，反常就意味著有名堂。

離大公雞更近了些，牠聳動鼻翼，聞到一股人的汗酸味。牠心裏陡地緊張起來，發出汪汪報警聲，告誡藍藍別冒冒失失靠近大公雞。遺憾的是，藍藍對牠的告誡置若罔聞，仍朝大公雞奔去。藍藍大概覺得自己是百獸之王，沒什麼好怕的；也有可能藍藍從小生活在馬戲團裏，缺乏防範風險的意識，也缺乏叢林生活的經驗，壓根兒就想不到會有什麼危險。

眼瞅著離大公雞只有十多步遠了，拉拉急中生智，跳到藍藍屁股上啃了一口，藍藍怒火中燒，改變路線來追牠，牠左拐右繞將藍藍從大公雞身邊引開了。就在這時，灌木叢裏鑽出一隻黑熊來，也許是餓極了希望能趕快吃到食物，也許是天生近視眼，看不清大公雞身旁的可疑跡象，徑直撲向大公雞。

只聽轟隆一聲響，大地爆出一團塵埃，黑熊和大公雞都從地面消失了。拉拉和藍藍驚訝地面面相覷，小心翼翼走過去一看，草叢裏有一個深達丈餘的陷阱，黑熊掉了進去，更可怕的是，坑底插著一根根用見血封喉浸泡過的毒竹籤，有兩根毒竹穿透黑熊的腹部，黑熊發出淒厲的哀嚎，但沒叫幾聲就七竅流血，嗚呼哀哉了。那隻大公雞也被毒竹籤劃傷，拼命拍打翅膀，無奈腳上拴著麻繩，根本就飛不起來，沒蹦躂幾下，就追隨黑熊去了不歸路。

原來這是個捕獸陷阱，大公雞是個誘餌，專門引誘貪饞的食肉獸墜落死亡的深淵！要不是拉拉用挑釁的辦法將藍藍引開，現在七竅流血躺在陷阱裏的就不是黑熊，而是孟加拉虎了！

藍藍驚駭地低嚎兩聲，失魂落魄扭身逃竄，逃回到攝製組帳篷旁，這才驚魂甫定地停下來喘息。突然，藍藍走到拉拉身邊，伸出長長的虎舌，在牠額頭舔了舔。

在電視劇組相處了十多天，藍藍還是第一次對牠表現出親暱舉動。拉拉曉得，老虎也是高智商動物，藍藍是在感激牠的救命之恩。

毫無疑問，藍藍念在這段舊情上，對牠網開一面。

拉拉站在院落中央，抖了抖身體，虎牙啃掉了幾綹頸毛，虎爪在牠臀部和後腦勺抓出幾

條血痕，但傷得並不重。牠明白，藍藍這是手下留情，不然的話，尖利的虎爪早就把牠撕成碎片了。虎口餘生，想起來還心有餘悸。

牠心裏發虛，尾巴垂落在地，不敢再向藍藍靠近。發怒的老虎，就是死神的代名詞。假如讓牠吃豹子膽，牠恐怕也沒膽量再撲到藍藍身上去逗弄了。藍藍已經饒過牠一回狗命，再不欠牠什麼了，要是牠再敢冒犯虎威前去挑釁的話，絕對是自尋短見必死無疑。

拉拉已無技可施，牠不是什麼神犬，牠的能力是有限的。牠垂頭喪氣地吠了兩聲，舉步朝鐵門走去。牠無能爲力了，繼續待在虎窩裏已沒有任何意義，還不如早點撤離。

哐啷，傳來鐵門開啓的聲響。牠看見警員大漫將鐵門拉開一條縫，正向牠招手呢。不愧是與牠朝夕相處的主人，看出牠的難處，看出牠的無奈，及時向牠發出了撤退的指令：

「拉拉，回來；拉拉，回來！」

九

從院落中央到鐵門，最多也就是二十米距離，平坦光滑的水泥地，中間沒有任何障礙。但拉拉的感覺，就像是走在漫長的沼澤地裏，每走一步都很吃力，走得緩慢而滯重。

這不是牠的過錯，拉拉安慰自己。任務太奇特了，遠遠超出了一條警犬所能勝任的範圍。警犬與人一樣，也沒有什麼常勝將軍，失敗是很正常的。牠竭力爲自己辯解，然而，心還是沉甸甸的，有一種喘不過氣來的壓抑感。

二十米的距離終於走完，拉拉一條前腿跨出鐵門，腦袋和脖子已伸了出去，身體和尾巴還在鐵門內。牠瞟了一眼主人，大漫臉上沒有責怪與抱怨，主人理解牠的難處，默許牠的退卻，可以肯定，主人絕不會爲這件事呵斥或訾罵牠的。牠感激主人的寬容。

可是，主人臉上也沒有歡笑和喜悅，主人微微皺著眉頭，嘴角抿得很緊，隱含著一絲苦澀。站在大漫身後的幾位馬戲團工作人員，臉上也寫滿了遺憾與失望。牠心裏一陣痛。牠最喜歡的事情，就是當牠凱旋而歸時，主人咧著嘴露出歡欣的笑，展開雙臂將牠擁抱，用鬍子拉渣的下巴摩挲牠的鼻吻。

雖說是不可避免的失敗，但畢竟是失敗，牠心情沮喪極了。在牠多年的警犬生涯中，雖然也經歷過許多挫折和磨難，但像現在這樣無可挽回的失敗，這還是頭一次。

牠尾巴耷落，無精打采地又往前跨了一步，大半個身體已鑽出鐵門，只要再往前跨一小步，主人就會匡啷鎖緊虎窩的大門，這件事就算畫上了不圓滿的句號。

就在這時，突然，背後傳來虎的嘆息，聽起來就像是痛苦的呻吟。牠忍不住扭頭看了一眼，藍藍正側臥在地，腹部貼著光滑的太湖石，有節律地蹭動著，再仔細一看，原來藍藍是在摩擦腫脹的乳房，米漿似的虎奶塗抹在灰褐色太湖石上，瀰散開一股虎奶特有的甜腥氣息。拉拉目睹這一情景，心兒突然狂跳起來，似乎在絕望中又看到了一線新的希望。假如……假如牠能扮演虎崽的角色，也許……也許就能幫藍藍從悲痛中解脫出來。

拉拉小時候曾經有過這樣一段難忘的經歷。那是在牠剛滿一月齡時，警犬學校一條名叫阿麗的母狗產下三隻狗崽子，不幸的是，半夜一場暴雨，三個小傢伙慘遭雷擊身亡。阿麗悲痛欲絕，整天嚎叫，瘋瘋癲癲，見著誰就想咬誰，差不多就變成一條殘廢的瘋狗了。這天，拉拉被飼養員從親生狗媽媽身邊抱走，關在一隻竹籃子裏，一整天沒給牠餵食，牠餓得肚皮貼到脊樑骨，恨不得把竹籃子嚼碎了吞進去充饑。

黃昏時分，飼養員將牠抱到阿麗身邊。阿麗脖子上拴著細鐵鏈，狗嘴上套著嘴罩。牠聞到一股奶香，出於有奶便是娘的本能，牠蹣跚朝阿麗爬去。

起初，阿麗狂吠亂嚎，要不是套著嘴罩，肯定就把牠咬殺了，還用狗爪踢牠，不讓牠靠近。牠雖然害怕，但已餓得半死，不顧一切地鑽進阿麗腹部，叼住腫脹的乳頭。當牠吸出乳汁後，阿麗兇猛的嚎叫變成欣慰的吠叫……這以後，牠成了阿麗寵愛的養子，阿麗瘋瘋癲癲的毛病不治而癒，又成了一條合格的警犬。

或許，這個辦法也能拯救母虎藍藍！

可是，對方不是母狗，而是母老虎。一隻母老虎能允許一條狗去吃牠的奶嗎？藍藍已經對牠產生了誤解，已經嚴厲警告牠別再靠近，極有可能還沒等牠吃到虎奶，藍藍就張開血盆大口吞吃了牠。藍藍脖子上沒有拴著細鐵鏈，虎嘴上也沒套著嘴罩，輕而易舉就可置牠於死地。好心被當做驢肝肺的可能性很大很大；以身殉職的可能性很大很大。值不值得為了一隻老虎去冒這麼大的風險呀？

然而，另一種更堅強的信念在鼓舞著牠。在風險面前退卻，這不是警犬的性格。對警犬而言，有一分可能性，就應該做出十分努力。牠沒有完成主人交給的任務，失敗的恥辱，揮之不去，縈繞在牠心頭。牠不能在自己的警犬生涯中留下無法補救的缺憾。牠要讓主人大漫的臉上永遠綻放笑容！

拉拉尾巴高豎，昂首挺胸，垂頭喪氣的神情一瞬間神秘地消失了，心裏湧動起一股想要衝鋒陷陣的戰鬥激情。就在警員大漫一隻手來拉牠脖頸上的項圈、另一隻手準備關閉鐵門的一剎那，拉拉急旋狗腰，嗖地轉過身去，像陣風一樣，飛快朝院落中央躥去。

大漫和所有在場的馬戲團工作人員都驚訝地睜大眼睛。

十

拉拉是以迅雷不及掩耳之勢躥過去的，等藍藍發現時，牠已成功鑽到藍藍腹下。

在牠叼在藍藍乳頭的一瞬間，藍藍也一口咬住牠的脖頸。

傳來頸椎快要斷裂的喀嚓聲響，產生快要窒息的眩暈。牠心裏清楚，現在就是想後悔，也爲時晚矣。不成功便成仁，一意孤行或許還有一線生機。牠使勁咂動嘴唇吮吸，滋——傳來液體噴射的輕微聲響，虎奶流進牠的嘴巴。吸出第一口奶後，牠明顯感覺到，卡在牠脖頸上的虎牙停止了狠命的噬咬，兩隻遒勁的虎爪也停止了兇暴的撕扯。

虎奶又濃又稠，還有股特殊的腥味，並不怎麼好喝，可拉拉卻吃得津津有味，心裏甜滋

滋的，彷彿在喝玉液瓊漿。牠用足力氣，吃空一隻乳房後，再吮吸另一隻乳房……

藍藍鬆開咬住拉拉脖頸的虎牙，張開血盆大口發出氣勢磅礴的吼叫，看起來好像在抗議拉拉的冒犯，可虎身卻軟綿綿側躺在地，任憑拉拉盡情享用新鮮的虎奶。過了一會兒，那激烈的虎嘯漸漸變得低沉，呼呼嚕嚕，弄不清是在哀傷嗚咽，還是在快慰吟唱。

拉拉把藍藍幾隻腫脹的乳房都吸了一遍，吃的肚兒溜圓，直打飽呃。

藍藍饑饉的目光盯著牆根石槽裏那塊血淋淋的牛排，騰地站起來。

拉拉緊張地盯著藍藍那條左後腿，原本懸吊著的左後腿，不知不覺間已經垂落在地了。藍藍舌頭貪婪地舔著嘴唇，邁步向石槽走去，四條虎腿錯落有致，走得穩健而又自然。

本來嘛，藍藍這條左後腿就沒有什麼毛病，完全是因爲心理作祟，這才喪失行走功能的。現在，心理得到了某種補償，左後腿也就恢復了正常。

鐵門外，響起熱烈的掌聲。拉拉扭頭望去，大漫正笑容滿面地注視著牠，好幾位馬戲團工作人員正在朝牠拼命鼓掌。

藍藍狼吞虎嚥將一大塊牛排吃下肚去，又喝了一些水，愜意地伸了個懶腰，回到拉拉身邊，伸出長長的虎舌舔理拉拉的背毛。舔犢之情，人皆有之，虎也有之。

說實話，拉拉並不喜歡藍藍的舔吻，虎舌太粗糙，動作也過於生猛，舔在身上微微有點痛。但牠還是做出很舒服的樣子，接受藍藍的愛撫。牠曉得，唯有這樣，才能讓藍藍從夢魘般的失子悲痛中解脫出來。

在深山老林裏，也常有類似的事情發生。哺乳期的母狼，狼崽夭折後，會冒九死一生的風險，潛入人類居住的村寨，盜竊一個還在吃奶的嬰孩，悉心餵養，俗稱狼孩；哺乳期的母熊，熊崽夭折後，會冒九死一生的風險，潛入人類居住的村寨，盜竊一個還在吃奶的嬰孩，悉心餵養，俗稱熊孩；哺乳期的母猴，猴崽夭折後，會冒九死一生的風險，潛入人類居住的村寨，盜竊一個還在吃奶的嬰孩，悉心餵養，俗稱猴孩；哺乳期的母豹，豹崽夭折後，會冒九死一生的風險，潛入人類居住的村寨，盜竊一個還在吃奶的嬰孩，悉心餵養，俗稱豹孩……

對痛失幼仔的哺乳類母獸來說，抱養一個嬰孩，不僅僅是要解決乳房腫脹的問題，更是一種最有效的心理補償機制，能使巨大的心理創傷迅速得到治癒，恢復正常的生活。

藍藍又變成聰明乖巧在馬戲舞臺上光彩奪目的動物演員，只是有一點麻煩，必須拉拉在場，藍藍才肯認認真真演出。沒辦法，藍藍去巴基斯坦，也只好讓拉拉陪同。拉拉也算是免費出國旅遊了一趟，領略異國風情。

半年後，到了正常的幼虎斷奶年齡，拉拉這才告別藍藍，回到刑警大隊。

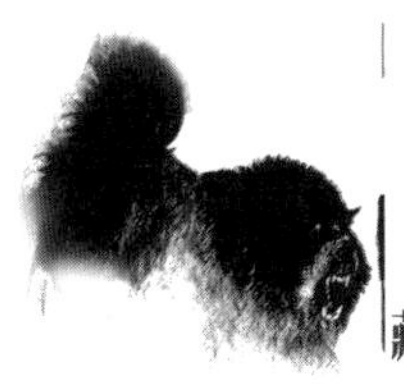

藏獒渡魂

一

我的藏族嚮導強巴從山寨牽來一條藏獒，用細鐵鏈拴在帳篷外的木樁上。

這狗渾身漆黑，嘴吻、耳廓、尾尖和四爪呈金黃色，皮毛油光閃亮，就像塗了一層彩釉；滿口尖利的犬牙，一雙狗眼炯炯有神；脖頸粗壯，胸脯厚碩，腿部凸起一塊塊腱子肉；高大威猛，足有小牛犢這般大，真不愧是世界聞名的狗中極品。

見我靠近，牠狗眼裏射出一股凶光，喉嚨深處發出一聲低嚎，兇猛地撲躥過來，把細鐵鏈繃得嘩嘩響。強巴趕緊撿起一根樹枝，一面粗聲粗氣呵斥，一面夾頭夾腦抽打。

要是普通土狗，遭主人這般訓斥，早就收斂威風，夾緊尾巴哀哀求饒了，可這傢伙絲毫沒有流露出畏懼神情，面對呼呼抽打過來的樹枝，不僅不躲閃，反而張開嘴一口咬住樹枝，嘴角惡狠狠發出咆哮聲，似乎在說：你再打我的話，休怪我不客氣，我連你也一塊咬了！

桀驁不馴，簡直就像是沒有教養的野狗。

我趕緊鑽進帳篷抓了兩塊中午吃剩的炸豬排，扔到牠面前，牠確實是餓了，立刻把注意力轉移到食物上，大口嚼咬起來。這傢伙牙齒就像鋼刀，毫不費力就把堅硬的骨頭嚼得粉碎，連肉帶骨頭統統吞進肚去。

不管怎麼說，劍拔弩張的人狗糾紛總算平息下來了。

「牠叫曼晃，是條渡了幾次魂都渡失敗的野魂犬，咬死過三隻羊羔。」強巴不無憂慮地說，「但願牠不會給你捅漏子惹麻煩。」

我聽說過藏族地區關於藏獒渡魂的習俗。藏獒是青藏高原特有的大型猛犬，敢隻身與狼群周旋，兩條藏獒聯手可獵殺成年山豹，是世界聞名的優秀獵狗。

在藏族的傳說裏，藏獒是天上一位戰神因嗜殺成性觸犯天條而被貶到人間來的，所以藏獒性情暴戾殘忍，身上有一股濃重殺氣，必須在其出生滿七七四十九天時，將其與一隻還在吃奶的羊羔同欄圈養；羊是溫柔嫻靜平和順從的動物，四十九天大的藏獒，正是生理和心理發育成熟時段，讓這個時期的藏獒與羊羔共同生活，目的就是要冶煉性情，減弱殺氣，用溫婉的羊性沖淡藏獒身上那太過血腥的獸性。這就是所謂的藏獒渡魂。

經過七七四十九天，要是藏獒與羊羔和睦相處，就算渡魂成功，被稱爲家魂犬。

渡魂成功的藏獒，保留勇猛強悍的秉性，卻又具備順從忍耐的美德，既可調教爲忠於職守的牧羊犬，亦可訓練成叱吒風雲的狩獵犬。

並非所有的藏獒都能經受渡魂考驗成爲家魂犬，事實上，只有百分之五十的藏獒能渡魂成功，一半左右的藏獒都過不了渡魂這一關，有的與羊羔同欄圈養後，就像水火不能相容，

沒日沒夜地朝羊羔狂吠亂嚎，根本安靜不下來，更有甚者，還會在欄圈裏活活將羊羔咬死，這當然是渡魂失敗，即所謂的野魂犬。

渡魂失敗的藏獒，脾氣暴躁，很難進行調教，不僅會傷害牛羊豬馬等家畜，有的甚至會傷及豢養牠的主人。

曾經發生過這樣的事，有人把兩條渡魂失敗的野魂犬弄去做牧羊犬，結果牠們將羊群挾持到深山老林，就好像這群羊是牠們的私有財產，是牠們活動的肉食倉庫，隔幾天就宰殺一隻羊來吃，等到這兩條藏獒的主人找到牠們時，六十多隻羊吃得只剩下八、九隻了。

還發生過更讓人心驚膽顫的事，某山民帶著一條野魂藏獒進山打獵，遭遇暴風雪，被困在雪山埡口附近一個山洞裏，暴風雪日夜不停，到第三天時，獵人隨身攜帶的乾糧都吃光了，陷入饑寒交迫的絕境，野魂犬因饑餓而窮兇極惡，竟然撲咬主人，獵人拔刀殊死抵抗，人與狗搏鬥了半個多小時，最後野魂犬倒在血泊中，獵人也被咬得遍體鱗傷。

在當地，渡魂成功的藏獒，身價極高，牙口一歲的家魂犬，可賣到五千元。而渡魂失敗的藏獒，卻被當做廢品處理，品相再上乘的野魂犬，也賣不出價，隨便給幾十元，主人就會讓你牽走，比買一條菜狗也貴不了多少。

我長期在野外從事動物科學考察工作，我觀察站的帳篷就設置在荒無人煙的山溝裏，這兒離國境線不遠，不僅野獸出沒，有時還會遇到殺人放火的強盜和走私販毒的歹徒。

有一次，寒冷的雪夜，一隻狗熊爲了避寒，竟然翻過籬笆牆鑽進帳篷來，我半夜醒來，聽到帳篷裏有如雷鼾聲，好生納悶，擰亮手電筒一看，一隻足有兩百公斤的大狗熊正趴在火爐邊呼呼大睡呢。

還有一次，也是北風呼嘯的冬夜，兩名越獄犯悄悄鑽進帳篷，把我和強巴的衣褲及乾糧席捲而去，扔下兩套骯髒的囚衣。

在野外工作，安全確實是個大問題。最好的辦法就是養條狗，看家護院，攆山狩獵，跟蹤我所感興趣的野生動物，都能派得上用場。

我在日曲卡雪山從事野外科學考察工作已近兩年，曾先後養過四條狗，第一條是名叫小白的土狗，對我倒是挺忠誠的，整天影子似地黏在我的屁股後面，遺憾的是膽子很小，遇到一隻狗獾也不敢追，嚇得拼命往我身後躲，把我當做牠的盾牌了，養著牠純粹是浪費糧食；第二條是名叫大黃的雜交狼狗，倒是挺勇敢的，面對嘴角翻捲長長獠牙的成年野豬也敢撲咬，但狩獵技巧實在差勁，與野豬交手還不滿兩個回合，就被野豬一口咬斷了脖子；第三條是名叫阿黑的牧羊犬，外表看上去挺不錯的，沒想到卻是一條患有神經質疾病的狗，天一黑就開始吠叫，一隻貓頭鷹飛過牠會嚎叫，老鼠出洞覓食牠要嚎叫，樹枝被風折斷牠也要嚎叫，嗓門又大，在帳篷外徹夜吠叫，吵得我根本無法入睡，只有將牠淘汰。

我的藏族嚮導強巴好幾次對我說：「你太需要一條藏獒了，哦，藏獒是狗中精英，你一定會感到滿意的。」

我當然知道藏獒好。遺憾的是，我是薪水階級，每個月少數的工資剛夠養家糊口，研究

經費又十分有限，囊中羞澀，根本買不起渡魂成功的家魂藏獒，只有買渡魂失敗的野魂藏獒。

才花了區區幾十元就得到一條品相上乘的藏獒，雖然是條渡魂失敗的野魂藏獒，我也挺高興的。

說實話，我對藏獒渡魂的說法並不怎麼相信。我覺得所謂渡魂，無非是一種性格篩選，不必太當真了。狗屬於食肉動物，凡猛犬都有點殘忍，這用不著太過於擔憂。

二

藏獒果然不愧是世界聞名的良種狗，比我想像的還要優秀。

用狗的標準來衡量，曼晃的智商可說是出類拔萃。我餵了牠兩次食，牠就認識我這個主人了，一叫牠名字，便會興沖沖地跑到我跟前來。

讓我感到吃驚的是，牠似乎有察言觀色的天賦，僅僅過了三五天，也沒有誰刻意教牠，牠就知道我才是野外觀察站這頂帳篷裏真正的主人，而把強巴降格爲第二主人，我不在場時，牠服從強巴指令，如果我在場，牠就首先服從我的指令。

我做過幾次實驗，把一串鑰匙放在我與強巴中間，然後我和強巴同時發出讓牠叼取鑰匙的指令，任憑強巴怎麼橫眉豎眼喊破喉嚨，牠都毫不猶豫把鑰匙叼到我手上來。

最讓我滿意的是，牠在夜裏從不胡亂吠叫，貓頭鷹捉老鼠時從牠頭頂掠過，牠靜靜地駐足觀望，風吹折樹枝掉到牠的頭上，牠也只是悶聲不響地跳閃開去。凡牠發出響亮的嚎叫，那一定是有危險逼近了。

有一天晚上，我剛鑽進被窩，忽聽得曼晃發出猛烈咆哮，衝出帳篷一看，籬笆牆外的樹林裏，有一對獸眼就像綠燈籠一樣在黑暗中晃動，憑經驗不難判斷，來者不善，不是孟加拉虎就是雪豹。強巴朝天放了兩槍，這才把危險驅趕走。

還有一次，天剛濛濛亮，突然響起曼晃兇猛的吠叫，我和強巴趕緊衝出帳篷，順著曼晃撲躍的方向望去，乳白色晨霧中，有兩個牛高馬大的漢子，在狼狽地奔逃。

強巴是獵手，視力極佳，看見兩個漢子手裏都提著明晃晃的砍刀。很明顯，非匪即盜，不是偷就是搶。要不是曼晃及時報警，後果不堪設想。

「有曼晃在，連刺蝟都休想鑽進籬笆牆來！」強巴得意地說。

確實如此，自打有了曼晃，野外觀察站平安無事，我夜裏不再失眠，睡得非常踏實。

不僅如此，曼晃還成了我工作中的得力助手。我去尕瑪爾草原考察珍貴的野駱駝，但野駱駝藏匿在灌木叢中，一有風吹草動便逃之夭夭，只遠遠望見牠們模糊的背影，我想從正面給牠們照幾張相，卻忙碌了好幾個月也未能如願。

那天，我帶著曼晃來到尕瑪爾草原中部野駱駝最愛去的鹽鹼塘，發現好幾堆新鮮的駱駝糞，我讓曼晃嗅聞野駱駝足跡，然後命令牠跟蹤追擊。牠興奮地跳躍著，朝東南隅一片楓葉爛漫的雜樹林飛奔而去。

我一根煙還沒抽完，就聽見雜樹林裏響起曼晃響亮的吠叫聲，大大小小六匹野駱駝從樹叢裏倉皇逃出來；曼晃好像知道我的用意，左奔右突，不斷修正驅趕方向，把駱駝群往我站立的位置趕來。

我還是頭一次近距離正面觀察野駱駝，高興得忘乎所以，舉起相機就按快門，按了好幾下這才發現，相機是空的，還沒裝底片呢！野駱駝已從我面前跑過去了，草地上滾動一團塵埃。

我懊惱極了，恨不得打自己兩個大嘴巴。

這時曼晃也跑到我面前，氣喘吁吁，狗舌伸得老長，看得出來已相當累了。我抱著試一試的態度，一面往相機裏裝底片，一面向牠發出繼續追攆野駱駝的指令。沒想到，牠毫不猶豫蹦跳起來，旋風般朝差不多已逃出一公里外的野駱駝追去。

牠的奔跑速度驚人，像貼著草尖在飛，轉眼間就追上駱駝群。我在望遠鏡裏看到，牠呲牙咧嘴狂嚎，試圖攔截野駱駝，但野駱駝仗著「人」多勢眾，用魁偉的軀體衝撞，繼續往前奔馳。

曼晃像頭發怒的獅子，狂吠一聲，高高躍起，照準領頭的那匹駱駝頭部進行凌厲撲咬，迫使駱駝首領改變方向，駱駝群轉了個圓圈又朝我站立的位置奔過來了，我終於完成宿願，從正面照了許多張清晰的野駱駝照片。

曼晃是條牙口剛滿一歲的雌狗，屬於花季少女，或者說屬於青春美眉。牠精力旺盛，我去野外考察，爬山涉水，翻山越嶺，有時一天要趕五、六十里路，牠照走不誤，從未掉過隊。牠似乎天生就是打獵的行家高手，視覺、聽覺和嗅覺異常靈敏。

我有個研究項目，要到密林觀察滇金絲猴家庭形態，但金絲猴膽小機敏，且在茂密的樹冠間活動，極難發現牠們的蹤影。我牽著曼晃來到香格里拉國家森林公園，這裏是金絲猴棲息地，我讓牠幫忙搜尋。

茫茫林海，遮天蔽日的樹冠，要找到金絲猴群猶如大海撈針。可曼晃卻輕鬆地完成了任務。牠抬起鼻吻嗅聞，仄起耳朵諦聽，瞪起眼睛觀看，很快就辨別出金絲猴的去向，領著我在密林中穿行，很容易就找到在樹冠間喧鬧騰跳的金絲猴群，使我順順利利完成考察任務。

曼晃身上最突出的優點，就是勇敢。

有一次，我帶著牠到三十多公里外的小鎮上去郵寄資料，回來時，半路遇到下冰雹，耽擱了兩個多小時，進山時天已暗了下來。走到離野外觀察站還有兩公里左右時，突然，曼晃全身狗毛豎立，那條蓬鬆的大尾巴挺得筆直，朝前方荒草叢中憤怒地咆哮。

我警惕地停了下來，撿起兩塊拳頭大的石塊，啪啪砸向荒草叢。

這叫投石問路。草叢裏窸窣作響，蹦出兩隻狼。這是兩隻名副其實的大灰狼，皮毛烏灰，眼睛白多黑少，大灰狼兼白眼狼，長長的狼嘴裏露出尖利的白牙。在蒼茫暮色中，我看見這兩隻狼腹部空癟癟，肚皮貼到脊樑骨，是標準餓狼。我的心噗噗亂跳，我曉得，饑餓的

狼是什麼事都幹得出來的。

不難判斷，這兩隻狼遠遠看見我和曼晃，就埋伏在荒草叢中，企圖對我與曼晃實施突然襲擊。幸虧曼晃及時發現，否則後果難以預料。

我本能反應，就是想逃跑。可我還是克制住了想逃跑的念頭。我是動物學家，我清楚地知道，狗仗人勢，現在倘若我轉身逃跑，曼晃也會鬥志渙散跟著我逃跑，而我一旦表現出懼怕的神情，撒腿逃命，只會激起惡狼更強的撲咬欲望和殺戮衝動。

在崎嶇的山路上，我是跑不過狼的，我也跑不過狗的。我如果逃跑，用不了幾分鐘，狼就會從背後把我撲倒。我別無選擇，只有站在原地假充好漢，或許還有生的希望。我撿起一根木棍，硬著頭皮準備與狼搏鬥。

兩隻大灰狼互相嗥叫數聲，彷彿在商量對付我們的策略。過了約幾秒鐘，兩隻狼從左右兩個方向朝曼晃撲了過來。要是一般草狗，面對兩隻窮兇極惡的狼，早就嚇得退縮到我身邊來了。要真是這樣的話，等於將禍水引到我身上。

曼晃不愧是狗中豪傑藏獒，面對兩隻殺氣騰騰的狼，毫無懼色，全身狗毛姿張，勇猛地撲了上去。曼晃身體比狼稍大些，一下就把一隻狼撲倒在地，但還不等牠張嘴去咬，另一隻狼就蓋到牠身上，在牠脊背上咬了一口。

狼牙銳利，雖然光線晦暗能見度很低，但相距僅數米，我看得還是很清楚，曼晃背脊上立刻皮開肉綻。那隻咬牠的狼，滿嘴都是狗毛。曼晃跳起來反擊，與兩隻狼扭打成一團。

我不敢過去參戰，唯恐混亂中被狼咬一口，我揮舞木棍高聲吶喊，用吶喊聲來聲援曼晃。狗咬狼，狼咬狗，雙方都掛彩受傷。曼晃畢竟獨狗難鬥雙狼，略處下風。

突然，兩隻狼肩並肩齊聲嗥叫，牠們四膝微曲，尾巴平舉，頸毛姿張，呲牙咧嘴，身體前後聳動著，擺出一副躍躍欲撲的架勢。曼晃也嚎叫著準備應戰。可兩隻狼並沒有撲上去，而是隱而不發，長時間威脅嗥叫。我明白，這是狼的一種恫嚇戰術。

狼是狡猾的食肉猛獸，遇到難以對付的獵物，就會採取恫嚇戰術。我曾在日曲卡雪山腳下親眼目睹這樣一件事：也是一對夫妻狼，追逐一頭帶著三隻小豬崽的母野豬，夫妻狼當然格外青睞這三隻細皮嫩肉的豬崽子，但母野豬也不是那麼好惹的，豬皮厚韌且滾泥塘時塗了滿身黏土，就像穿了一層鎧甲，一口結實的牙齒能啃斷樹根，狼若不小心被母野豬咬著，也會筋斷骨裂遭受重創的。

出於護犢的本能，母野豬緊緊護衛三隻豬崽子，大有粉身碎骨、誓死捍衛的決心，夫妻狼與母野豬搏殺了兩三個回合，突然就停止攻擊，兩隻狼在母野豬面前擺出躍躍欲撲的架勢，瞪起兇惡的狼眼，伸出血紅的狼舌，磨礪尖利的狼牙，發出窮兇極惡的嗥叫，用武力進行威逼，肆意製造恐怖氛圍。

對母野豬來說，這比狼牙狼爪來直接撲咬產生更大的心理壓力，幾分鐘後，母野豬眼睛裏流露出驚恐不安的神情，意志崩潰，哀嚎一聲轉身逃命，那三隻豬崽子成了夫妻狼的盤中餐。

不戰而曲人之兵爲上策。同樣的道理，對狼來說，不戰而獲得美味獵物爲上策。

我有一種感覺，眼前這兩隻狼也是在採用同樣的恫嚇手段，牠們雖然占了數量上的優勢，但不願冒受傷的危險與曼晃搏鬥，牠們想把曼晃嚇唬走，然後輕輕鬆鬆把我做成人肉宴席。我背脊嗖嗖冒冷氣，要是曼晃真的意志崩潰，夾著尾巴逃之夭夭，我將死無葬身之地。

曼晃與兩隻狼對峙著，牠脖頸和腿彎都被狼爪劃破了，好幾處掛彩，身上血跡斑斑。身體的傷痛，是有可能摧毀鬥志的啊。可牠仍毫無畏懼，嚎叫聲猛烈而響亮，那根象徵著鬥志的狗尾巴旗桿般挺立，顯示一息尚存決不屈服的決心。不僅如此，牠還主動朝兩隻狼撲咬，狗牙和狼牙互相叩碰，發出喀喀嗒嗒的聲響。

兩隻狼恫嚇戰術失靈，不得已，只能再次與曼晃扭打廝殺。

我已從最初的極度恐懼中漸漸回過神來。我想，眼前這場犬狼大戰，直接關係到我的安危，我也不能太袖手旁觀了。萬一曼晃不幸被兩隻惡狼咬翻，我恐怕也難以從狼牙下逃生。我不敢與狼擺開架勢正面交鋒，但打冷拳踢冷腳劈冷棍的魄力還是有的。

我壯起膽子，掄起棍子靠近正在鏖戰的狼，冷不防一棍砸在一隻狼的屁股上。那狼突然背後受到襲擊，分了神，螞蚱似地驚跳起來，並在空中做出一個旋轉動作，惡狠狠朝我咬來。

我沒料到狼能在瞬間完成如此高難度的雜技動作，有點猝不及防，還沒等我舉起棍子抵擋，那狼嘴已刺到我胸口，瞄準我頸窩咬了下來。我與那隻狼臉對著臉，我聞到狼嘴裏那股刺鼻的腥味。我想往後躲閃，但身體因恐怖而變得僵硬，像個木頭人一樣不會動彈了。

狼牙快觸碰到我的喉結了，可突然間，那隻狼腦袋往後仰，擠眉弄眼好像挺難受的樣子，發出令人毛骨悚然的慘嗥，掉到地上去了。我定睛一看，原來是曼晃從背後咬住了狼尾巴，像拔河比賽似地把那隻狼從我面前拔走了。

另一隻狼看到同伴遭難，緊急出手救援，飛撲過來，跳到曼晃身上，張嘴朝狗頭噬咬。曼晃雖然遭受致命攻擊，疼得身體劇烈顫抖，卻咬緊牙關不鬆口。喀嚓，狼尾發出斷裂的聲響，狼痛得在地上打滾。

我清醒過來，左劈右甩揮舞木棍衝上去。那隻騎在曼晃背上的狼一看情形不妙，三十六計走爲上策，一溜煙似地逃走了。那隻尾巴被咬傷的狼見大勢已去，只好夾起還在滴血的尾巴，灰溜溜落荒而逃。

曼晃吐掉那截狼尾，朝遠去的狼影大聲吠叫，顯得英姿颯爽。

回到野外觀察站，我查驗曼晃的傷勢，牠身上有九處負傷，雖然都不是致命傷，但卻流了很多血，可牠仍這麼頑強地與狼搏殺，絕對稱得上是狗類中的英雄。

可惜，牠不像其他家犬，會向主人撒嬌獻媚。牠從不鑽到我的懷裏來舔我的臉，即使分別幾天，突然重逢相見，牠也不會激動得跳到我身上來親吻。牠能蹲在我身旁靜靜躺一會兒，算是對我最友好的表示了。

更彆扭的是，牠不會搖尾巴。

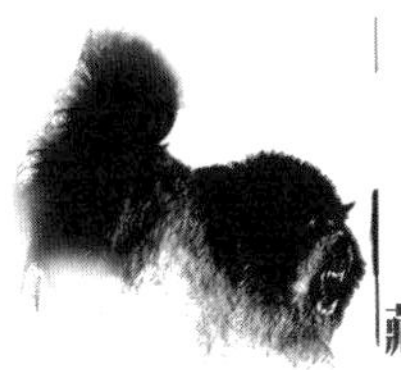

不不，牠不是不會搖尾巴，而是不會像其他家犬那樣將尾巴搖得像朵花，用搖尾巴這種美妙的形式表達對主人的順從與熱愛，牠在我面前，那尾巴就像條凍僵的蛇，或者翹起或者垂落，硬梆梆地揮甩，從來不會大幅度全方位地搖轉。

牠屬於渡魂失敗的野魂藏獒，強巴說，所有的野魂犬尾巴都像凍僵的蛇。

三

我很快領教了什麼叫野魂犬。勇敢與野蠻，本來應該是兩種不同質地的性格，卻在曼晃身上奇怪地重疊在一起。

有一次，一位淘金女抱著一個嬰兒路過野外考察站，那天我恰巧在帳篷裏，淘金女便向我討碗水喝。

在荒山野嶺趕路，遇到有人煙的地方歇個腳喝碗水解解乏，這是很平常的事。我熱情地把淘金女引到帳篷去。沒想到，淘金女前腳剛跨進籬笆牆，用細鐵鏈拴在木樁上的曼晃便狗眼放出綠光，呲牙咧嘴，從胸腔裏發出沉悶的吼聲。

我呵斥道：沒規矩，不准亂叫！可牠對我的訓示置若罔聞，仍嗷嗚嗷嗚發出一陣陣讓人心驚肉跳的低嚎。

淘金女大概是擔心狗叫聲會嚇醒懷裏正在熟睡的孩子，路過那根拴狗的木樁時，朝曼晃呸地啐了一口，還跺了跺腳做出一個嚇唬的動作。這一來，就像火星點燃了爆竹一樣，曼晃爆發出一串猛烈的吠叫，就好像一頭發怒的野獸，拼命朝前撲躍。

細鐵鏈拉住牠的脖子，隨著牠的撲躍動作，鐵鏈就像絞索一樣卡緊牠的脖頸，吠叫聲變得斷斷續續，狗眼鼓得就像金魚眼，頸毛也被鐵鏈扯得一綹綹脫落，可牠好像不知道疼，仍不停地撲躍嚎叫。

瞧牠這副兇神惡煞的模樣，要不是細鐵鏈拉住牠的脖子，牠一定會撲到淘金女身上狂撕爛咬的。

「這狗，比山豹還兇惡，瞧這雙狗眼，毒毒的，冷冷的，長著一副蛇蠍心腸哩。」淘金女嘟囔著，主動退卻兩步，閃到我身後，往帳篷走去。

她的腳還沒邁進帳篷，只聽得嘩啦一聲響，那根碗口粗的木樁被拉倒了！

這根紅椿木樁是我親手豎的，埋進土裏起碼半公尺深，我相信即使拴一匹烈馬也能拴得穩，竟然被拖倒了，可見曼晃發怒時爆發力有多麼嚇人。

這傢伙拖著那根沉重的木樁，惡魔般地朝淘金女撲過去。淘金女嚇得面如土色，緊緊抱住懷裏的嬰兒，退到籬笆牆邊，嚎啕大哭起來。

我擔心牠咬傷淘金女，更害怕牠傷害淘金女懷裏的嬰兒，我養的狗弄出人命來，我脫不了干係，肯定會官司纏身的啊。我趕緊衝過去拽住鐵鏈子，然後屁股坐在橫倒的木樁上，我的身體再加上木樁，好不容易才制止住曼晃。

「快跑，我快拉不住牠了！」我焦急地叫道。

淘金女如夢初醒，抱著嬰兒奪門而出。曼晃仍不依不饒，衝著淘金女狂吠亂嚎。淘金女消失在小路盡頭的樹林裏，牠這才慢慢平靜下來。

我充滿歉意，人家不過是來討杯水喝，結果水沒有喝到，反而嚇出一身冷汗，這也實在太對不起那位淘金女了。

平時我帶著曼晃去野外觀察動物，這傢伙的表現也經常讓我感到不自在。牠好像對獵殺特別情有獨鍾，一看到穴兔、岩羊、野豬等中小型食草獸，便會兩眼放光，饞涎欲滴，顯得特別貪婪。

有一種理論認爲，食肉獸之所以獵殺，是爲了生存需要，再兇猛的食肉獸一旦塡飽肚子，就不再有殺戮衝動。我覺得這個理論用到曼晃身上，肯定是行不通的。

有許多次，我有意用新鮮牛肉把牠餵飽，吃得牠腹部鼓得像吞了隻香柚，肚子空間有限，根本就塞不進去東西了。可我帶牠來到納壺河邊，隔著河望見對岸有一隻斑羚在吃草，牠狗眼裏又迸濺出一片可怕的寒光，擺出躍躍欲撲的架勢，要不是我拉住細鐵鏈不放，牠絕對會泅水過河去追捕那隻斑羚的。

陽春三月，桃紅柳綠，正是疣鼻天鵝的孵蛋季節。疣鼻天鵝是一種珍貴游禽，秋天到南方去越冬，春天飛回尕瑪爾草原來繁衍後代。省動物研究所交給我一個任務，就是要查清疣鼻天鵝的數量。

這是一項枯燥乏味又很辛苦的工作，每天都要跑到沼澤地去，先將疣鼻天鵝棲息地劃分爲若干個區域，然後一個區域一個區域進行清點。曼晃無事可做，就在我附近東遊西逛。

那天，我正踩著齊膝深的湖水用望遠鏡觀察一個天鵝家庭，突然傳來野豬呼天搶地的嚎叫聲。我扭頭一看，平坦的灘塗上，曼晃正在追逐一隻半大的小野豬。

這隻倒楣的小野豬一條前腿已被曼晃咬斷，膝蓋彎曲像折斷的蘆葦穗，瘸瘸拐拐奔逃。這並沒什麼稀奇的，我在埋頭工作，曼晃閒得無聊，去捕捉小野豬，是很正常的事。讓我覺得愕然的是，曼晃並沒有擺開食肉獸兇猛的捕食架勢，換句話說，曼晃像玩遊戲似的輕鬆自在，既沒有怒目嚎叫，也沒有兇相畢露，邁著悠閒的步伐，跟隨在小野豬身後。

我看見牠伸出長長的狗舌，去舔小野豬那條受傷的腿。受傷的小野豬跑不快，想躲也躲不開。每當血紅的狗舌舔到小野豬被咬瘸的腿時，小野豬便發出驚駭的嚎叫。於是，曼晃狗臉上便浮現出一絲獰笑。

跑了幾圈後，小野豬筋疲力盡，嘴角吐著白沫，癱倒在地上。曼晃也蜷起身體側躺在小野豬身旁，狗爪將小野豬摟進懷來，狗眼半睜半閉似乎進入甜美的夢鄉，好像小野豬不是牠正在虐殺的獵物，而是牠鍾愛的小寶貝。

小野豬當然受不了這種血淋淋的「慈愛」，躺在惡狗的懷裏，比躺在火坑裏更爲恐怖。牠喘息了一會兒，緩過點勁來，便又奮力爬出狗的懷抱，哀哀嚎叫著趔趔趄趄奔逃。

曼晃似乎沒聽見小野豬逃跑，仍愜意地睡著，還伸了個懶腰呢。

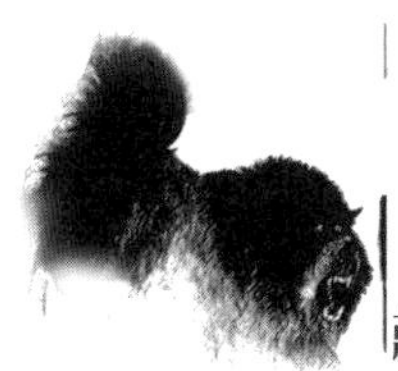

小野豬逃出灘塗，鑽進岸邊一片蘆葦叢，嚎叫聲漸漸遠去。這時，曼晃突然跳起來，原地轉圈，好像爲小野豬的丟失急得團團轉。牠在地上嗅聞一陣，箭一般追趕上去，衝進那片蘆葦叢，很快就叼著一條豬腿，強行把小野豬拉回灘塗來。

牠似乎很不滿意小野豬從牠身邊溜走，好像要懲罰小野豬的淘氣行爲，喀嚓一口，把一隻豬耳朵給咬了下來。小野豬喊爹哭娘，發出慘烈的嚎叫聲。曼晃卻又側躺下來，狗頭枕著臂彎，安然入睡。

小野豬悲痛的叫聲，對曼晃來說，好似一支優美的催眠曲。

小野豬半隻豬頭都是血，當然念念不忘逃跑，喘息幾秒鐘，又哀嚎著從曼晃身旁逃開出去。曼晃故伎重演，又好像睡著了似的任憑小野豬逃遠，等到小野豬使出吃奶的勁逃出開闊的灘塗後，牠又衝過去將小野豬捉拿歸案。

每一次將逃亡的小野豬抓回來，都要在小野豬身上狠狠咬一口。很快，可憐的小野豬尾巴被咬掉了，豬鼻被咬破了，屁股被咬爛了，豬腳也被啃沒了，遍體鱗傷，渾身是血，就像在遭受凌遲的酷刑。

我深深皺起了眉頭，噁心得想嘔吐。

我是動物學家，我當然曉得，在自然界，恃強凌弱比比皆是，血腥殘忍隨處可見，譬如貓科動物，母虎、母豹或母貓什麼的，當幼崽長到一定年齡時，會逮隻活的羊羔、仔兔或田鼠什麼的回來，就好像帶有趣的新玩具回家，讓自己的寶貝幼崽盡情玩耍，在遊戲中學習狩獵技巧。

這當然也很殘忍，充當玩具的羊羔、仔兔或田鼠什麼的，往往也是在遭受百般凌辱後悲慘地死去。但我覺得，同樣是將弱小的獵物凌遲處死，性質卻是完全不同的。母虎、母豹或母貓什麼的，出於爲培養後代健全體魄這樣一種功利目的，把弱小獵物供給自己的寶貝幼崽玩耍，雖然也是血腥的虐殺，但損「人」利己，調動一切手段爲自己的後代謀求生存利益，這樣做還是可以理解的。而曼晃就不同了，曼晃已是成年藏獒，狩獵技藝嫺熟，不必再在小野豬身上鍛煉打獵技巧，進行這種凌遲式的血腥遊戲，無謂地延長獵物死亡的痛苦，損「人」不利己，根本就沒有絲毫生存利益可言。

我從事野外動物考察工作已有十多個年頭，曾與眾多食肉猛獸打過交道，即使是有森林魔鬼之稱的狼獾，也不會這般興趣盎然地折磨所捕獲的獵物。我無法理解曼晃爲什麼要這樣做，只有一種解釋，這是一條心理變態的蛇蠍心腸的狗，蔑視生命，有屠夫般的嗜好，喜歡欣賞弱者在被剝奪生命時的恐懼與戰慄，喜歡享受血腥的屠殺所帶來的刺激和快感。

只有最惡毒的魔鬼，才會把玩弄和凌辱生命當做一種娛樂和消遣。

我實在看不下去了，從沼澤地爬上灘塗，走到曼晃跟前，嚴厲地呵斥道：「你也玩得太過分了，要麼一口咬殺小野豬，要麼放掉小野豬，不能再這麼胡鬧下去了！」

曼晃當然聽不懂我的話，但牠是條智商很高的狗，肯定從我嚴厲的語調和憤怒的神態中讀懂了我的心聲。我知道牠不會心甘情願服從我的指令，但我想，我是牠的主人，牠即使心

裏不樂意，也會出於狗對主人的忠誠，而屈從於我，放棄這殘忍的死亡遊戲。

我想錯了。牠好像耳朵聾了，對我的呵斥置如罔聞，仍我行我素在肆意虐待滿身是血的小野豬。

我火了，掄起望遠鏡上的皮帶，在曼晃腦殼上不輕不重抽了兩下，然後，用腳將嚎叫不止的小野豬從曼晃懷裏勾出來。讓可憐的小野豬逃生去吧，這魔鬼遊戲該結束了。

曼晃倏地蹦跳起來，想要去追趕漸漸逃遠的小野豬。我一個箭步跨到牠面前，攔住牠的去路，指著牠的鼻樑呵斥：「你聽到沒有，停止胡鬧！」

牠左躥右跳，想繞過我去追趕小野豬。我左右跑動著，像堵活動的牆，阻止牠作惡。

牠突然停止躥跳，定定地看著我，喉嚨深處呼嚕呼嚕發出刻毒的詛咒。牠的唇鬚兇狠地豎直，狗嘴張開，露出被血染紅的尖利犬牙，狗舌舔磨犬牙，做出一種殘暴的姿勢來。

我盯著牠的眼睛，那狗眼冷冰冰，就像冰霜一樣泛動著冷酷無情的光。我忍不住打了個寒噤，彷彿不是面對自己豢養的狗，而是面對一匹嗜血成性的餓狼。一股冷氣順著我脊樑往上躥，我心裏發毛。

牠一步步朝我逼近，突然做了個讓我目瞪口呆的動作，用嘴從地上叼起一塊手掌大的鵝卵石來，狗牙做出噬咬動作，喀嚓喀嚓，堅硬的鵝卵石竟然被牠咬碎了。我明白，這傢伙是在用暴力向我示威，意思很明顯，要我讓開路，不然的話就對我不客氣了！

突然，我想起強巴曾經告訴我的，某隻渡魂失敗的藏獒，與主人一起被暴風雪困在山洞裏，牠因饑餓而萌生殺心，竟然向主人撲咬。我心虛了，要是我繼續阻攔牠去殘害小野豬的話，誰也無法保證這畜生就不會對我下毒手，牠要是真的對我行兇，強巴不在我身邊，在這荒山野嶺裏，我孤身一人，手無寸鐵，如何是好？

毫無疑問，我若與曼晃搏殺，我贏的機率極小。小野豬與我非親非故，我犯不著爲牠去擔風險。我只好後退一步，縮到一邊去，讓出路來。

我爲我的膽怯感到羞愧，也爲曼晃的霸道而憤懣。

曼晃昂首闊步從我身邊穿過，直奔岸邊灌木叢。不一會兒，就又叼著半死不活的小野豬回到灘塗，繼續牠那殘忍的凌遲遊戲。我沒膽量制止，只有聽任牠胡鬧。

小野豬四條豬腿都被銳利的犬牙咬斷了，豬耳、豬鼻和豬嘴也被啃掉了，肚皮也被咬出一個洞，露出一大坨豬腸子，渾身上下都是血，慘不忍睹。小野豬奄奄一息，只剩下最後一口氣了，曼晃仍捨不得放棄這場恐怖遊戲，側躺著將小野豬摟進懷，伸出舌頭慈愛地舔吻小野豬的身體。

嗜血成性，令人髮指！

半個多小時後，小野豬在極度的恐懼中，被折磨致死。

這件事給我留下的印象太強烈了，好幾次做惡夢都夢見渾身是血的小野豬。我產生這樣的想法，養著曼晃，就等於在自己身邊置放了一顆定時炸彈，日夜擔驚受怕。

的確，牠高大威猛，是優秀的狩獵犬，是我從事野外考察很得力的助手。可是，牠的兇

殘狠毒，常常令我不寒而慄。我的事業固然重要，但我的生命更加可貴。再三權衡利弊後，我決定把曼晃處理掉。

我對強巴說：「你把牠牽走吧，牠太殘忍，我不想再見到牠了。」

「那好吧。」強巴說，「養一條渡魂失敗的藏獒，是太危險了。下個星期天，我要回寨子拉糧食，我順便把牠牽走。看來只有送牠到動物園去，讓牠一輩子關在鐵籠子裏。」

四

就在要把曼晃牽走的前一天，也就是星期六的下午，發生了一件料想不到的事，改變了曼晃的命運。

這天早晨，我帶著曼晃前往日曲卡山麓，在懸崖峭壁間尋找金雕窩巢。金雕是一種大型猛禽，有天之驕子的美譽，數量十分稀少，很有研究價值。動物研究所給我一個任務，拍攝一組金雕生活照片。

運氣欠佳，我在懸崖上像猿猴似地爬了半天，連金雕的影子也沒見到。我很失望，騎在一棵歪脖子小松樹上憩息。

就在這時，突然，我左側山岩上傳來咩咩的羊叫聲，叫得很淒涼，叫得很恐怖。我舉起望遠鏡望去，在一座蛤蟆狀巉岩上，站著一隻紅崖羊，正勾緊脖子擺出一副角鬥的姿態，神態異常緊張。我將望遠鏡往下移，立刻就看見巉岩前有一隻灰白相間的雪豹，正張牙舞爪躍躍欲撲。

我充滿疑惑，心裏閃出一串問號。

紅崖羊是雪豹的傳統美食，雪豹最喜歡捕獵紅崖羊，那是沒有疑問的。問題是，紅崖羊生性懦弱，通常情況下，只要遠遠望見雪豹的影子，就會聞風而逃；紅崖羊顧名思義，就是一種皮毛褐紅生活在懸崖峭壁上的羊，紅崖羊的蹄子與其他羊的蹄子不同，其他羊的蹄子爲堅硬角質，而紅崖羊的蹄子長有一層耐磨的膠質，柔軟而有彈性，且兩根蹄指間的凹部較深，能增加與地面的摩擦力，特別適應在陡峭的山崖上行走攀登；紅崖羊最大的本領，就是在絕壁上行走如飛，以躲避各種喜食羊肉的敵害；雪豹雖然有雪山霸主的稱號，也善於在懸崖峭壁間行獵，但若論攀岩的本領，並不比紅崖羊高明，所以，雪豹雖然面對紅崖羊饞涎欲滴，卻很難如願以償吃到紅崖羊，據統計，健康的成年雪豹捕捉健康的成年紅崖羊，成功的機率僅爲百分之五。

出現在我視線內的那隻紅崖羊，皮毛鮮亮，四肢健全，咩叫聲十分響亮，一看就知道是健康的成年紅崖羊。牠所處的位置，絕壁間石縫石溝縱橫交錯，對紅崖羊來說，是極有利的逃生地形。客觀地說，這隻紅崖羊是遭遇險境而非絕境，只要立即揚蹄騰跳，是完全有可能化險爲夷的。爲什麼見到雪豹不趕緊逃命，還要伸展頭頂的犄角擺開角鬥的架勢來?羊與豹鬥，雞蛋砸石頭，這也太不自量力了啊。

我正在納悶，跟在我身後的曼晃也發現巉岩上的紅崖羊了，興奮地吠叫著。我想阻攔，但牠根本就不聽我的，仍殺氣騰騰地撲躥上去。

雪豹與藏獒，從兩個角度，試圖登上紅崖羊所在的那座蛤蟆狀巉岩。一隻張牙舞爪的雪豹，再加上一條窮兇極惡的藏獒，那隻紅崖羊即使有三頭六臂，也難以逃脫被撕爛咬碎的命運。

讓我百思不得其解的是，我從望遠鏡裏看見，那隻紅崖羊渾身觳觫，羊眼恐懼得幾乎要暴突出來，顯示其內心的極度緊張，但卻仍佇立在巉岩上，沒有要退卻逃竄的意思。

這時候，紅崖羊背後那叢長在石縫間的狗尾巴草無風自動，騰地豎起一個毛絨絨的桔紅色的東西。我定睛一看，是隻小羊羔的腦袋。小羊羔身上還濕漉漉的，羊眼瞇成一條縫，抖抖索索站立起來，但卻站不穩，才站了幾秒鐘，又啪地摔倒下去，隱沒在那叢狗尾巴裏。再看母崖羊，腹部幾隻乳房鼓鼓囊囊，就像吊在枝頭成熟的香柚。我心頭一亮，疑團剎那間解開了：原來這是隻剛剛完成分娩的母羊！

每一種哺乳動物都有自己獨特的分娩方式。母紅崖羊一般都會爬到最陡峭最隱秘的懸崖上去分娩，以減少因分娩時散發出來的血腥味而遭到猛獸襲擊的危險。在母羊分娩的前後幾個小時裏，母羊處於最虛弱、最無助、最易受攻擊的狀態。在分娩過程中，母羊喪失奔逃能力。當羊羔呱呱落地，危險驟然放大。羊羔身上濃烈的血腥味，極易引來嗅覺靈敏的食肉獸。

羊羔出生後，約四十分鐘至一個小時方能站立起來，跟隨母羊行動。這是一個非常危險的時間段，也是生命最脆弱的階段，這期間要是遇到兇猛的食肉獸，小羊羔毫無躲避能力，成為食肉獸唾手可得的美味佳餚。

這隻母崖羊很不幸，在剛剛分娩最脆弱的時候，被饑餓的雪豹盯上了。地形對母崖羊有利，不然的話，牠連同剛出世的羊羔早就命喪豹口了。

這是半山腰一座突兀的巉岩，有一半懸空，有一半連接陡壁，地勢極為險峻。雪豹處在巉岩外側，必須由低向高躥跳，才能登上巉岩。巉岩形似蛤蟆，邊緣渾圓，向外傾斜。很明顯，雪豹之所以還沒向母崖羊撲咬，主要是對這險峻的地形有所顧慮，擔心萬一跳上巉岩後立足未穩，母崖羊趁勢用犄角頂撞，使牠從巉岩摔下百丈深淵。紅崖羊雖然好吃，但自己的性命更加可貴，須特別小心。

雪豹在巉岩下徘徊，尋找最佳躥跳角度，挑選最佳進攻路線，謀劃最佳撲咬方案，等待最佳出擊時機。

雪豹的腹部收得很緊，應了一句俗話，肚皮貼到脊樑骨，銅鈴豹眼閃爍著饑饉的綠光，嘴角口涎滴嗒，一看就曉得是隻食欲旺盛的餓豹。毫無疑問，這隻雪豹絕不會知難而退放棄這場獵殺。

我知道，雪豹發起攻擊只是個時間問題。雖然母崖羊佔據地形優勢，但力量相差太懸殊了，是不可能阻擋雪豹的。母崖羊只有兩種選擇，要麼捨棄寶貝羊羔，要麼母子同歸於盡。

從生存策略說，捨棄羊羔無疑是明智的選擇，因為無論母崖羊是戰是逃、是生是死，都不可能保住羊羔性命，何必又白白搭上自己的性命呢。留得青山在，不愁沒柴燒嘛。可我在望遠鏡裏看得很清楚，母崖羊鼻子噴著粗氣，擺開一副格鬥的架勢，沒有任何猶豫和動搖。

牠是母親，初生羊羔是牠的第二生命，牠願意生生死死與羊羔在一起。

我隨身帶著一支左輪手槍，我只要朝雪豹頭頂開一槍，刺耳的槍聲和刺鼻的火藥味，一定能把雪豹趕走，救母崖羊於倒懸。可我沒這樣做。我是個動物學家，野外考察最基本的原則，就是儘量不去干預野生動物的正常生活。母崖羊堅強的母愛固然令人欽佩，但雪豹捉羊也屬天經地義之舉，我不該感情用事去改變牠們的命運。

五

就在我這麼想時，曼晃與雪豹在巉岩前相遇了。曼晃猛烈咆哮，頸毛姿張，像隻發怒的獅子。雪豹當然也不甘示弱，張牙舞爪，氣勢洶洶地吼叫。

藏獒與雪豹，目的是相同的，都想把對方嚇唬走，自己獨霸美味佳餚。

據我所知，藏獒雖然高大威猛，但與有高山霸主稱號的雪豹相比，力量仍有差距。一般來說，兩隻藏獒才能制服一隻雪豹，倘若一對一較量，藏獒很難與雪豹抗衡。

雪豹殺氣騰騰撲衝過來，血盆大口照準曼晃的狗頭咬去。

我想，面對像雪豹這樣超級殺手的進攻，曼晃或許會知難而退，夾起尾巴潰逃。可我想錯了，這真是一條罕見的猛犬，毫無懼色地迎上去，與雪豹咬成一團。

豹吼狗嚎，塵土飛揚。

藏獒畢竟不是雪豹的對手，兩個回合下來，曼晃臉被豹爪撕破了，背脊也被豹牙咬得狗血淋漓。雪豹嘴角塞滿狗毛，攻勢越來越猛烈。曼晃不得不跳出格鬥圈，以躲避雪豹凌厲的攻擊。雪豹銜尾追擊。

我注意到一個細節，曼晃雖然轉身奔逃，但那根尾巴卻仍豎得筆直。狗尾巴是狗情緒的指標，興奮、憤慨、恐懼、膽怯等情緒都會在尾巴上顯示出來。假如曼晃因爲恐懼而無心戀戰，尾巴應該像條死蛇般垂掛在兩胯之間；牠尾巴豎得筆直，表明不是因傷痛而潰敗，而是策略性避讓，其內心仍鬥志昂揚。

雪豹在後面追了幾步，便停了下來。窮寇勿追，對雪豹來說，是很明智的做法。雪豹與藏獒格鬥雖然略占上風，但並非佔有壓倒的優勢；如果一味糾纏撕咬，雪豹或許最終能將藏獒咬死，但卻要冒自己也被咬傷或咬殘的風險。對雪豹而言，沒必要冒這種風險。只要能把競爭對手驅趕走，獨享母崖羊和那隻羊羔，就是大獲全勝。

雪豹朝曼晃背影吼了幾嗓子，倏地一個轉身，突然躥高，跳上蛤蟆狀巉岩。牠起跳的位置十分理想，剛好是在母崖羊的側面。等到母崖羊聽到動靜，拐動羊頭搖晃犄角想來佈防，已經遲了，雪豹已登上巉岩。

這時候，母崖羊還沒完全喪失地形上的優勢，雪豹站在巉岩邊緣，母崖羊站在巉岩頂部，居高臨下與雪豹對峙。

母崖羊衝動地想用犄角抵撞雪豹，可又無法克制內心的恐懼，躍躍欲撞，卻又不敢真的撞過來，站在哪兒躊躇不前。

雪豹雖然站在巉岩邊緣，地勢傾斜且背後就是百丈懸崖，但豹爪具備銳利且能伸縮自如的指爪，能在筆直的樹幹上躥下跳，能在陡峭的懸崖上如履平地，當然也就能穩穩當當地站立在巉岩上。

雪豹瞇著殘忍的眼睛，身體曲蹲，一隻前爪抓劃地面，嚓嚓嚓，令人想起磨刀霍霍這個詞，我曉得，牠即將向面前的母崖羊發起攻擊了。

我使用的是十二倍軍用望遠鏡，清晰度很高，我看見母崖羊那雙秀美的羊眼淚光朦朧，顯示其內心的極度恐懼。我完全能預料到幾秒鐘後所要發生的事情，那是雪域荒原常見的一幕，雪豹會用閃電不及掩耳之勢猛撲上去，母崖羊頭頂那兩支長約半尺琥珀色的犄角根本無力抵擋雪豹的進攻，豹爪在羊臉上用力摑打，母崖羊就會被打得暈頭轉向而跌倒在地，豹嘴就會無情地咬住母崖羊的喉管使其窒息而亡，而草叢中那隻還站不起來的羊羔，也就成了雪豹一道入口即化的甜美點心。

雪豹的身體呈流線型，前後微微躍動著，眼瞅著就要發起致命攻擊了。突然，情理之中又意料之外的事情發生了。我的曼晃彷彿吃了豹子膽似的，跟在雪豹屁股後面也躥上巉岩去，狺狺怒嚎，趁雪豹來不及轉身之際，竟然在雪豹屁股上咬了一口。

雪豹勃然大怒，不得不回轉身來對付曼晃。雪豹與藏獒又在巉岩上展開激戰。

在向外傾斜的巉岩邊緣打鬥，其驚險程度不亞於在鋼絲繩上翻跟斗。有一半以上的巉岩邊緣，是突兀在山崖外面，稍有不慎就會滾落百丈懸崖。這地形對曼晃來說，更爲不利。狗爪的抓摳能力遠不及豹爪，再粗糙的樹皮，狗也無法爬上去。狗斜坡上保持平衡的能力比豹差多了。顯然，在巉岩上搏殺，曼晃更處於劣勢境地。

雪豹頻頻出擊，迫使曼晃退卻，曼晃退到巉岩邊，再退兩三步的話，就有可能墜岩了。曼晃彷彿也明白這一點，不顧一切地迎上去，與雪豹扭成一團。豹與狗在傾斜的巉岩邊緣打滾。

在豹與狗激烈廝殺時，母崖羊瞪大眼睛密切注視著。

力量對比畢竟有差距，雪豹不知怎麼就咬住曼晃的腿，曼晃哀嚎著拼命掙扎。殊料雪豹突然鬆開嘴，並用腦袋猛頂曼晃的腰。曼晃一下子彈射出去，打了兩個滾，一直滾到巉岩邊緣。牠的兩隻前爪還抓住巉岩上的石縫，兩隻後爪已滑出巉岩，上半身還在懸崖上，下半身已滾出懸崖外，整個身體懸掛在巉岩邊緣。

底下就是雲霧嫋繞的百丈深淵，就是死神居住的另一個世界。

曼晃受了傷，假如沒有誰幫助牠的話，要費很大力氣才能爬上巉岩來。

雪豹銀白色的鬍鬚抖動著，眼角和嘴角大幅度上翹，顯得非常得意。牠邁動矯健的步伐向危難中的曼晃走去。

在這場殊死搏殺中，牠已穩操勝劵，或者說是已取得決定性的勝利。牠只需要走過去，

舉起犀利的豹爪照準狗臉摑一掌，曼晃就會墜下深淵。從這麼高的懸崖摔下去，別說狗了，就是烏龜也會摔成八瓣的。

雪豹幾步便來到曼晃跟前，豹臉生動地獰笑著，舉起了一隻豹爪。幾秒鐘後，曼晃便會從這個世界消失。雪豹消滅了競爭對手，便可不受任何干擾地獵取母崖羊與那隻羊羔了。

說實話，我沒想過要去解救曼晃。牠現在的處境，我除了開槍射殺雪豹，是不可能讓牠轉危爲安的。雪豹屬於國家一級保護動物，我決不會爲了一條狗而去傷害一隻珍貴的雪豹。再說，這是隻渡魂失敗的藏獒，性格乖戾兇暴，缺點多於優點，我已對牠有厭煩遺棄之心。性格即命運，殘忍導致毀滅，這是牠自找的，與我不相干。

雪豹的爪子舉到空中，尖利的指爪已經從爪鞘中伸展出來，像幾柄鋒利的小匕首，在陽光下閃閃發亮。

就在這節骨眼上，突然，雪豹背後閃出一條紅色身影，就像刮起一股眩目的狂飆。還沒等我反應過來是怎麼回事，那紅色狂飆已撞到雪豹身上。雪豹驚吼一聲，不由自主地向懸崖邊緣衝去。這時我才看清，原來是母崖羊用短短的犄角撞擊雪豹的胯部。

很難推斷母崖羊何以克服懦弱的天性，主動從背後向雪豹發起攻擊？或許牠明白雪豹一旦將曼晃打下懸崖，就可以毫無障礙地咬殺牠和牠的寶貝羊羔，橫豎是死，倒不如主動出擊拼一拼，說不定還能拼出條生路來；或許牠天生就是一隻特別勇敢的母崖羊，爲了自己所鍾愛的羊羔，不乏與強敵血戰到底的決心；或許牠覺得雪豹離巉岩邊緣僅一步之遙，自己用足力氣從背後猛烈撞擊，是有把握將敵害撞下深淵的，天賜良機，牠當然不能錯過。

有一條是可以肯定的，母崖羊決不會是爲了救援危難中的曼晃而去攻擊雪豹的。

母崖羊撞得既準且重，兩支犄角刺進雪豹胯部，一下就把雪豹衝出一米遠，雪豹整個身體橫在巉岩邊緣線上，只要再往前去三寸，便掉到懸崖下去了。母崖羊繃緊後腿繼續發力，當然是想一舉成功，把滯留在邊緣線上的雪豹頂出巉岩去。

發怒的紅崖羊力氣不小，雪豹確實又被往前頂了三寸。但雪豹畢竟是雪豹，身手矯健，反應敏捷，就在被頂出巉岩的一瞬間，突然急旋豹腰，身體在空中做了個九十度的拐彎，兩隻前爪抓住了母崖羊的肩胛，豹嘴摸索著欲咬羊嘴。這是雪豹捕羊的典型動作，豹嘴一旦咬住羊嘴，便會緊咬不放，使羊因無法呼吸而窒息身亡。

此時此刻，母崖羊站立在巉岩邊緣線，雪豹兩隻後爪已懸空在巉岩外側。奇怪的是，雪豹的血盆大口明明已觸碰到羊嘴了，卻沒有狠命噬咬，只是朝羊嘴呼呼噴吐粗氣，用粗糙的豹舌情侶似地舔吻羊唇。

我不相信雪豹在這性命攸關的時刻還有閒情逸趣與母崖羊玩接吻的把戲。我是個動物學家，我相信這樣一條定律：動物的任何異常行爲，目的都是爲了確保生存。雪豹之所以在豹嘴觸碰到羊嘴後銜而不咬，並非慈悲或客套，而是爲了拯救牠自己的性命。假如現在就咬羊嘴，母崖羊在這個位置窒息倒地，極有可能連羊帶豹一頭栽進百丈深淵。雪豹之所以朝羊嘴噴吐氣息並用豹舌摩挲羊唇，目的是要用豹嘴那股血腥的氣流來攪亂母崖羊的神經，迫使母

崖羊退卻，從危險的巉岩邊緣線退到安全地帶。換句話說，雪豹是在用特殊方式，企圖讓母崖羊馱著牠撤離這隨時都可能墜岩身亡的地方。

這很狡猾，這很聰明；這很卑鄙，這很智慧。

母崖羊往後退了半步。食草動物天生厭惡食肉猛獸身上那股血腥的殺伐之氣，強行被豹嘴舔吻，必然會魂飛魄散，本能地要往後躲避。雪豹兩隻後爪本來處在懸空狀態，此時已勉強可支立在巉岩邊緣線上。倘若母崖羊再往後退半步，雪豹兩隻後爪就可在巉岩上站穩。一旦雪豹消除栽落深淵的威脅，毫無疑問，就會咬殺母崖羊。

那壁廂，曼晃仍懸吊在巉岩邊緣，怔怔望著激烈搏鬥的羊和豹發呆。

母崖羊急促地呼吸著，再次舉起蹄子，欲往後退卻。雪豹得意地獰笑著，更大量地往羊鼻和羊嘴噴灌血腥氣流。

悲劇就要發生，殺戮就要開始，崖羊就要母死子亡，雪豹就要化險爲夷。

就在這節骨眼上，令我目瞪口呆的事情發生了。只見母崖羊突然停止了退卻，發出一聲石破天驚的咩叫，四肢彎曲，用足全身的力氣往前躥跳。

雖然牠身上馱著沉重的雪豹，但危急時刻迸發出來的力量卻是驚人的。我看見母崖羊頭頂著雪豹，身體躥出半米多遠。雖然空間距離僅有半米遠，但卻由生存邁進了死亡。我在望遠鏡裏看得非常清楚，母崖羊躍出巉岩，在空中短暫停留，雪豹的臉恐怖地扭曲了，兩隻豹眼睜得老大，彷彿要從眼眶裏跳出來。一剎那，母崖羊與雪豹從我視界消失了，像流星似地筆直墜落下去。

十幾秒鐘後，懸崖下傳來物體砸地的訇然聲響。不難猜測母崖羊跳崖的動機，面臨強敵，生存無望，唯有同歸於盡。

這時，藏獒曼晃掙扎著從邊緣線爬上巉岩。牠狗毛凌亂，狗臉寫滿劫後餘生的驚恐，站在懸崖邊，朝著深淵狺狺吠叫。牠的聲音嘶啞破碎，就像一支變調的破喇叭。

牠命大福大，牠還活著，牠有理由感到慶幸。

六

我艱難地向那座蛤蟆狀巉岩攀登，想用鐵鏈鎖住曼晃的脖頸，把牠牽回觀察站去。

剛才我在望遠鏡裏看見，曼晃站在懸崖邊朝著深淵吠叫一陣後，便一頭鑽進巉岩背後的衰草叢。草叢裏，有一隻剛剛出生還站不起來的小羊羔。

真應了一句古話：鷸蚌相爭，漁翁得利。母崖羊與雪豹同歸於盡，對曼晃來說，既除去了競爭對手，又掃除了狩獵障礙，當然是得了漁翁之利。

草叢在搖晃，我的視線被遮擋住了，看不見裏面究竟發生了什麼。但我猜想，曼晃肯定急不可耐地撲到小羊羔身上在大快朵頤。今早起來，我只餵了牠兩根火腿腸，在崎嶇難行的山上轉了半天，又與雪豹激烈搏殺了一番，牠早就饑腸轆轆。剛出生的小羊羔水靈鮮嫩，活殺活吃，對生性兇猛的藏獒來說，無疑是頓難得的盛宴。不吃白不吃，吃了也白吃。

我想，牠是決不肯放棄這個好機會的。

不知爲什麼，一想到曼晃正在肆意虐殺那隻可憐的小羊羔，而又想到母崖羊勇敢地與雪豹同歸於盡，我心裏就對曼晃產生一種憎惡。雖然理智告訴我，小羊羔失去母崖羊的庇護，在雪域荒原是無法存活的，或者被猛獸咬殺，或者餓斃後被禿鷲啄腐，絕無生的希望。但是，我仍對曼晃去襲擊小羊羔而感到憤怒，似乎一種美好的情感正遭受褻瀆。

我要把曼晃送往動物園去。像這種鐵石心腸、劣跡斑斑的野獸，最好的歸宿就是終生囚禁在動物園的鐵籠子裏。我寧可養一條無用的哈巴狗，也決不會再讓牠待在我的身邊。

我氣喘吁吁爬上巉岩，走近衰草叢，撥開草葉探頭望去，一個讓我深感意外、驚訝萬分又終身難忘的鏡頭映入我眼簾：小羊羔已抖抖索索站立起來，秀氣的羊眼半睜半閉，曼晃側臥在小羊羔身旁，長長的狗舌舔著小羊羔身上濕漉漉的胎液。我仔細看曼晃的臉，表情溫柔，狗眼充滿母性的光輝，彷彿是在舔吻牠親生的狗崽子。

幡然醒悟？立地成佛？還是情感昇華？

小羊羔長得很可愛，琥珀色的眼珠，墨玉似的嘴唇，金燦燦的皮毛，挺招人喜歡的。我伸手撫摸小傢伙的臉，曼晃忽地跳了起來，胸腔裏發出呼呼的低嚎，可尾巴卻搖得讓人眼花撩亂。

牠的低嚎我司空見慣，我卻是第一次見牠這麼熱烈地朝我搖尾巴。更讓我驚奇的是，狗的低嚎表示憤怒和警告，狗搖尾巴表達喜悅和歡欣，這是兩種截然不同的情緒，卻同時出現在曼晃身上，這是很有趣的現象。

我把小羊羔抱在懷裏，親暱地用下巴摩挲牠的額頭。我注意曼晃的反應，牠目不轉睛地盯著我看，漸漸地，牠發自胸腔的低嚎聲停息了，那尾巴卻越搖越燦爛。

我明白了，曼晃之所以同時做出低嚎和搖尾這兩種對立的形體動作，是要表達這麼一種複雜的情緒：既警告我別傷害小羊羔，又在懇求我幫幫這無辜的小生命。

我抱著小羊羔往觀察站走，一路上，曼晃奔前跑後，緊隨我身旁。在下一道陡坎時，我不慎滑了一跤，曼晃驚嚎起來，叼住我的衣袖把我拉起來，表現出從未有過的關懷。

在鑽一條箐溝時，一隻金貓大概是聞到了小羊羔身上那股甜腥的羊膻味，從灌木叢探出腦袋，詭秘而又兇狠地盯著我懷裏的小羊羔，圖謀不軌，曼晃怒吼一聲衝上去，連撲帶咬，一直把金貓趕到山頂大樹上，這才甘休。

這以後，曼晃好像換了一條狗，牠的眼光變得溫婉柔和，並習慣了搖尾巴，每當我或強巴給小羊羔餵牛奶時，牠就特別起勁地搖尾巴，那條本來就油光水滑的尾巴搖得就像一朵盛開的菊花。

閒暇時，牠喜歡待在小羊羔身旁，就像母親一樣，舔吻小羊羔的皮毛，深情地欣賞小羊羔在牠面前歡奔亂跳。

早晨我牽著曼晃進山工作，當然把小羊羔留在觀察站裏，牠總是一步三回頭戀戀不捨地告別小羊羔。傍晚回來，離觀察站還有老遠一截路，牠就急不可耐地疾奔而去，搶先一步回

到觀察站與小羊羔團聚。

牠仍保持著藏獒驍勇善戰的性格，卻多了一種家犬的順從與沉穩。在野外，有時遭遇黑熊或野狼，只要我一聲吆喝，牠仍會奮不顧身地撲上去噬咬。但若遇到過路的陌生人，或遇到放牧的羊群，我輕喝一聲：「止！」牠馬上就停止吠叫，乖乖地退回到我身邊。

「現在要是讓牠做牧羊犬，牧羊人可以天天在家睡大覺。」強巴說，「牠已經是條渡過魂的藏獒了。哦，可以用牠換兩頭犛牛啦。」

我知道，是那隻勇敢的母崖羊，用牠纏綿而又堅強的母愛，重新塑造了曼晃的靈魂。

虎女蒲公英

那天清晨，我到猛巴納西熱帶雨林去捉穿山甲。乳白色的霧嵐在枝葉間嫋繞，能見度很低，只聞雀鳥聲，不見雀鳥影。我不時扯掉黏在頭上的濕漉漉的蜘蛛網，砍斷擋路的葛藤枝蔓，在密不透風的林子裏鑽行。

經過一片齊人高的山茅草時，突然，前頭傳來窸窸窣窣的聲響，我貓著腰，小心翼翼地撥開草葉探頭望去，透過朦朧的霧絲，我看見在一座廢棄的蟻丘旁，有一條碗口粗的黑尾蟒，玻璃珠似的眼睛漠然凝視，兩丈多長的身體慢慢游動，那根叉形紅舌鬚快速吞吐著。

我曉得，這是蟒蛇準備捕食的前兆。果然，幾秒鐘後，黑尾蟒的脖子慢慢向後彎成弓狀，當上半身變成一張拉滿的弓後，迅速繃彈，蛇嘴閃電般地朝蟻丘背後咬去，當蛇頭從草叢裏縮回來時，我看見巨大的蛇嘴裏銜著一隻和貓差不多大的虎崽，可憐的虎崽，柔弱的四肢徒勞地划動著，正一點一點被吞進黑咕隆冬的蛇腹。

毫無疑問，狡猾的黑尾蟒趁母虎外出覓食之際，來吞食藏在草叢裏的虎崽。再強悍兇猛的動物，在生命初始都是十分軟弱的。

我來不及細想，立刻拔出隨身佩帶的長刀，朝黑尾蟒的尾巴上，牠愣了愣，吐掉口中的虎崽，扭動身體，朝左側茂密的灌木林游去，幾分鐘後便隱沒在草葉和霧絲間了。

我玩了個蟒口救虎。

我把小虎崽抱回離曼廣弄寨八公里的果園，養在我的小土房裏。

我一個人住在山上，看守寨子一百多畝果園，平常少有人光顧，養什麼都可以。這是一隻小雌虎，眼睛還沒睜開，一身金色的絨毛，捧在手裏，就像一朵碩大的蒲公英。身上的條紋很淺，小圓臉，大耳朵，頰額之間，與眾不同地飾有黃白黑三種色斑，嘴吻邊長著幾根細細的鬍鬚，模樣很可愛。我給牠起名叫蒲公英。

幼虎有三個月左右的哺乳期，我要解決的第一個問題，就是如何給小傢伙餵奶。

我先是想租一頭奶牛來給蒲公英當奶媽，前年我養過一條母狗，牠剛產下三隻小狗崽就不幸被一輛馬車給輾死了，我把三隻小狗崽抱進豬窩去吃母豬的奶，結果還真養大了呢。經驗告訴我，不同的物種也是可以進行哺乳的。

我在曼廣弄寨物色了一頭花乳牛，牙口八歲，雖然年紀偏大，產乳率不高，但脾氣極爲溫順，任何人都可以去給牠擠奶。我給了花乳牛的主人一雙新膠鞋當酬金，讓他把花乳牛牽到果園我的院子去。牛主人樂滋滋地接過膠鞋，攥著牛鼻繩，隨我一起前往。

剛走到籬笆牆外，花乳牛突然就停了下來，任牛主人怎麼吆喝，也不肯往前走了。牛主

人使勁拽拉牛鼻繩，高聲叱罵，可平時那麼聽話的花乳牛，此時卻變得像頭脾性暴烈的牯子牛，眼珠上佈滿血絲，強著脖子，四條牛腿像釘了釘子一樣，就是不往前挪動。

牛主人火了，撿起路邊一根樹枝，夾頭夾腦抽打花乳牛。花乳牛惡狠狠地打了個響鼻，竟然擫著頭頂兩支尖利的牛角，朝主人抵去，嚇得牛主人扔了牛鼻繩就跑。花乳牛則掉轉頭來，驚慌地哞哞叫著，逃進密林。

沒辦法，我只好到集市上買了一隻剛產崽不久的母山羊，想給虎崽蒲公英換個羊奶媽。

母山羊也犯花乳牛同樣的毛病，牽到籬笆牆外，便露出畏懼的神態，駐足不前了。體格瘦小的母山羊比體格魁梧的花乳牛容易對付多了，我將母山羊四蹄捆綁起來，抬進屋去，把嗷嗷待哺的虎崽蒲公英抱到母山羊乳房前，乳頭塞進牠的嘴裏，強行餵奶。

母山羊驚恐萬狀，像被牽進了屠宰場似地咩咩哀叫，渾身觫觳，任我怎麼努力，漲鼓鼓的乳房裏一滴奶也擠不出來。

花乳牛和母山羊之所以會嚇得喪魂落魄，死也不願進我的院子，毫無疑問，是聞到了老虎身上那股特有的氣味。其實，蒲公英雖然是隻老虎，可出生才幾天，別說對花乳牛和母山羊構不成任何威脅，就連一隻青蛙也咬不死的，恰恰相反，要是花乳牛和母山羊願意的話，輕輕一腳就可以踩斷蒲公英的脊樑，但花乳牛和母山羊並不具備理性判斷強弱的能力，仍然像畏懼成年虎那般畏懼虎崽蒲公英。

西方某位動物學家曾作出一個頗爲大膽的論斷：哺乳類動物是靠鼻子思想的。看來這句話是有一定道理的。

沒辦法，我只好充當起奶媽的角色，找了一隻塑膠大奶瓶，買了許多橡皮奶嘴，天天到寨子裏去打新鮮牛奶，像餵嬰孩一樣餵牠。

十來天後，小傢伙會蹣跚行走了。傍晚我從果園收工回來，出現在籬笆牆外時，蒲公英便會嚶嚶叫著從我的小土房裏衝出來，我一跨進院子，牠便在我的腿邊盤來繞去，用臉摩蹭我的腳桿，做出一副歡天喜地的樣子來，當我把牠抱起來時，牠就用舌頭舔我的手，做出乞食的舉動。

我心裏自然而然地湧起一股柔情，忘了疲勞，顧不得休息一下，立刻動手給牠餵牛奶。許多人對我說：「你們前世有緣，牠真像是你的女兒。」

三個月後，我給蒲公英斷了奶，改用生的肉糜餵牠。小傢伙日長夜大，很快就和一條狼狗差不多大小了。

我曾經養過貓，我發現小老虎很多行爲都和貓十分相似。牠們都喜歡蹲坐在地上，梳理自己的爪子和皮毛；牠們都有到一個暗角落裏排便的習慣，並會抓刨沙土蓋掉糞便；牠們都喜歡鑽到床底下躲藏起來，睜大一雙在黑暗中會感光的眼睛，注視周圍的動靜；牠們都熱衷於在一塊鬆軟的木板上使勁抓扯，磨礪銳利的爪子，直抓得木屑紛飛才過癮……本來嘛，虎是貓科貓屬動物，某些行爲相近，並不奇怪。

小動物都貪玩，蒲公英也不例外。牠百玩不厭的遊戲，就是和我的拳擊手套進行搏鬥。

我最喜歡的運動就是拳擊，在上海讀中學時，我就是學校拳擊隊的骨幹，曾參加過全市中學生聯賽，獲得過銅牌獎。到邊疆農村插隊落戶後，雖然不再到燈光聚焦的拳擊台亮相，但學生時代的興趣愛好仍不願丟棄，勞動之餘戴起拳擊手套來，對著臆想的對手揮舞拳頭，既鍛煉了身體，又過過乾癮。

那天傍晚，吃過晚飯沒什麼事，我戴著拳擊手套走到院子，正擺開架勢躍躍欲試，準備給想像中的世界重量級拳王來一頓致命的組合拳，突然，蒲公英衝到我面前，雙眼盯著我的拳擊手套，嗷嗷叫著。

我想跟牠開個玩笑，便不輕不重打出一個直拳，擊中牠的下巴，一下子把牠打翻在地。牠在地上打個滾，爬起來後，尾巴平舉，眼角吊起，虎毛姿張，嘴裏發出粗濁的低吼，一副如臨大敵的樣子，呲牙裂嘴地朝我的拳擊手套撲咬。我又一個左鉤拳擊中牠的脖子，把牠掃翻在地，牠不但沒有退縮，反而更囂張了，張牙舞爪，不顧一切地撲到我的拳擊手套上。

我被牠逗樂了，有個陪練的，總比向空氣揮舞拳頭要好玩些，我的興致也被提了起來，蹲低身子，與蒲公英展開一場別開生面的拳擊賽。

我靈活地移動身體，左一個擺拳，右一個刺拳，打得牠東倒西歪，可牠並沒因爲挨了揍感到有絲毫的委屈，反而顯得很高興，繼續與我搏擊。直玩到天黑，我累壞了，癱在床上，牠還意猶未盡呢。

這以後，牠迷上了拳擊遊戲。只要我一戴起拳擊手套，牠就會反射動作般地高度興奮起來，雙目炯炯有神，旋風般地朝拳擊手套撲將過來。

有時候，吃過晚飯後，我還有其他的事情要趕著做，無暇去練拳擊，牠就會跑到我身邊，一會兒摩蹭我的腳桿，一會兒趴到我的胳膊上，嗚呦嗚呦輕聲叫著，不斷地催促。

我不耐煩了，將牠推開，牠就會失魂落魄似地一會兒躥到籬笆牆，狠狠抓扯幾下樹樁，一會兒吱溜鑽進床底下，嗷嗷叫屈，吵得我心神不寧。

我火了，用手指著牠的鼻尖，高聲訾罵，牠這才安靜下來，悲傷地蹲在房柱後面的角隅，用一種焦渴祈盼的眼光長時間地凝視著我，好像一個孩子在渴望能得到父母的一份愛意，我被牠看得心軟了，只好嘆口氣放下手中的事，轉身摘下掛在牆上的拳擊手套。牠立刻會爆發出一聲歡呼般的長嚎，喜孜孜趕在我的前面跳到院子裏去。

我清楚，蒲公英之所以醉心於拳擊遊戲，其實是在演練必不可少的狩獵技藝。包括人類孩童在內的所有幼年時期的哺乳動物，都喜歡玩遊戲，因爲遊戲是生活的預演，是對生存環境的一種提前適應。

我開始帶著蒲公英一起去狩獵。小老虎的秉性與獵狗完全不同，獵狗會忠實地陪伴在主人身邊，老虎的獨立性很強，一出門就自己鑽到草叢樹林裏去了。但老虎一點也不比獵狗笨，嗅覺與聽覺也不比獵狗差；蒲公英不會跑得離我太遠，只要我吹聲口哨，牠很快就會從附近的什麼地方鑽出來，出現在我的面前。

有時候，我用弩箭將一隻野雉從樹梢打了下來，野雉掉進了齊人高的茅草叢裏，找起來挺麻煩，我就勾起食指含在嘴裏，吹出一聲悠長的口哨，不一會，蒲公英就一陣風似地跑了來，我用手指著那片茅草地說一聲：「蒲公英，快去把野雉撿回來！」牠就立即躥進茅草叢，很快將野雉叼了來。

有時候我射中了一隻野兔，負傷的野兔仍頑強地在灌木叢裏奔逃，我叫喚蒲公英，蒲公英便會敏捷地追攆上去，將野兔緝拿歸案。

有一次，我帶牠到瀾滄江邊一片蘆葦蕩去打野鴨子，剛走到江邊，突然，蒲公英眼角上吊，耳廓豎挺，身體蹲伏，尾巴平舉，眼睛瞪得比銅鈴還大，一副如臨大敵的緊張神態。

「蒲公英，妳怎麼啦？」我撫摸牠的背，輕聲問道。牠不搭理我，借著蘆葦的掩護，小心翼翼地朝江邊一塊扇貝狀的礁石走去。

快走到礁石時，牠才猛地躥撲出去，閃電般跳到礁石背後去了。過了幾分鐘，牠叼著一條兩尺餘長的大鯢喜孜孜回到我的身邊，那大鯢還沒死，在草地上扭動蹦躂。

大鯢的叫聲似嬰兒在哭，故又名娃娃魚，生活在江河邊礁石暗洞裏，能在水底潛泳，也能靠四肢在岸上爬行，是一種珍貴的兩棲類動物，性機敏，一有風吹草動，便會潛入水底迷宮似的洞窟躲藏起來，極難捕捉。蒲公英不斷用爪子拍打著企圖逃竄的大鯢，興奮得嗚嚕嗚嚕叫。

哦，牠已學會了自己捕食，我也很高興。

這天下午，我進果園收割香蕉。剛走近香蕉林，便聽見有唏哩嘩啦的聲響，以爲是小偷在行竊，躡手躡腳摸過去，輕輕撥開遮擋住視線的蕉葉，不看猶罷，一看嚇得連大氣也不敢喘了。一群大象正在忙忙碌碌地爲一頭母象助產分娩。

幾頭大公象用龐大的身體撞倒一片香蕉，並用長鼻子將折斷的芭蕉樹壘起一圈可以擋風的牆，給快要做媽媽的母象搭建產房；幾頭雌象用靈巧的長鼻子採擷新鮮乾淨的香蕉葉，在地上厚厚鋪了一層，給分娩的母象做產床；一頭老母象將大肚子母象引進產房，另一頭老母象充當助產士，用鼻子勾拉在產道中掙扎的小象，幫助孕象分娩；而那些蓋完產房的公象則四散開去，以產房爲中心，形成一個保護圈。

象的生殖率很低，因此群體格外重視小象的誕生，擔當警戒任務的公象比平時要兇猛得多，嚴密防範嗜血成性的食肉猛獸聞到血腥味後跑來傷害新生乳象。瞧，那些個大公象一面在產房四周站崗巡邏，一面用鼻尖捲起一撮撮泥沙，拋向樹梢，驅趕嘰嘰喳喳的小鳥。牠們不允許任何動物接近產房，包括那些在天空飛翔的鳥類。

趁著牠們還沒有發現自己，三十六計，走爲上策。我合上蕉葉，往後退卻。

我走得心急火燎，不時扭頭望一眼，唯恐那些公象會跟上來。突然，我被盤在草叢裏的一根藤子絆了一下，摜了一跤。平地摔跤，又跌在柔軟的青草上，連皮都沒有擦破一塊，但是，那把長刀從刀鞘滑落下來，哐啷，發出金屬砸地的聲響。

嗷——背後傳來野象高昂雄渾的吼叫聲。

不好，驚動象群了！我跳起來，拔腿就跑。

無奈兩足行走的人速度比不過四足行走的大象，彼此的距離很快縮短，我扭頭瞥了一眼，有四頭長著象牙的大公象在追我，追在最前面的是一頭體格健壯的白公象，離我只有二、三十米遠了，撅著象牙，翹著長鼻，像座小雪山似地惡狠狠朝我壓過來。

唯一脫身的辦法，就是爬樹。我邊跑邊四下張望，天無絕人之路，左前方斜坡上有棵椰子樹，我一個急轉彎，飛奔到椰子樹下，唰唰唰，用最快的速度奮力爬上樹去。

我剛爬到樹腰，大白象已趕到樹下，前肢騰空，後肢直立，長鼻像條鋼鞭唰地朝我的腳抽來，啪地一聲，鼻尖落在我的腳底板上，好險哪，再慢一步，我就要被柔軟的象鼻子纏住腳跟從樹上拽下來了。

椰子樹有二十幾米高，我很快爬上樹冠，騎坐在粗壯的葉柄上，這才鬆了口氣。我高高在上，象們奈何我不得，我算是脫險了。

四頭大公象聚集在椰子樹下，四隻鼻尖在空中搭成傘狀，咿哩嗚嚕好像在商量著什麼。四條鼻子散開後，其他三頭瓦灰色公象用嘴吻間伸出來的象牙挖掘樹下的泥土，大白象後退兩步，猛地撞向椰子樹，咚，空心的椰子樹幹發出擂動木鼓般的聲響，震得巨梳般的寬大的椰子樹葉瑟瑟發抖。

我並不害怕。雖然象牙能掘土，不可能挖出一個深坑，將椰子樹連根挖起來；雖然椰子樹木質較脆，野象體格龐大，是森林大力士，但這棵椰子樹有一圍多粗，是不可能被撞斷的。

果然，三頭瓦灰色公象六根象牙挖了好一陣，才挖掉一尺來厚一層表土，已累得口吐白沫；大白象連撞了數十下，也無濟於事，只撞落一些枯死的樹葉，自己的身體倒撞得歪歪扭扭有點站不穩了。

牠們折騰得精疲力盡後，就會甘休的，我想，太陽快要落山了，天一黑，牠們就會撤回到深山老林裏去的。

四頭大公象累得氣喘吁吁，抬頭望著樹冠發呆。過了一會，四隻碩大無朋的象腦袋又湊在了一起，四條長鼻子又都高高擎起搭成傘狀，像在商量如何解決難題。

四條鼻子散開後，大白象向幾十米外一條小河汊跑去，汲了滿滿一鼻子水後，又跑回來，鼻尖對準樹根，像一根高壓水籠頭，嘩——噴出一股強有力的水柱，已被象牙挖掘得鬆軟的泥土稀哩嘩啦汜成泥漿，順著斜坡流淌開去。其他三頭瓦灰色公象也效法大白象，一趟一趟從小河汊裏汲來水，沖刷椰子樹的根部。

大象嘴寬鼻長，蓄水量驚人，不一會，椰子樹下便被沖出一個半米多深的大坑，露出紫黛色的虯髯狀根鬚。大白象又用身體撞了撞椰子樹，樹幹擺動，樹冠顫抖，搖搖欲墜。

我暗暗叫苦。椰子樹的根系本來就不發達，在土壤中紮得也不深，如此下去，要不了多長時間，椰子樹就會被衝垮撞倒。旁邊倒是還有一棵枝繁葉茂的大青樹，但離得有七、八米

遠，我不可能像長臂猿那樣蕩飛過去。

喀吱紐，樹根傳來刺耳的響聲，那是椰子樹在呻吟哭泣。要是椰子樹被衝垮撞倒，後果不堪設想。我會像枚熟透的果子掉到地上，摔得半死不活。我只帶著一把長刀，象皮厚韌如鎧甲，公象們站著不動，讓我砍一百刀我也砍不倒牠們，而牠們卻能用長鼻子捲住我的腰，輕輕一提就提起來，像皮球似地拋來拋去，然後用象牙將我的身體戳成馬蜂窩……

我只剩最後一線脫險的希望了，那就是召喚蒲公英前來幫我解圍。老虎是山林之王，大象也要畏懼三分。但蒲公英尚未成年，能不能嚇唬住這些大公象，我一點把握也沒有。

嚁——我將食指含在嘴裏，連續吹了好幾聲悠長嘹亮的口哨。

我在的位置高，看得遠，剛吹完口哨，便看見山腳下一片灌木叢裏，躍出一個色彩斑斕的身影，迅速往果園移動。一會兒，那身影越來越近，果真是蒲公英，嘴裏叼著一隻水獺，出現在椰子樹右側約五十米的一個緩坡頂上。

「蒲公英，快，把這些討厭的大象攆走！」我兩手捲成喇叭狀，高聲喊叫。

蒲公英扔掉口中的水獺，抬頭望望椰子樹冠，似乎明白了是怎麼回事，壓低身體，勾起尾尖，以一叢叢香蕉作掩護，向椰子樹逼近。

因有香蕉樹的遮擋，公象們暫時還看不見蒲公英，但大象的嗅覺十分靈敏，又處在下風口，很快聞到了老虎身上那股特殊的腥味，大白象高高擎起鼻子，迎風作嗅聞狀，其他三頭瓦灰色公象也停止了噴水，緊張得渾身顫抖。

嗷嗚——蒲公英已貼近四頭公象，從香蕉樹背後發出一聲威脅性的吼叫。大白象不由自主地倒退了兩步，三頭瓦灰色公象神色慌亂，擠成一堆。

老虎畢竟有威懾力的，我想，當蒲公英張牙舞爪撲上來，這幾頭公象很快就會嚇得轉身退卻。

蒲公英從香蕉樹背後躥出來，呲牙咧嘴，躍躍欲撲。

讓我頗感意外的是，蒲公英這一亮相，非但沒能將這四頭公象嚇住，適得其反，大白象不再恐懼地往後退卻，而是豎起長鼻，撅起象牙，擺出一副搏殺的姿態，其他三頭瓦灰色公象也打著響鼻，嚴陣以待。

也難怪公象們敢斗膽與老虎對陣，單看蒲公英，已像一頭水牛犢那般大，吊睛白額，威風凜凜，但站在公象面前，兩相比較，就像小舢舨和大輪船並列在一起。公象們肯定一眼就看出前來挑釁的是隻乳臭剛乾、筋骨還稚嫩、爪牙還欠老辣的年輕雌虎，畏懼感頓時消褪，想著自己身大力不虧，又象多勢眾，何愁打不過這隻小老虎？

蒲公英撲了過來，大白象搖晃著象牙迎上去，蒲公英一扭虎腰跳閃開，卻不料兩頭瓦灰色公象從左右兩側包抄過來，兩條長鼻像兩支鋼鞭似地照著虎頭抽打，啪，一條象鼻掃在虎耳上，蒲公英受了驚，斜躥出去，剛好退到大白象的腿邊，大白象抬起一腳，踢在蒲公英的屁股上，蒲公英被踢翻在地。兩頭瓦灰色公象挺著象牙猛戳過去，蒲公英機靈地就地打了兩

個滾，象牙戳空，深深扎進香蕉樹。

我在椰子樹上嚇出一身冷汗。

大白象和兩頭瓦灰色公象在對付蒲公英時，另一頭瓦灰色公象自始至終守候在椰子樹下，以防備我趁機從樹上溜下來逃走。

蒲公英落荒而逃，大白象和兩頭瓦灰色公象吼叫著，緊追不捨，蒲公英逃進山腳的灌木叢，牠們才得意地返回椰子樹下。

蒲公英還沒成年，是鬥不過這些公象的，我想，牠差點被象蹄踩斷脊樑，差點被象牙戳通身體，受了驚嚇，再也不敢跑過來幫我了。

趕走了老虎，大白象更加狂妄，指揮三頭瓦灰色公象用最快的速度朝椰子樹根噴水。半隻太陽掉到山峰背後去了，果園籠罩起一層薄薄的暮靄。大白象氣勢磅礴地大吼一聲，龐大的身體猛烈朝椰子樹撞擊。咚，椰子樹像喝醉了酒似地搖個不停，喀嚓嚓，有一些樹根折斷了，椰子樹微微傾斜。我估計，頂多每頭公象再噴兩次水，椰子樹必倒無疑。

就在這時，嗚嘞唷——嗚嘞唷——果園東南隅傳來母象嘈雜的吼叫聲。我循聲望去，象的產房裏，那頭孕象剛剛分娩完畢，疲倦地跪臥在地上；新生的乳象虛軟地躺臥在青翠的香蕉葉上，一頭老母象鼻子裏淋著水，替乳象揩洗身上的血污。蕉葉掩映下，我隱隱約約看見，一條我十分熟悉的斑斕身影，正在象的產房前躥來繞去。兩頭雌象顯得驚慌失措，奔跑著，揚鼻吼叫，企圖攔截蒲公英，不讓牠接近產房。

我心裏一陣快慰，蒲公英並沒有因爲遭到公象的猛烈反擊而撇下我逃之夭夭，牠繞了一個圈，避實就虛，尋找薄弱環節，嗅著血腥味跑去襲擊新生的乳象。

世界上現有兩種大象，非洲象和亞洲象，牠們之間最大的差異是，非洲雌象身材幾乎和雄象一般高大魁偉，也長發達的門齒，亞洲象的體形本來就比非洲象要弱小一些，亞洲雌象又比雄象瘦小一圈，而且沒有伸出嘴吻的長牙。

蒲公英發一聲威，朝攔在牠面前的一頭雌象撲過去，本來就膽小的雌象驚叫一聲，逃竄開去，產房失守，蒲公英一溜煙鑽了進去，兩頭正在護理新生乳象的老母象一面用身體擋住蒲公英，一面扯起喉嚨嗚嗷嗚嗷高聲呼救，那意思是：

——快來象哪，老虎要吃小象啦！

正準備再次撞擊椰子樹的大白象驚訝地回轉身來，三頭瓦灰色公象也停下了汲水和噴水的工作。

嗚嗷，嗚嗷，嗚嗷。救命啊，產房就要變成屠宰場啦！

三頭瓦灰色公象翹起鼻尖，呼呼朝大白象吹氣，還不停地用象蹄刨著地上的土，催促大白象趕快回產房去救援。

大白象踮起後肢眺望兩百米開外的產房，又抬頭望望椰子樹冠，猶豫不決地上下點動鼻子。顯然，牠又想返身去救新生乳象，又捨不得放棄即將到來的勝利。

那壁廂，蒲公英繼續對母象們施加著壓力。牠機敏地繞到行動遲緩的老母象身後，縱身

一躍，撲到老母象的屁股上，老母象被火燙了似地跳起來，喪魂落魄地逃出產房。蒲公英趁機張牙舞爪向乳象衝過去，剛剛分娩完的孕象掙扎著站起來，用自己的身體罩在乳象身上。

蒲公英跳到孕象身上，先是在象背上啃了一口，大概象背上的皮膚太厚韌，牠的牙齒還不夠尖利，無法咬得動，便扭頭咬住蒲葵葉似的一隻象耳朵。象耳薄脆，咬起來一定很過癮。那頭孕象張開寬闊的象嘴，發出一聲聲淒厲的哀嚎。

產房外的兩頭雌象不敢從正面替孕象解圍，而是撞翻用香蕉樹搭建起來的產房圍牆。不等香蕉樹滾到自己身上，蒲公英便從孕象的背上跳了下來。掀翻的香蕉樹全壓在了孕象身上，孕象害怕會傷著細皮嫩肉的乳象，不敢躲閃，也不敢挪動身體，背上橫七豎八壓了好幾層香蕉樹，被埋在了香蕉樹下面。

嗷唷唷——孕象發出悽楚的哭嚎。

蒲公英發出一聲聲讓母象毛骨悚然的虎嘯，顛跳著，撲躍著，把兩頭老母象和兩頭雌象趕到東攆到西，氣急敗壞地一聲接一聲驚叫。

三頭瓦灰色公象急得像熱鍋上的螞蟻——團團轉，不時用埋怨的譴責的眼光瞟大白象。明擺著的，再磨蹭，就會釀成虎災；不管怎麼說，母象們的安全和小象的性命是最重要的。大白象鼻尖長長地吹出一口氣，那是在無可奈何地嘆息。

終於，牠悻悻地朝椰子樹冠吼了一聲，一甩長鼻，朝產房疾步而去。

三頭瓦灰色公象緊跟著大白象去救援遭難的母象了。

象的產房那兒，虎嘯聲和象吼聲響成一片。暮色濃重，天昏地暗，我已看不清蒲公英和野象的身影，只隱約可見猛烈搖晃的香蕉葉逐漸向山腳方向延伸，虎嘯與象吼也越來越遠。顯然，蒲公英成功地將大公象們引誘過去後，正在往山上退卻。

我趕緊從已經傾斜的椰子樹梢溜下來，逃出果園。

我回到小土房不久，蒲公英也回來了。月光下，我仔細檢查了一下牠的身體，沒有發現傷痕和血跡，心裏的一塊石頭才落了地。我撫摸牠的背，替牠捋順凌亂的虎毛。真了不得，現在就這般聰明勇敢，長大後，肯定能成為一隻呼嘯山林的猛虎。

這段時間，蒲公英又長大了一圈，身長差不多有兩米，飾有黑色條紋的金黃色的虎皮光滑如緞，四隻虎爪雪白如霜，虎臉與眾不同地分佈著黃白黑三種色斑，目光如炬，威武勇猛。牠成了我狩獵的好幫手，每次外出打獵，牠差不多總有收穫，或者咬翻一頭野豬，或者追殺一隻盤羊，很少落空。

那天早晨，我帶著蒲公英到羊蹄甲草灘去捕獵馬鹿。

煙花三月，羊蹄甲盛開，草肥鹿壯，公鹿頭上新生的茸角開始分岔，俗稱四平頭，此時割取的鹿茸，最為珍貴值錢。我滿懷希望蒲公英能替我逐鹿草灘，捉獲一頭長著四平頭茸角的公鹿，讓我發筆小財。

途經滴水泉，蒲公英突然停了下來，鼻吻在地上作嗅聞狀，身體滴溜溜在原地旋轉。我

喊了兩聲，牠只是抬頭瞧了我一眼，又埋頭在地面上了。

這是泉水邊的一塊濕地，既沒有草，也沒有樹，不可能藏著什麼東西。我往前走了一段，大聲叫喚牠的名字，還吹起口哨，牠卻置若罔聞，仍在哪兒磨蹭。

這不像是發現了獵物，要是發現獵物，牠會因緊張而虎尾高翹，眼角上吊，發出低吼。此時此刻，牠的表情透露出甜蜜與欣喜，虎尾舒展搖曳，眼睛瞇笑瞇笑，一會兒偏仄腦袋作研究狀，一會兒伸出前爪作撫摸狀，神情專注，好像發現了稀世珍寶一樣。

我從小把牠養大，這兩年多來朝夕相處，還從沒見過牠對什麼東西如此感興趣、如此著迷過。我好生奇怪，走過去一看，濕漉漉的泥地裏，果真什麼都沒有，再仔細端詳，哦，好像有一個淺淺的腳印。

莫名其妙，一個腳印有什麼好看的嘛！我拍拍牠的肩胛，示意牠離開，牠乾脆在那個腳印前蹲坐下來，好像這個腳印被施過什麼魔法一樣，把牠的魂給勾去了。

我又好奇地彎腰審視這個腳印，形如海棠，四隻腳趾清晰可辨，腳掌凹進去，掌根有一小塊六角形花邊，這是典型的老虎蹄印！這個老虎蹄印比蒲公英的腳印略大一些，如果猜得不錯的話，是一隻雄虎留下的足跡。牠在那隻雄虎的腳印留連忘返，在我再三催促下，大半個小時後，這才隨我上路。

這一耽誤，等趕到羊蹄甲草灘，太陽已經當頂，馬鹿早已吃飽了草，躲藏進迷宮似的沼澤，再也見不到了，一無所獲，只好空著手回果園。唉，乘興而去，敗興而歸。

以後的幾天，每當落日餘暉灑滿群山，蒲公英就會跑到果園的小山崗上，眺望雲遮霧罩的羊蹄甲草灘。

一天半夜，睡得好好的，蜷縮在我床鋪後面的蒲公英突然發出一聲輕吼，騰跳起來，躥出門去；我以為是危險的野獸摸到小土房來了呢，也骨碌翻爬起來，抓起獵槍，奔到院子；月朗風清，草叢裏蟋蟀在徐徐鳴叫，什麼異常的動靜也沒有。再看蒲公英，臉上柔情似水，一隻耳朵不斷地跳動，表明牠在凝神諦聽著什麼。

我也側耳細聽，一會兒，羊蹄甲草灘方向傳來一聲虎嘯，相隔太遠，聲音十分輕微，若有若無，蒲公英如聞天籟之聲，昂首挺胸，朝著羊蹄甲草灘呼呼吹著氣，很高興的樣子。

蒲公英已經兩歲多了，按照虎的生活習性，此時的幼虎已進入成年階段，離開虎媽媽獨自生活，闖蕩山林，尋找配偶，生養後代。這是生命的自然發展，生活的正常軌道。我曉得，虎不像狗那樣能終身與人相伴，終究是要離開我去尋找屬於自己的生活。再說，我遠在上海的父母親和姐妹聽說我養了一隻大老虎，天天嚇得做惡夢，一封封信雪片似的飛來，要我趕快把老虎處理掉，小心哪天老虎發起脾氣，啊嗚一口吃掉我。

我當時的戀人——現在的妻子，也對我發出了最後通牒，要老虎還是要她，讓我認真選擇。

曼廣弄寨的村民們唯恐遇到蒲公英，都不敢上果園來了，香蕉爛在樹上，鳳梨爛在地

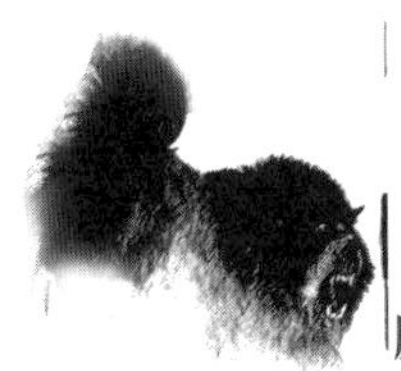

裏，沒人來採擷，惹得村長大為光火，放出話來，要活剝蒲公英的虎皮……有句成語叫養虎貽患，還有一句成語叫伴君如伴虎，倒過來說伴虎如伴君，想想也真夠凶險的，萬一鬧出點人命官司，我吃不了兜著走，或者牠張開血盆大口在我脖子上來這麼一傢伙，我就慘了。雖說到目前為止，牠從未表現出任何想要傷害我的蛛絲馬跡，也從未到曼廣弄寨偷雞摸狗，但不管怎麼說，潛在的危險是存在的。諸多壓力下，我也有放虎歸山的想法。

翌日晨，我進果園鋤草，蒲公英鑽進一片山林不見了。

中午，我吹了好多聲口哨，都沒能把牠召喚來。我猜想，牠一定是到羊蹄甲草灘去找那隻雄虎了。

傍晚，蒲公英還沒回來。牠可能不辭而別，再也不會回來了，我想，心裏一陣傷感。雖說我已有放虎歸山的念頭，對牠離去也早有心理準備，但朝夕相處了兩年多，總有一種難以割捨的情懷。唉，到底是畜生，說走就走，連招呼也不打，真是白養牠一場，白疼牠一場。

我懶得做飯，悶著頭巴嗒巴嗒抽煙。天黑下來了，漆黑的小土房裏，只有煙頭在忽明忽暗，閃動著桔紅色的光。突然，院子傳來輕微的腳步聲，蒲公英叼著一隻很大的獵物，吃力地跨進門檻來。

我一陣驚喜，立刻點燃火塘，火光照耀下，我看見蒲公英叼回來的是一頭長著四平頭鹿茸的公馬鹿！牠身上濕漉漉，黏著許多草屑泥漿，累壞了，將公鹿吐在我面前後，便趴倒在地，呼呼直喘粗氣。唔，我錯怪牠了，牠沒有不辭而別，牠是跑到羊蹄甲草灘去捕捉馬鹿了。

我割下一隻鹿腿，送到蒲公英面前。牠辛勞了一天，肚子早就空了，理應狼吞虎嚥吃個飽。可牠只是伸出舌頭舔舔鹿腿，沒有啃咬，反而用嘴吻將那隻鹿腿推還給我。

牠是渴了，我想，要先飲水再進食，便用竹瓢從土罐裏舀了半瓢清水給牠，牠也不喝，還把臉扭了過去。

我摸摸牠的額頭，還扳開牠的嘴檢查牠的舌苔，一切正常，不像是生病的樣子。要是生病，牠也不可能從幾十公里外的羊蹄甲草灘將這頭一百多斤重的馬鹿搬運回果園來的。

這時，蒲公英站了起來，從我身邊走開去，來到床鋪後面牠天天躺臥的地方看了看，又去到牠喝水的水罐旁轉了轉。牠走得很慢，邊走邊用鼻吻作嗅聞狀，眼光迷惘，顯得戀戀不捨的樣子。最後，牠回到我身邊，神態有點憂鬱，脖頸在我的腿上輕輕蹭動，嘴裏嗚嚕嗚嚕發出一串奇怪的聲音。

我意識到，蒲公英是在跟我，也是在跟果園的小土房——牠生活了兩年多的家，進行告別儀式。我恍然大悟，牠之所以要到羊蹄甲草灘去捕捉公鹿，是知道我喜歡長著四平頭鹿茸的公鹿；牠肚子空空卻不吃鹿腿，是要向我表明牠完完全全是爲我獵取這頭公鹿的；牠用獵殺公鹿來感激我的養育之恩，告訴我牠要走了。

我心裏暖乎乎的。牠沒有不辭而別，沒有一走了之，牠懂感情，知好歹。我雖然捨不得牠走，但心裏得到了許多安慰。我仔細地替牠清理掉身上的泥漿草屑，揩乾臉頰上的水珠，

捋順牠的體毛，好像在爲出嫁的女兒喬裝打扮。

「蒲公英，妳要走，我不能攔妳的。」我摟著牠的脖頸說，「別忘了我，經常來看看我。喔，要是妳過得不順心，妳就回來，這兒永遠是妳的家。」

我相信牠聽得懂我的話。雖然我是人，牠是虎，但我覺得我和牠彼此間的心是相通的，牠除了不會說人話外，什麼都懂。

門口灌進了月光，蒲公英從我的懷裏抽身出來，面朝著我，一步步後退，退到院子，一掄尾巴，倏地一個轉身，躥進院外那片棕櫚樹林。我奔到院子看時，牠已消失在水銀般的月光裏了。

這以後，我再也沒有見到我的虎女蒲公英。

一年半後的某天黃昏，那位曾經揚言要活剝蒲公英虎皮的村長，神色激動地跑到果園來告訴我，他早晨到猛巴納西森林去砍柴，拐過一道山岬，突然和三隻老虎迎面相遇，一隻是威武兇猛的成年雌虎，兩隻是半大的小老虎，彼此相距僅有十幾米，他嚇得魂飛魄散，腿都軟了；那兩隻半大的小老虎呲牙咧嘴躍躍欲撲，但那隻成年雌虎卻掄起虎尾，不許兩隻小老虎胡鬧，牠定定地看了他約半分鐘，領著兩隻小老虎鑽進路邊的草窠。

那隻雌老虎一定是你過去養的蒲公英，村長很肯定地說，不然對人不會那麼客氣的。我想也是，翌日晨起了個大早，趕到猛巴納西原始森林，想和闊別多時的虎女蒲公英見個面，遺憾的是，找了一天也未能找到。

棕熊的故事

一、為避免兇手嫌疑，我們從金貓爪牙下抱走了小熊仔

我和藏族嚮導強巴，是在離野外觀察站不遠的一條小山溝裏發現這隻熊仔的。

那天，我倆到高黎貢山南麓觀察一群野生藏驢，太陽快落山時，才動身返回觀察站。我們踏著落日的餘暉，沿著時斷時續的古驛道，在杳無人跡的老林子裏穿行。

林子裏一股野桂花的清香，成雙成對的紅嘴相思鳥在枝頭啁啾喧鬧，幾隻可愛的小金貓在草叢追逐嬉戲。當我們在一棵四個人才合抱得過來的紅松旁停下來，準備喝點水歇口氣時，突然，咿嗽——傳來一聲柔弱的叫聲。聲音有點粗，有點澀，不像狐嘯豺嚎，也不像是嚙齒類動物在叫。

我們循聲繞到大樹背後，哦，樹芯是空的，形成一個一米高、半米寬的樹洞，那奇怪的聲音就是從黑黝黝的樹洞裏傳出來的。

「也許是金貓的窩。」我說。

「不，金貓善爬樹，窩一般都搭在樹腰的洞裏，不會在地面建巢的。」很有叢林生活經

驗的強巴搖著頭說。

就在這時，樹洞窸窸窣窣一陣響，一個球形的東西，渾身裹滿樹葉，蠕動著，爬到樹洞口來了。強巴用樹棍撥去牠身上的樹葉，我們大吃一驚，原來是隻小熊仔！

我的第一個反應，就是從腰際拔出左輪手槍，唰地一個向後轉，做好射擊準備；強巴的動作比我還快，一眨眼已經背貼著大樹，手端著獵槍，槍口指向茂密的樹叢。

別責怪我們膽子比老鼠還小，待在棕熊的窩邊，那危險性不亞於闖進了龍潭虎穴。

都說老虎厲害，其實，世界上真正的食人虎是極少見的，老虎畏懼人，遠遠聞到人的氣味或看到人的影子，就會悄悄地溜走，只有年老體弱、失去捕食能力的老虎或受了槍傷瀕臨絕境的老虎才會襲擊人。其他猛獸如獅子、雪豹、豺狼等，也跟老虎差不多，不到萬不得已，不會輕易來找人的麻煩。但棕熊就不一樣了，不知是熊的脾氣格外暴烈，還是熊的腦袋比較簡單，聞到人的氣味後，很少有主動撤離的，會不顧一切地朝人撲來。

在高黎貢山一帶，很難聽到有誰遭到過虎豹的撲咬或狼群的追攆，卻幾乎每一個村寨裏都能找到一、兩個被棕熊抓傷的獵人。尤其是帶仔的母熊，攻擊性更強，只要發現自己的窩邊有其他動物或人走動，非衝出來拚個你死我活不可。

曾發生過這麼一件事，一夥地質隊員在一座小山頂上野炊吃中午飯，突然一頭母棕熊從樹林裏躥出來，吼叫著，一巴掌摑倒一位地質隊員，其他人被迫開槍，打死了這頭瘋狂的母棕熊，然後順著足跡四處尋找，最後在一華里外的一個小山洞裏，找到了兩隻還在吃奶的熊

仔。換了任何一種其他野獸，相隔那麼遠，一定會採取不動聲色的策略，藏在巢穴裏，等這夥地質隊員吃飽喝足後自行離去。

我們側耳諦聽，四周樹叢裏沒有可疑的聲響，一顆懸跳到嗓子眼的心這才放了下來。看來，母熊還沒有回巢，暫時還沒有什麼危險。我這才敢將視線移到樹洞口，打量那隻小熊仔。

這是一隻雌性小熊仔，約有籃球那麼大，全身金黃，兩隻小耳朵漆黑如墨，眼睛還沒睜開，據此判斷，出生還不到四十天，因爲棕熊幼仔出生後四十天睜開眼睛。小傢伙顯然是餓了，嘴唇咂動著，腦袋在樹葉裏一拱一拱，肯定是想尋找母熊的乳頭。

「趁母熊還沒回來，我們快走吧！」我提心吊膽地說。

「也許，母熊發生了意外，回不來了。」強巴望望天邊那輪快墜進山峰背後去的紅日，若有所思地說。

「何以見得？」

「熊的視力不好，俗稱熊瞎子，都是白天外出覓食，太陽落山前趕回巢穴，因爲天一黑，牠們就什麼也看不見，行走困難。特別是帶仔的母熊，心裏惦掛著寶寶，絕不會拖到太陽快落山了還不回家的。」

這話說得有道理。根據野外調查資料顯示，棕熊實行走婚制的婚姻形態，也就是說，公熊和母熊只在發情期聚在一起，其他時間都各自分開生活，母熊單獨撫養子女，爲了確保安全，母熊臨外出覓食前都要把熊仔餵飽，然後用樹葉將寶貝團團裹起來，熊仔吃飽奶後，倒頭大睡，約三到四個小時後才會醒來，母熊就利用這段空閒，抓緊時間尋找食物。

一般情況下，母熊總是在熊仔醒來前趕回窩巢，母熊的時間掐得很準，就好像腦子裏有一架精確的鐘，這是因爲一旦錯過時間，不懂事的熊仔醒來後，會爬出窩去，或發出叫聲，母熊不在身邊的話，毫無自衛能力的小熊仔便會遭遇不測。

現在，這隻小熊仔已經醒來，四周卻不見母熊，由此看來，母熊是有可能發生了意外。但不怕一萬只怕萬一，什麼事情都可能有例外的，萬一這頭母熊天生玩性大，在樹林裏這兒找找蜂蜜，那兒掏掏鳥卵，把時間給耽誤了，晚一點才回家呢？

也不能排除這種可能：母熊在溪流裏捉魚，手氣不好，好幾次狡猾的魚兒險些落入牠的爪掌，結果又從牠的眼皮底下溜走了，爭強好勝的天性使牠不甘心就這樣空著肚子回家，總想著接下去這一撲一定能捉到一條活蹦亂跳的大魚，遺憾的是，命運再次跟牠開了個小小的玩笑……就這樣，時間像流水一樣淌走了，直到夕陽西下，這才捉到了一條黑鯇，此刻正心急火燎往家趕呢。

「還是走吧，萬一讓母熊撞見，可不是鬧著玩的！」我說。

這時，夕陽已經落下山去，紫色的暮靄無情地吞噬著光線，老林子裏一片幽暗。我和強巴剛要轉身離開，突然，十多米開外一棵銀杉樹上，有兩道銳利的綠光從我們臉上劃過，天還沒完全黑透，我們定睛望去，葉簇裏藏著一張色彩斑斕的金貓臉。

金貓是一種身手矯健的中型猛獸，體長約一米，是著名的林中殺手，狩獵時頗有心計，常會在暗中窺測野豬、雪豹等大型猛獸的窩巢，趁母獸離巢外出覓食之際，捕食沒有防衛能力的幼獸。

毫無疑問，銀杉樹上這隻不懷好意的大金貓，也發現了在紅松樹洞口蠕動的小熊仔，饞涎欲滴，只等我們離去，便會箭一般躥下來捕殺。

我和強巴同時停下腳步，面面相覷。

「可別黑貓偷魚，白貓挨打。」

「金貓如果往我們身上栽贓，我們可是跳進黃河也洗不清了啊！」

我倆同時想到了一個問題，倘若我們現在走了，那隻大金貓必定會肆無忌憚地叼走小熊仔，母熊回窩後，發現寶貝不在了，必定會拼命尋找，棕熊的視力雖然不佳，但嗅覺卻十分靈敏，肯定會聞到我們的氣味，然後循著我們的足跡和氣味跑到野外觀察站來同我們算帳的，我們可就吃不了兜著走啦。

強巴撿起一塊石頭用力朝銀杉樹擲去，咚地一聲，石頭重重砸在銀杉樹桿上，那張色彩斑斕的貓臉倏地不見了。

「沒用，貓聞著了腥味，是攆不走的。」我說。

我彎腰將樹洞口的小熊仔塞回樹洞深處，並將枯葉堆在牠身上。

「沒用，你藏得再好，金貓也能把牠搜出來的。」強巴說。

「要不，在這兒守著，等母熊回來？」

「你指望母熊會給你道謝嗎？」

「那你說我們該怎麼辦？」

強巴沉吟了一會，說：「或許，我們該把小熊仔抱回觀察站去，如果母熊沒發生意外，回到家，會嗅著我們的氣味找上門來的，我們就把小熊仔還給牠。」

也只有這麼辦了。我脫下外衣，將小熊仔襁褓似地裹了起來，抱著走，強巴則端著獵槍在前面開道，以防母熊突然出現。

謝天謝地，一路平安無事。

二、小麗麗睜開眼睛第一個看見的是我，這給牠日後生活帶來麻煩

好幾天過去了，母熊沒有出現。看來強巴判斷得很準確，這隻倒楣的母熊肯定是在覓食途中遭難了。

我們用奶粉和肉粥餵養這隻小熊仔。牠很貪吃，胃口也大得驚人，一頓要兩瓶牛奶外加一大碗肉粥。很快，我們的奶粉和醃肉就告罄了，於是，我讓強巴到小鎮上去採購副食品。

就在強巴外出的那天上午，小熊仔睜眼了。當時，我正用竹勺給牠餵肉粥，餵完了，想把牠抱回紙箱去（我們用大紙箱給牠做了個窩，擺在帳篷的角落裏），突然，牠閉著的眼睛慢慢睜開了，水汪汪，像兩顆晶瑩的黑葡萄，好奇地望著我。

哦，牠出生滿四十天了。我很高興，把牠摟進懷裏，撫摸牠的背。小傢伙柔順地蜷縮在我的懷裏，溫潤的嘴吻舔著我的手和我的衣裳。

我壓根兒也想不到，牠睜開眼我同牠短短幾分鐘的愛撫，會給牠今後的生活帶來這麼多的麻煩。

小熊仔一天天長大，越來越漂亮了。頭部的絨毛金黃淡雅，棕色的體毛深淺不一，形成朦朧的圖案，胸部與喉嚨的毛純白如銀，再配上兩隻黑耳朵，整個皮毛的顏色花哨豔麗。我們給牠起名叫麗麗。

小麗麗活潑可愛，逗人喜歡。每天早晨，天一亮，牠就會來到我的床邊，舔我的臉，把我叫醒，蹲在我面前，陪著我一起做早飯。我們要外出工作了，牠總要把我們送到柵欄邊，我們走出很遠了，牠還趴在柵欄的木樁上，使勁抻長腦袋，目送我們離去，表現出幼獸強烈的依戀，很讓人感動。

傍晚，當我們出現在觀察站前時，還相隔得很遠，就聽見牠急切的叫聲了，牠在柵欄前來回奔跑著，腦袋在木樁間的縫隙拼命拱動，恨不得能衝破柵欄跑出來迎接我們。當我們穿過吊橋跨進門去，小麗麗就會撲到我身上來，親吻啃咬，親熱得無法形容，非要我把牠抱起來不可。

當我們開始忙著做晚飯時，牠一會兒躺在地上打滾，一會兒在我們膝邊繞來繞去，一會兒顛顛咚咚跑去捉飛落在帳篷邊的麻雀，一會兒又會把我的一隻皮鞋叼出來，嘴裏嗚嗚叫著，擺出一副扭頭要逃的姿勢，引誘我去追牠。

牠最大的願望，就是晚上能允許牠爬到我的床上來，睡在我的腳跟邊。我嫌牠髒，總是不客氣地把牠抱回紙箱去，牠就會不滿地呼呼朝我吹氣，熄燈後，悄悄地從紙箱爬出來，鑽到我的床下來睡。床底下潮濕陰涼，我怕牠生病，只好把牠抱到床上來，牠高興得一個勁舔我的手，我明顯地感覺到牠對我的感激之情。

曾經有一位動物行爲學家說過這麼一段話：凡需要親獸照顧撫養才能長大的幼獸，幼年期都會表現出某種可愛來，以吸引親獸守護在牠的身邊，不要棄牠而去。除了血緣關係外，幼獸強烈的依戀情態，鮮亮嬌嫩的皮毛，憨態可掬的模樣，天真的撒嬌或生氣，都會激發起親獸憐愛的衝動，加強了親獸與仔獸的情感紐帶。這是非常重要的補償機制，以補償親獸在漫長的育幼期間所付出的心血和辛勞。幼獸越活潑可愛，親獸的責任心就越強，反之，幼獸如果有智力障礙，反應遲鈍，或不懂得如何討取親獸的歡心，親獸的責任心就會稀釋淡化，有的還會拋棄幼獸。

我和強巴住在一起，小麗麗對我們兩個人親疏有別。如果我不在場，小麗麗對強巴也很親熱，也願意讓強巴來抱抱牠，但只要我一出現，牠立刻就會從強巴的懷抱裏掙脫出來，把感情傾瀉到我的身上來。

牠不大講衛生，身上弄得很髒，強巴給牠洗澡，牠哼哼唧唧老大的不願意，但我給牠洗

澡，牠卻乖乖地一動不動。強巴不無嫉妒地對我說：「我也餵牠東西吃，也逗牠玩，牠為什麼對你特別親呢？是不是你有什麼魔法把牠給迷住了！」

我沒有什麼魔法，當時我還不知道動物有「鑄定式記憶」，因此無法解釋小麗麗的情感投向為何聚焦在我身上。

三、我們把熊仔還給母熊，小麗麗卻哭鬧著不肯離去母熊出現了。

那是一個風雨交加的夜晚，我正夢見自己順利地通過了博士論文答辯，突然覺得自己的身體像驚濤駭浪中的舢舨猛烈搖晃起來，睜眼一看，強巴站在我床前，神情緊張地輕聲說：「聽，好像有熊在吼叫！」

我坐起來，豎起耳朵。果然，隆隆的雷聲靜下來後，嗷——嗷——清楚地傳來熊的吼叫聲，好像就在附近，聲音很響。

我們撩起帳篷的布窗，外面風狂雨驟，一片漆黑，什麼也看不見。等了一會兒，一道閃電劃過，把大地照得如同白晝，我們看見，一頭大熊，直立著，就站在我們柵欄外的防護溝前，尖尖的嘴吻伸向天空，發出一聲聲撕心裂肺的吼叫，豆大的雨珠打在牠的臉上，濺起一片迷濛的水霧。

毫無疑問，這是小麗麗的媽媽。野獸都怕閃電和驚雷，也怕狂風和大雨，假如不是為了尋找失散多日的寶貝，沒有一隻熊會在雷雨之夜跑出來的。

過了一會兒，傳來撲通一聲巨響，從聲音猜測，母熊跳進兩米深、四米寬蓄滿雨水的防護溝去了。又傳來劈啪劈啪熊掌擊水的聲響，熊是一種善泅水的動物，聽起來，像是母熊在橫渡防護溝。果然，數分鐘後，傳來拍打和撞擊柵欄的聲音，乒乒乓乓，十分嚇人。

我們隔著帳篷的布窗，用手電筒照射過去，並用鍋鏟敲擊臉盆，企圖嚇退母熊，但收效甚微。開始，手電筒光照在牠臉上，臉盆發出刺耳的聲響時，牠還曉得要收斂一點，停止拍打和撞擊柵欄，但幾次以後，牠就不再害怕光的照射和叮叮噹噹的聲響了，繼續搞牠的破壞。對母熊來說，爲了找到並救出自己的寶貝，刀山火海也敢闖的啊。

我將左輪手槍上了頂膛火，強巴也把獵槍端在手裏，萬一母熊撞開柵欄，我們只好開槍自衛了。

順便提一句，在我們用照手電筒和敲擊臉盆對付母熊的過程中，小麗麗縮在我的被窩裏，顯得很害怕，牠當然聽到了母熊的吼叫聲，但沒表現出任何激動，牠已經忘了自己的媽媽。

幸運的是，木樁很粗，柵欄很結實，直到天亮，母熊也未能進到觀察站來。

雨後天晴，夢幻般的霞光照亮了大地，我和強巴壯著膽子鑽出帳篷。母熊畢竟有點怕人，氣咻咻地游過防護溝去，退到離觀察站約四、五十米遠的一片樹林裏。

這時我們才看清楚，這是一頭站起來和人差不多高的母熊，臉型瘦長，酷似馬臉，當地

山民稱爲馬熊，其實是棕熊的一種。牠肩胛支稜，胯骨也很明顯地凸突出來，兩隻眼睛佈滿血絲，顯得很憔悴。身上塗滿黑的泥漿紅的血，骯髒不堪。最爲顯眼的是，牠的右後腿上裏著一圈生銹的鐵鏈。

終於解開了母熊失蹤之謎。十二天前，母熊外出覓食，不幸掉進了獵人的陷阱，被生擒活捉。也許是想把牠賣給遠方的動物園，也許是要留著牠榨取膽汁，獵人沒有傷害牠，而是把牠關在木籠子裏，爲了保險起見，還用鐵鏈拴住牠的一條腿。牠心裏惦記著小熊仔，在籠子裏度日如年，恨不得能一巴掌拍碎木籠子，插翅飛回自己的巢穴。但獵人看守極嚴，只要木籠子一發出異常響動，立刻就會過來察看。

牠吃不下睡不著，就像在油鍋裏煎熬，身體消瘦下來，但要衝破牢籠的決心卻是一天比一天堅定。

昨天晚上，老天爺下起了雷陣雨，電閃雷鳴，大雨傾盆，獵人都躲進屋裏去了，對母熊來說，這是個難得的好機會。閃電像銀蛇似地劃破烏雲密佈的天空，預示著一串霹靂就要在頭頂炸響，母熊猛烈撞擊木籠子，轟——砰——隨著驚雷炸響，木籠子也崩散了，在雷聲的掩飾下，母熊又掙斷了腳上的鐵鏈，冒著大雨，摸著黑，趕回紅松樹洞，小熊仔不見了，憑著靈敏的嗅覺，也憑著母性一種心靈感應，牠終於找到觀察站來了。

這雖然只是一種推理，但我想，和事實不會相差太遠的。

觀察站的柵欄有幾根木樁已經被母熊撞歪，上面有許多熊牙啃咬的痕跡。

整整一個上午，母熊都在觀察站前的樹林裏徘徊，強巴朝天空打了兩槍，也未能把牠嚇走。我們不敢出門，怕遭到母熊的襲擊。

「唉，看樣子，只好把小熊仔還給牠嘍！」強巴瞟了我一眼說。

說老實話，我捨不得放小麗麗走。養了十二天，養出感情來了，牠很懂得怎麼討人喜歡，強巴曾開玩笑地說，小麗麗就像是我的女兒，這當然是言過其實了，但在外面辛苦了一天，回到觀察站，看到小麗麗那股親熱勁，我心裏便會湧起無端的柔情，一天的疲勞彷彿得到了某種補償。可如果不把小麗麗還給母熊，除非把母熊擊斃，牠是決不會善罷甘休的。可我不是獵人，而是一個到野外來考察的動物學家，我的責任是要保護野生動物，也不是殺害牠們。再說，母熊要討回自己的親生骨肉，理所當然，無可厚非，我能向一個心兒欲碎的母親舉槍射擊嗎？

我嘆了一口氣，用奶粉和肉粥把小麗麗餵了個飽，然後將牠抱到觀察站外的空地上，自己趕緊奔過吊橋回到柵欄裏。

母熊不顧一切地從樹林裏奔出來，嗷嚕嗷嚕發出一串古怪的嚎叫，大概是激動得聲音都哽咽了吧，急急忙忙朝小麗麗撲來。小麗麗害怕地尖叫著，扭頭想跟著我回觀察站，但我們已把吊橋收了起來，牠只好順著防護溝奔逃。

這時，母熊已經追上了牠，一把將牠摟進懷抱，身體像只罩子似地嚴嚴實實罩住小麗麗，然後挑釁似地瞪大一雙佈滿血絲的眼睛，嗷——朝我們發出長嚎，那是恫嚇戰術，警告

我們不要惹牠，不然的話，要和我們拼老命的！

顯然，小麗麗已經不認識自己的媽媽了，拼命從母熊的身體底下鑽出來，拔腿逃跑，母熊驚詫地扭頭望著小熊仔，追上去，嗷嚕兒嗷嚕兒柔聲叫喚，那意思好像在說：心肝寶貝，別怕，我是妳媽媽！還伸出舌頭要來舔理小熊仔的體毛。

小麗麗並不領母熊的情，仍掙扎著要逃跑，母熊不由分說，一把將小麗麗抱起來，直起身，搖搖擺擺朝樹林裏跑去。

小麗麗像遭到了綁架似的，呼天搶地，在母熊的懷裏朝我舞動四肢，可我沒法去救牠。

小麗麗不過是被牠的親生母親領回去罷了，我在心裏這樣安慰自己，牠還在哺乳期，母熊餵過幾次奶後，牠很快就會適應在母熊身邊生活的。

四、小麗麗從母熊身邊逃回觀察站，牠把我當做媽媽了

小麗麗走了已有兩個多月了，我整天在林子裏跑，也沒再見到牠。一天打掃衛生，強巴拿起帳篷角落小麗麗住過的那隻紙箱，準備扔掉。

「別扔，」我大聲說，「放回到老地方去！」

「怎麼，你還等著牠回來哪？」強巴不無揶揄地說。

「……」

「算了吧，母熊早帶著牠遠走他鄉啦，就是在林子裏見到牠，牠恐怕也不認識你啦！」

強巴笑著說。

完全有這種可能，小麗麗總共在我身邊才待了十二天，年幼不懂事，不會記住我的，我想。但我還是忍不住會牽掛牠，很想知道牠是否已習慣在母熊身邊生活，是否平平安安地茁壯成長。

誰也沒有想到，兩天後，小麗麗突然出現在我面前。

那天，我和強巴在藏野驢的棲息地——尕瑪爾草原待到差不多天黑，回到觀察站時，已是晚上十點多鐘。月光如水，每一片樹葉都像打過蠟似地閃閃發亮。我正在放吊橋上的繩纜，冷不防從月光裏浮出一團黑影，迅速朝我飄來。

我吃了一驚，剛要拔槍，那黑影嗽嗚嗽嗚叫起來。是小麗麗！我高興得簡直要跳起來。一眨眼，牠已奔到我面前，我把牠抱起來。唔，好沉啊，我差不多快抱不動了。牠搖頭晃腦嗚嚕嗚嚕低聲叫喚著，好像是在訴說別離的思念，又好像在埋怨我爲什麼拋棄牠。牠在我的臉頰、脖子和耳朵上一個勁地舔吻，那股急切的親熱勁，就像仔獸終於盼到了日思夜想的親獸。

強巴反應很快，見到小麗麗的一瞬間，立刻從肩上卸下獵槍，背對著我，面朝著樹林，作掩護狀。他在提防母熊突然出現。但他的擔心是多餘的，夜色多麼好，四周靜悄悄，沒有任何母熊出現的跡象。

進到帳篷，點亮馬燈，我這才看清，小麗麗渾身汗津津的，身上掛著樹枝泥屑，前腿彎還被荊棘劃破了一條口子。我幫牠把身上弄乾淨，還替牠傷口擦了消炎藥，強巴煮了一大鍋肉粥，牠狼吞虎嚥地吃了個乾淨。一切跡象表明，牠是背著母熊，長途跋涉，才找到這兒來的。

我的眼前出現這樣一串圖像：小麗麗雖然生活在母熊身邊，但卻沒有忘記我，想方設法想回到我的身邊來，牠斷奶後，母熊按照棕熊的生活習慣，帶著牠一起外出，讓牠觀摩如何狩獵覓食，很可能某一天母熊把牠帶到離我們觀察站不遠的山上，牠暗暗地將方向和路線記在心裏。今天一早，母熊又帶牠到河裏去捉魚，當母熊全神貫注對付一條大鯇時，牠趁機開溜。

牠還不會覓取食物，一路上忍饑挨餓。牠的爪牙還很稚嫩，別說豺狼虎豹這樣的猛獸，就是狗獾和靈貓也會要了牠的命。這是一趟冒險的旅行，途中，牠可能遇到了殘忍的狼獾，也有可能被不懷好意的金雕跟蹤過，為了躲避危險，牠鑽進了灌木叢，被荊棘劃傷了身體……

「我實在弄不懂，牠怎麼會這般留戀你，冒著生命危險來找你？」強巴搔著頭皮迷惑不解地望著小麗麗說。

「……」我也找不到確切的答案。

夜深了，小麗麗蜷縮在我的腳跟睡熟了，我為小麗麗突然歸而十分興奮，腦子裏縈繞著一個大大的問號，究竟是什麼原因使得小麗麗不願待在母熊身邊，而要回觀察站來呢？母熊待牠不好嗎？這不可能。母熊只有牠這麼一隻小熊仔，肯定視爲掌上明珠，百般疼愛呵護，絕不會虐待牠的。

小麗麗長得很壯實，胖嘟嘟的，皮毛油光水滑，證明母熊餵得很飽，營養很豐富。從時間上算，小麗麗在我們身邊總共生活了十二天，而在母熊身邊生活了足足三個月，怎麼說也應該和母熊更親近啊。可爲什麼……我越想越睡不著，越想越覺得有必要解開這個謎，便爬起來，翻出隨身攜帶的參考書，尋找合理的解釋。

在英國動物學家D・莫利斯一本名叫《人類動物園》的著作裏，我看到了有關動物「鑄定式記憶」的論述。

動物行爲學家研究結果表明，許多動物出生後第一眼所看到的東西，意義十分重大，就像膠捲底片曝光一樣，在記憶深處留下永久的印象，無法逆轉。動物行爲學家將這種現象稱爲「鑄定式記憶」，一生一世難以忘懷，也難以更改。許多動物幼仔往往把第一眼看到的會動的東西當做自己的母親，把第一眼看到的四周環境認同是自己的家。

有人曾做過這麼一個實驗，在一窩雞雛即將出殼時，把老母雞抱走，用一隻大紅氣球掛在雞窩旁，氣球下裝一個微型錄放影機，會發出模擬母雞的叫聲。結果，雞雛出殼後，都把那只大紅氣球當做老母雞，追隨在後面，晚上也擠在氣球下睡覺。真正的老母雞放還雞窩後，叫啞了嗓子，也沒有哪隻雞雛理睬牠。那窩雞雛長大後，仍對那只紅氣球抱有溫馨的回

憶，一旦將那只紅氣球掛出來，並模擬母雞的叫聲，那窩長大的雞雛便會聞聲圍攏來，在紅氣球旁咯咯咯柔聲叫喚，點頭如啄米，向紅氣球致以親切的問候。

原來如此，小麗麗是在我的懷抱裏睜開眼睛的，也就是說，牠把我的形象和我們的觀察站永久鑄定在牠的記憶裏了。

第二天清晨，我們剛剛起床，就聽到母熊憤怒的叫聲了。母熊出於一種護仔的天性，是決不會讓自己的寶貝待在觀察站的。我把小麗麗抱出帳篷，母熊從樹林裏衝出來，直立著，揮舞兩隻毛黲黲的熊掌，嗷嗷——發出兇狠的咆哮，意思很明顯，在警告我趕快放出小麗麗，不然的話就要對我不客氣了！小麗麗則緊緊地摟著我的脖子，把頭埋在我的胸口，身體在不停地顫抖，我知道，牠不願離開我，牠害怕我會重新把牠交還給母熊。

昨天我們在山上採擷到的一隻岩蜂窩，才吃掉三分之一，我瀝出半碗蜂蜜來餵小麗麗，讓強巴把兩片蓄滿蜂蜜的蜂蠟扔出柵欄，送給母熊吃。我想讓母熊親眼目睹我是如何照顧小麗麗的，使牠明白，我雖然也是兩足直立、身上無毛的裸猿，卻跟那班設陷阱害牠、用鐵鏈鎖住牠的腿、把牠關在木籠子裏，準備在牠的肚子和膽囊上切個口子引流膽汁的獵人有著本質上的區別，從而對我產生好感，能允許小麗麗像走親戚一樣經常到觀察站來看看我，而不要對我抱太深的敵意。丟兩片蜂蠟給母熊，也含有收買籠絡的意思。

棕熊最喜歡吃的東西有兩樣，一是活魚，二是蜂蜜。為了能吃到鮮美的魚，深秋季節棕熊也敢跳進冰涼刺骨的河流，冷得牙齒咯咯咯打顫，也不退縮，很有點一不怕苦二不怕死的勁頭。爲了能吃到香甜的蜂蜜，棕熊會冒著一失足就要摔得粉身碎骨的危險，爬上懸崖峭壁，將黏在石頭上的岩蜂窩扒下來，回到地面後，一隻爪子捂住臉，另一隻爪子拼命抓蜂蜜，在成千上萬憤怒的岩蜂的叮螫下，貪婪地舔吃沾在熊掌上的蜂蜜。棕熊每吃一次蜂蜜，都要被叮得鼻青眼腫，但從不吸取教訓，下一次見到岩蜂窩，又忍不住要去冒險了。

母熊走到兩塊蜂蠟前，低頭嗅聞，我想，牠絕對會兩眼發光，迫不及待捧起蜂蜜來吃的，但我錯了，牠嗅聞一陣後，並沒伸出舌頭去舔吃，而是毅然決然地直起身來，用爪掌抹去嘴角溢流出來的口水，嗷嗷——依舊對我兇狠地咆哮，好像在告訴我，休想用小恩小惠來收買我，再甜的蜂蜜也休想堵住我的嘴！

該死的母熊，把我們好心好意扔給牠的蜂蜜視爲毒餌了！

僵持了半天，母熊不肯妥協，我無計可施，只好心疼地將小麗麗拖出觀察站。小麗麗嗚嗚抗議著，不願意跟母熊走，母熊粗暴地用爪掌拍打小麗麗的屁股，像押解俘虜似地把牠押往樹林。

母熊到了樹林邊緣，突然踅轉回來，直奔那兩塊蜂蠟，我以爲牠捨不得浪費香甜的蜂蜜，就像狡猾的魚兒既不上鉤又要吃掉誘餌一樣，在討回了小麗麗後，就要來舔吃蜂蜜了，但我又想錯了，牠狂暴地用爪子掘起沙土，蓋在蜂蠟上，然後又使勁在上面踩了踩，這才揚長而去。

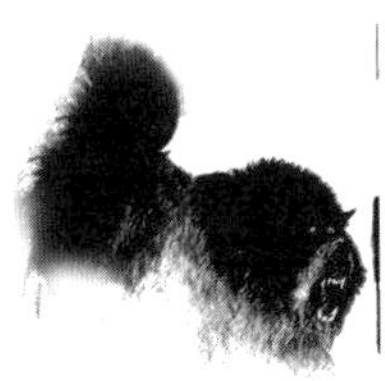

我曉得，母熊是在給我傳遞這樣一個訊息，不管我用什麼伎倆和手段，牠決不會跟我妥協的。

「我擔心會出什麼事哩！」強巴憂心忡忡地說。

五、要不是小麗麗出手相救，我已遭母熊殺害了

我沒料到，看上去笨頭笨腦的母熊還會運用計謀，趁我獨自洗澡的當兒襲擊我。

那天我和強巴早早結束了野外考察，回來時途經班朗河，在烈日下曝曬了一天，流了好幾身汗，襯衣上一大片白花花的汗鹽，難受得要命，時間尚早，我就說要洗個澡。強巴說要去打隻野雉，晚上改善伙食，先走了。

班朗河是典型的高原河，河道深深淺淺，落差很大，河床佈滿大型卵石，河水在卵石間奔騰穿行。這裏是人跡杳然的原始森林，愛怎麼洗就怎麼洗。我在岸邊脫光了衣服，跳進水流相對平緩的河段。河水清泠泠亮晶晶，帶著野花的清香和陽光的溫馨，泡著十分愜意。

我下游約三十米遠，是一道幾十米深的瀑布，傳來水的轟鳴聲。我頭枕著卵石，身體平躺在細沙上，讓河水從我身體上翻越而過，沖刷我身上的汗漬和疲乏。

就在這時，我突然聽見哐啷哐啷金屬叩擊石頭的聲音，側臉看去，差點魂沒被嚇掉，那頭母熊正踩著水，飛快向我撲來，離我只有十幾米遠了。瀑布那兒水的轟鳴聲掩蓋了母熊在水裏奔跑的聲響，要不是牠腿上那圈鐵鏈子在石頭上磨蹭，恐怕熊掌落到我的頭上，我還不

知道是怎麼回事呢。真該感謝牠腿上的那圈鐵鏈，不然的話，我已變成熊掌下的冤鬼了。

我趕緊跳起來逃命。

天知道這頭母熊是怎麼發現我的，也許，牠途經此地，到河邊來喝水，無意中看到了我；也許，牠一直在暗暗跟蹤我，耐心等待最佳攻擊機會。

強巴不在我身邊，我的衣服和左輪槍都留在岸上了，赤手空拳，無論如何也不是母熊的對手。棕熊體重約有兩百公斤，力大無窮，能毫不費力地撞斷碗口粗的小樹，一掌就能把斑羚拍翻在地，指爪像銳利的小匕首，輕而易舉就能撕開厚韌的牛皮，更爲可怕的是，棕熊在爭鬥中將對手拍翻後，喜歡坐在對手身上，磨盤似地碾壓。我若被牠拍一掌，肯定拍出腦震盪，我若被牠撕一爪，肯定皮開肉綻鮮血淌，我若被牠碾磨盤，肯定肋骨被碾斷！

三十六計逃爲上策。

我不敢往下游跑，湍急的河水會把我捲進瀑布，摔下深淵的；我也不敢往上游跑，水的阻力太大，逆水賽跑，我肯定輸；我只有奪路往岸上奔，只要一踏上岸，取到我的左輪手槍，我就有救了。

可惱的是，母熊好像知道我的意圖，斜刺衝過來，不讓我往岸上跑。我只好在齊腰深的水裏扭秧歌似地東倒西歪奔逃，體格強壯的母熊在水裏奔跑的速度比我快多了，我們之間的距離很快縮短，我已聽得見牠呼嚕呼嚕的喘息聲，牠運動時攪起的漫天水花也灑落到我頭上。我如果不能及時想出脫身的辦法，再過兩、三分鐘，犀利的熊掌就會落到我細皮嫩肉的

背上。

這時，我已逃到幾塊形如大象大小也和象差不多的圓石旁，靈機一動，繞著圓石兜圈子。我想，母熊雖然力氣和速度都不差，但靈巧性肯定不如人，我從小愛玩捉迷藏，那是我的強項，還愁玩不過母熊？以那些大圓石作掩護，牠往左我往右，牠往右我往左，躲躲藏藏，藏藏躲躲。

我的判斷再次出現誤差，看上去笨重遲鈍的母熊，在水裏卻十分靈巧，拐彎、停頓、轉身動作協調快捷，剎那間就能完成，水底下是大大小小的鵝卵石，長著青苔，滑得像踩在油上，我三步一個趔趄，站都有點站不穩，可母熊跑起來穩穩當當，如履平地。

唉，我怎麼給忘了，棕熊喜歡吃魚，經常在河裏摸爬滾打，早就習慣在鵝卵石上奔跑行走了。再說，熊是四條腿落地，平衡能力比我強一倍，熊腿壯實，熊掌厚實，尖爪如鉤，在長著青苔的鵝卵石上，就像穿著釘鞋似地不易打滑。

繞來轉去，好半天了，我還是未能擺脫母熊的追逐。我的力氣漸漸耗盡，而母熊卻精神抖擻，越追越快。

「救命啊——強巴，快來啊！」我顧不得害羞，扯起嗓子拼命喊救命。強巴這傢伙，也不知鑽進哪片林子去打野雉了，我喊啞了嗓子也沒有回答。倒是我一面喊叫一面奔逃，稍不留神，一腳踩滑，身體歪仄，撲通倒進水裏，咕嚕嚕灌進一大口渾濁的泥漿水。

我心慌意亂，掙扎著從水裏冒出來，糟糕，母熊離我僅咫尺之遙了，兇神惡煞般地嗷嗷叫著，殺氣騰騰朝我衝來。

我知道牠爲什麼如此恨我，非要把我置於死地而後快。小麗麗回到牠身邊後，肯定是身在曹營心在漢，對牠很冷漠，一心想回到我的身邊來，開始，牠想用溫柔的母愛喚回小麗麗那顆迷失的心，牠摟著小麗麗餵奶，深情舔理小麗麗的皮毛，下雨時將小麗麗罩在自己的身體底下，像把結實的傘，爲自己的寶貝遮風擋雨……牠做了一個好母親所能做的一切，遺憾的是，仍未能把小麗麗的心拉回自己身邊。

牠發怒，牠咆哮，牠打罵，牠啃咬，想用暴力治癒小麗麗扭曲的感情，結果卻適得其反，不僅未能割斷小麗麗對我的依戀，反而促使小麗麗萌生叛逆心理，趁牠在河裏捉魚之際跑回我們的觀察站。牠終於明白，只要我在著，就休想讓小麗麗回心轉意。

牠是個心胸狹窄愛妒忌的母親，牠無法容忍我來分享小麗麗的愛。再說，牠曾有過被人類捕捉的悲慘遭遇，至今腳腕上留有一圈象徵著苦難與屈辱的鐵鏈，這使得牠對人類抱有刻骨銘心的仇恨，絕對不能容忍自己的熊仔和一個兩足行走的人親近友愛。牠偏執地認爲，只有從肉體上把我消滅，才能徹底斬斷小麗麗想投奔我們觀察站的愚蠢念頭。

死神正在向我靠近，我急得像熱鍋上的螞蟻，還沒站穩就起跑，暈頭轉向，等飛濺的水花平息後這才看見，我搞反了方向，竟然迎著母熊在跑，就像飛蛾撲火似的。我趕緊後轉，嘩——禍不單行，我一腳絆在水底的石頭上，身體又歪倒在水裏。

這一跤摔得很重，等我坐在鵝卵石上把頭冒出水面時，母熊離我僅一步之遙，已直立起

身體，高舉兩條前肢，龐大的身體像座小山似地慢慢朝我傾倒下來。我命休矣！

我極度恐懼，腦子發麻，手腳不聽使喚，想動也動不了了。

唉，像我這樣一個正在攻讀博士學位的動物學家，竟然要死在一頭棕熊手裏，這也太讓人想不通了。更可笑的是，我沒有得罪和冒犯這頭母熊，恰恰相反，在牠危難時刻我幫了牠的大忙，替牠收養小熊仔，要是沒有我的好心幫助，小熊仔早就給金貓叼吃了。我這是好心不得好報啊。要是現在能坐下來和母熊評評理的話，真理肯定在我一邊，牠必輸無疑。

讓人痛心的是，牠不會和我講道理的。要是早知道有這麼一天的話，當初我就不該多管閒事，不該把小熊仔抱回觀察站，而應該看著小熊仔給金貓撕吃掉。唉，現在後悔也來不及了。

氣勢洶洶的母熊直立的身體已呈三十度的斜角，我現在的姿勢，母熊可以抓、可以拍、可以咬、可以坐在我身上碾磨盤，我只有任牠宰割了。我索性閉起眼睛，難逃一死不如放棄徒勞的抵抗以求速死。

突然，一個濕漉漉、毛茸茸的東西落到我身上，我想這一定是母熊的屁股，牠要坐在我身上碾磨盤了，可好像份量不太夠，不怎麼沉重，也沒有被壓得喘不過氣來的感覺。嘰嗚——耳畔響起小熊的尖叫。我好奇地睜開眼，哦，是小麗麗趴在我身上！

我剛才全部注意力都集中在母熊身上，不知道小麗麗是什麼時候來到我們身邊的。我想，母熊要對我行兇時，不可能會帶著小麗麗的，牠肯定把小麗麗安置在附近的一個樹洞或岩穴裏，小麗麗大概是聽到我的呼叫後趕來的。

母熊兩隻小眼珠瞪得溜圓，一副驚詫的表情，身體仍呈三十度的傾斜狀，卻像木偶似地定格在空中。牠當然無法再撲下來了，撲下來的話，凶蠻的熊爪首先會傷著小熊仔！

嗷——數秒鐘後，母熊從震驚中回過神來，熊掌一劃拉，將小麗麗從我身上推了下來，又身體傾斜欲朝我撲擊，小麗麗動作敏捷地從水裏鑽出來，拱進母熊的懷，在母熊的大腿上狠狠咬了一口。

母熊疼得呲牙咧嘴，被迫暫緩對我攻擊。

小麗麗還企圖再次爬到我的身上來當我的保護傘。母熊快氣暈了，咬牙切齒地嗷嗷叫著，重重一掌打在小麗麗屁股上，像打排球似地把小麗麗打翻在水裏。當小麗麗掙扎著從水裏冒出腦袋，想再次衝上來掩護我時，母熊又一掌推過去，把礙手礙腳的小麗麗推出一丈多遠。

我不是傻瓜，會等著母熊趕走小麗麗後再來收拾我。趁母熊驅趕小麗麗的當兒，我骨碌翻身爬起來，拔腿就往岸上跑。母熊扔下小麗麗，轉身追來。

我剛才右腳在石頭上重重絆了一下，可能腳指甲踢傷了，腳一沾地就疼得鑽心，本來就不習慣在佈滿鵝卵石的河裏行走，這一來更是一瘸一拐像在跳華爾滋了。

母熊很快趕了上來，尖尖的嘴吻快要頂著我的脊背了。小麗麗被母熊粗暴地推搡了幾下，灌了幾口河水，已精疲力盡，趴在一塊卵石上喘息，離我有二十來米遠，想幫我也是心

有餘而力不足了，就算牠現在跑過來，恐怕也來不及了，不等牠趕到，母熊的爪牙就會無情地落到我的身上。

我機械地艱難地在水裏跋涉，離岸邊還有三十多公尺，我心裏很清楚，除非發生奇蹟，我是逃不脫母熊的追逐的，頂多還有半分鐘，熊掌就會野蠻地將我拍倒。

我只是垂死掙扎，苟延殘喘而已。

就在我徹底絕望的時候，突然，傳來小麗麗驚恐的叫聲，我一邊逃一邊斜眼望去，母熊也是一面追攆一面扭頭窺望，不知什麼時候，小麗麗已漂在一股激流裏，兩條前肢摟著一塊磯石，身體被激流沖得浮在水面上，年小力弱，看樣子快抓不住磯石了，隨時有可能被激流沖走，而一旦被激流捲走，下游三十公尺就是陡峭的瀑布，結局可想而知。牠吃力地攀住磯石，面朝母熊嚎叫，向母熊緊急求救。

母熊追攆的速度剎那間放慢，看得出來，牠是想轉身去幫小熊仔的，但只是猶豫了一秒鐘，便又加快速度朝我撲來。這該死的傢伙，不願放棄對我的最後解決，牠大概覺得先把我撲倒再去救小熊仔也不遲，也有可能，牠懷疑小麗麗是在故意要把戲，分散牠的注意力，把牠吸引過去好讓我脫險。反正，牠沒停頓下來，而是更兇猛更快捷地在我後面緊追不捨。

牠的嘴吻已頂著我的腰了，很快就能喀嚓一口給我開膛剖腹。千鈞一髮之際，又傳來小麗麗驚駭的叫聲，比剛才叫得更揪心更恐怖。母熊不得不稍稍縮回準備噬咬的嘴，偏仄臉望去，小熊仔沒能抓穩那塊磯石，被激流捲裹著，迅速沖向下游。

母熊觸電似地停下了腳步。

小麗麗在激流裏拼命撲騰四肢，試圖能游開這股激流，但牠體力有限，泅水的技巧也差些，身不由己地被激流脅迫著，以每秒三米的速度漂向那道瀑布。

真要被捲進瀑布的話，從十幾丈深的絕壁上摔下去，絕無生還的可能。

母熊扔下我，嚶嚶叫著，以最快的速度朝小麗麗奔去。對牠來說，世界上再也沒有什麼東西比小熊仔的生命更寶貴的了。牠之所以絞盡腦汁攻擊我，最終目的也是爲了自己的心肝寶貝能平平安安地長大成熊。要是小熊仔沖下瀑布摔死了，牠追上我把我撲倒還有什麼意義呢？輕重緩急，母熊心裏是很清楚的。

我抓住這個機會，連奔帶跳逃上岸去。我一面匆忙地往身上套衣褲，一面往下游方向望去。好險哪，小麗麗已被激流沖到瀑布邊緣，幸虧母熊趕得及時，一把將小麗麗摟住。在離瀑布僅五、六公尺的激流裏，母熊一條前肢挽住小麗麗，三條腿艱難地往岸上爬。

水流太急，沖得牠東倒西歪，稍不留神，就有可能被激流捲走。牠爬得很慢，一步一步，小心翼翼地向岸邊靠近……

我已穿好衣服，背起背囊，左輪手槍的子彈也上了膛，這時，強巴也提著一隻野雉從樹林裏鑽了出來。爬上岸的母熊望望我，不敢再貿然向我發動進攻，悻悻地吼了兩聲，帶著小熊仔隱沒在一片綠色灌木叢裏。

我明白，小麗麗絕不會糊裏糊塗掉進激流裏去的，牠肯定是看到我情況危急，便想出這

麼一個將母熊從我身邊調走的辦法來。這很危險，牠差點為此送了命。這真是一隻聰明勇敢重情義的小熊。

六、母熊又來找我，但這一次，卻是要把牠心愛的女兒永久託付給我

我決定馬上搬家，離開怒江峽谷。

自從班朗河洗澡時險遭母熊毒手後，我又有兩次被母熊盯梢跟蹤。一次是我躲在土坎下用望遠鏡觀察野驢時，野驢突然炸窩似地飛奔起來，我的望遠鏡裏赫然出現母熊猙獰的面容，朝天空打了好幾槍，才把牠趕跑。另一次，是我在山上解大便，蹲在一棵大樹下正操作到一半，突然頭頂的樹枝嘩啦啦響，嚇得我提起褲子就跑，跑出老遠戰戰兢兢地回頭一看，該死的母熊騎在那棵大樹的樹丫上……

我在明處，母熊在暗處，天天擔驚受怕，時時要提防牠的突然襲擊，小命吊在刀尖上，這日子怎麼過呀？母熊已把我視為不共戴天的仇敵，有我沒牠，有牠沒我，就像水火不能相容一樣。我不可能隨時讓自己處在高度戒備中，一天二十四小時，總會有鬆懈麻痺的時候。

好多天了，我神經高度緊張，吃飯不香，難以入眠，服了安眠藥，好不容易闔下眼皮，就會夢見母熊張牙舞爪撲到我身上，嚇出一身冷汗。再這樣下去，我擔心自己會精神崩潰的。小麗麗雖然很可愛，有情有義，但畢竟是熊，我沒必要為了牠賠上自己的命。

惹不起躲得起，我決定把野外觀察站搬遷到一百公里外的虎跳峽去，遠遠離開蠻不講理的母熊。好在我對珍貴的藏野驢已考察了一個多月，收集了不少資料，夠我寫一篇有份量的博士論文了。搬家不會影響我的工作的。

搬家需要馬匹來馱我們的行李，那天早晨，強巴到附近的村寨借馬去了，我忙著拆卸帆布帳篷。突然，母熊又出現了。牠直立著從樹林裏走出來，兩隻前掌捂住肚子，慢慢朝觀察站走來。看見我，牠不但不躲避，還嗷地發出一聲嘶啞的吼叫。

我頓時火冒三丈，奶奶的，糾纏不休，妳簡直就是個無賴！妳也太過份了嘛，大白天的，大搖大擺前來襲擊我，好像我是泥捏的、紙糊的、豆腐做的，妳想怎麼欺負就怎麼欺負？玩火者必自焚，得意忘形絕沒有好下場！妳把我的忍讓看作是軟弱好欺，哼，我今天就要讓妳知道誰更厲害！

我拔出左輪手槍，打開保險，義憤填膺地跨出柵欄，穿過吊橋，徑直迎著母熊走去。

我的槍法雖然很差勁，但近距離射擊母熊這麼大的目標，是不會有什麼問題的，槍膛裏的六顆子彈足夠牠受的了。雖然法律不允許獵殺棕熊，但當人的生命受到威脅時可以例外，正當防衛無可非議。我完全可以這麼說，我正在行走時，母熊突然從大樹背後撲出來襲擊我，我躲不掉也跑不了，朝天射擊也未能嚇唬住牠，眼瞅著熊掌就要落到我的腦袋上了，萬般無奈，我只好將牠擊斃。

我是動物學家，誰也不會懷疑我是在說假話的。

我站在一叢杜鵑花後面，雙手握槍擺開射擊的架勢。我的位置十分理想，前面是斜坡，我居高臨下，萬一母熊連中數彈後仍頑強朝我撲來，齊腰高的杜鵑花叢能發揮屏障的作用，我可從容退回觀察站去。我決定等母熊走到離我五步遠的時候再開槍，這樣子彈命中的把握要大得多。

三十步……二十步……十五步……母熊龐大的身體在薄薄的晨霧中越來越清晰；十步……八步……七步……六步……母熊呼哧呼哧的喘息聲越來越響亮。我瞄準牠的心臟，咬緊牙關，正想扣動扳機，突然，母熊停了下來，嗷嗚，輕叫了一聲，音調委婉，含有淒涼的韻味，低垂著頭，神情顯得有點萎頓。

這很反常，我扣緊扳機的手指不由放鬆了。

嗷嗚，數秒鐘後，牠又抬起頭來衝著我叫了一聲，不像是怒氣沖沖的咆哮，也不像是刻毒陰沉的詛咒，倒像是一種訴說不幸。再看牠的眼睛，沒有了狂妄，也看不見殺機，眼神散亂，哀戚痛苦，好像在企求著什麼。

我聽不懂棕熊的語言，不知道牠要幹什麼，怔怔地望著牠發呆。牠見我沒反應，有點急了，舉起右掌做了個類似「招手」的動作，就在這時，我看見牠的腹部血汪汪，被撕開了一個大口子，隨著牠的「招手」動作，一團白花花的腸子流了出來。怪不得牠走路時兩隻爪掌要捂住肚子，牠是受了重傷了！

我猛然想起小麗麗，眼光在母熊身後搜索了一遍，沒發現小麗麗的身影，難道小麗麗牠也……

嗷嗚，嗷嗚，母熊急切地不斷地朝我做著「招手」的動作，然後轉過身去，走了幾步，又回過頭來看看我，意思很明白，是要我跟牠走。

我腦子豁然一亮，牠這次到觀察站來，不是來找我尋釁報復的，而是遇到了大麻煩，來找我幫忙的。母熊的麻煩，也是小麗麗的麻煩，我關了左輪手槍的保險，跟在母熊後面。

母熊穿過樹林，鑽進一條荒草溝。平地上，牠雙爪捂腹，直立行走，遇到坎坎坷坷，不得不用前肢撐地時，一鬆開爪掌，腸子就會湧出來，又走到平地上後，牠就坐下來，用爪掌將腸子重新塞回肚子裏。一路上，牠都滴著血。也許是失血過多，牠走得很慢，一條兩公里長的荒草溝足足走了一個小時才走通。

母熊開始爬小山坡，坡度稍稍有點陡，牠只能四肢著地才能爬上去。一大團腸子吊在牠肚子上，慘不忍睹。快要爬到山頂時，腸子掛在一叢荊棘上，牠怎麼扯也扯不下來，反而越纏越緊。牠痛苦地呻吟著，不顧一切地往前拱，結果就像扯線團一樣，又把腸子扯出一大截來。我實在不忍心了，看在小麗麗的份上，走過去幫牠把腸子解開了。牠伸出黏乎乎的舌頭，舔了舔我的手背，大概是在表示謝意吧。

小山頂，狗尾巴草被壓倒了一大片，有兩棵小樹也被連根拔起，一頭健壯的公雪豹背上被抓得稀爛，脖頸被咬開，倒在血泊中。種種跡象表明，這裏剛剛發生過一場殊死的搏殺。

母熊一登上小山頂，東張西望地尋找，嗷嗷叫喚，一塊大石頭背後傳出小熊應答的叫聲。我奔過去一看，果然是小麗麗，藏在大石頭背後，縮成一團，渾身發抖。我把牠抱起來一看，牠的一條後腿被咬傷，流了一點血，但沒傷著骨頭。我趕緊脫下襯衣，給牠包紮傷口。小傢伙躺在我的懷裏，舔著我的臉頰，嗚嗚叫著，訴說著不幸的遭遇。

可惜，我什麼也聽不懂。

但從現場的情況分析，不難猜測事情的始末。兩個小時前，母熊帶著小麗麗外出覓食，剛爬到小山頂，突然，一隻饑餓的雪豹從草叢裏躥出來，兇猛地撲向小麗麗。母熊毫不猶豫地和雪豹扭打起來。

雪豹是高山猛獸，身手矯健，棕熊力氣雖然大，但不如雪豹靈巧。雪豹左閃右撲，騰跳剪掀，幾個回合下來，母熊就占了下風，屁股被豹爪抓傷，累得噗噗直喘粗氣。雪豹縱身一躍，掉頭撲向小麗麗。

對雪豹來說，目標是小熊仔而不是母熊，小熊仔皮薄肉嫩，味道鮮美，沒有反抗能力，捉起來不用擔什麼風險，而和母熊糾纏，卻很難不付出什麼代價就占到什麼便宜。

雪豹奔跑起來快捷如風，轉眼間已撲到小麗麗身上，一口咬住小麗麗的腿。母熊大吼一聲，也不知道哪裡來的力氣，狂奔而去，壓在雪豹的背上，熊掌重重擊打在雪豹的脊背上，尖利的指爪像小刀似地扎進雪豹的皮肉。雪豹疼得哀嚎一聲，被迫放掉小麗麗，轉身來對付母熊。

雪豹是標準的食肉猛獸，撲擊噬咬的技巧勝過母熊，很快就把母熊壓翻在地，豹牙無情地啃咬母熊柔軟的腹部。母熊知道，如果就這樣聽任雪豹噬咬，用不了兩分鐘，自己就會被活活開膛剖腹；牠如就地打個滾，就能擺脫雪豹致命的噬咬，但是，雪豹就會趁機撲到小熊仔身上去了。牠沒有就地打滾，牠死死咬住雪豹的一條前腿，任憑豹牙咬穿了自己的肚皮，也決不鬆口。

只有母親才會做出這樣的選擇，把生的希望留給子女，把死的痛苦留給自己。

噗——母熊的肚子被撕裂咬穿了，豹爪在扯牠的腸子，牠仍咬住雪豹的前腿不放。一般的動物，一旦腸子被咬出來，求生的意志便灰飛煙滅，雪豹有點得意忘形了，也有可能嘗了腥熱的血漿後，饑渴難忍，想活吃熊腸，竟仄轉臉，摸索著要去叼咬母熊溢流出來的腸子，豹脖頸暴露在母熊的嘴吻下。母熊立刻鬆開那條豹腿，不失時機地一口咬住雪豹的脖頸。

母熊抱定同歸於盡的決心，不管雪豹如何噬咬撕扯牠的肚腸，只要還有一口氣，是不會鬆口的。雪豹掙扎著、暴跳著，和母熊滾成一團。也不知過了多長時間，雪豹癱軟下來，漸漸停止了掙動。

母熊掀翻壓在自己身上的死雪豹，自己的腸子流了一地，也受了致命的重傷，牠並不怕死，牠擔心死神把牠召喚去後，小熊仔怎麼辦？小熊仔才四個多月大，還不能獨立生活，再說又被雪豹咬傷，雖然傷得不太嚴重，但若缺乏照料，後果實堪憂慮。牠忍著劇痛，咬著牙

把腸子塞回肚子裏，把小熊仔藏在一塊大石頭後面，跑到觀察站來找我……

嗚——我身後傳來母熊嘆息般的叫聲，回頭望去，母熊有氣無力靠坐在大樹上，流出來的腸子在牠面前堆得像座小山，嘴裏湧出一團團血沫。牠不行了，生命之燭快要燃盡熄滅了。我剛才只顧著爲小麗麗包紮傷口，差不多已把牠給忘了。牠傷得太重，再好的獸醫也無力挽救牠的生命了。

嗚，牠又想叫，但剛張開嘴，一坨紫色的半凝固的血塊從喉嚨裏滑了出來，堵住了牠的聲音。牠艱難地舉起一條前肢，微微擺了擺，做了個「招手」的動作，我趕緊抱著小麗麗跑到牠身邊。我想，牠在生命的最後時刻，毫無疑問是想再看一眼、再舔一舔牠的寶貝熊仔。

我把小麗麗抱到牠的嘴吻邊，讓牠作最後的親吻。牠抬起已經有點僵硬的嘴吻，碰了碰小麗麗的臉頰，隨即把嘴吻移開，視線又跳回我的身上，死死盯著我。我有一種奇怪的感覺，牠剛才做出的「招手」動作，並不是想要最後看一眼、舔一舔寶貝熊仔，而是另有一個遺願想告訴我。

是什麼呢，我茫然不知所措。

母熊的呼吸越來越急促，逐漸僵冷的四肢不停地顫抖著，預示著殘餘的生命像游絲似地即將綳斷，只有兩隻小眼睛還瞪得溜圓，執拗地急切地盯著我看，眼光充滿期待，被血塊封住的嘴唇翕動著，卻已發不出什麼聲音來了。

我雖然好幾次險遭母熊的毒手，但此時此刻，我的怨恨已經冰消雪融。牠在腸子被打出來後，為了能讓小麗麗活下去，忍著痛走了那麼遠的路跑來找我，僅憑這一點，牠就稱得上是一個偉大的母親，我心裏充滿了由衷的敬佩。作為一個母親，在臨終時刻，心裏所牽掛的肯定是牠的寶貝熊仔，牠想讓我為牠的寶貝熊仔做些什麼呢？我開動腦筋，拼命地想。會不會有什麼事情讓牠放心不下？

驀地，一個靈感跳進我的腦袋瓜，牠在百般無奈的情況下，跑到觀察站來找我，將小熊仔託付給我，牠知道小麗麗依戀我，我也喜歡小麗麗，但我畢竟是兩足行走的人，牠不可能完全信任我，牠曾經遭到過人類的捕捉，吃過人類的苦頭，牠害怕我是個背信棄義的人，對待動物想玩的時候心肝寶貝玩個痛快，玩膩了就毫不可惜地隨手扔掉，或者更糟糕，為了獲得珍貴的熊掌和熊膽，黑起心腸進行屠宰，這樣的話，牠死也不會瞑目的啊。

我恍然大悟，牠是在等著我做出某種承諾。

我如果賭咒發誓，母熊是聽不懂的。我把小麗麗輕輕放在地上，然後手腳撐地，就像一頭熊一樣趴著，將小麗麗罩在我的身體底下，這是母熊常用的保護熊仔的辦法，接著，我使勁伸出舌頭，認真地舔理小麗麗的體毛，舔去黏在牠身上的草葉泥屑，把牠的絨毛舔得油光水亮。我在用棕熊的身體語言告訴母熊，從今以後，我就是小麗麗的母親，我會盡心盡力把牠撫養長大的。

母熊安詳地閉上了眼睛，四肢抽搐了兩下，便停止了呼吸。

我找了一些樹枝，蓋在母熊身上。雖然熊掌很名貴，熊膽也很值錢，但我不會在這頭母

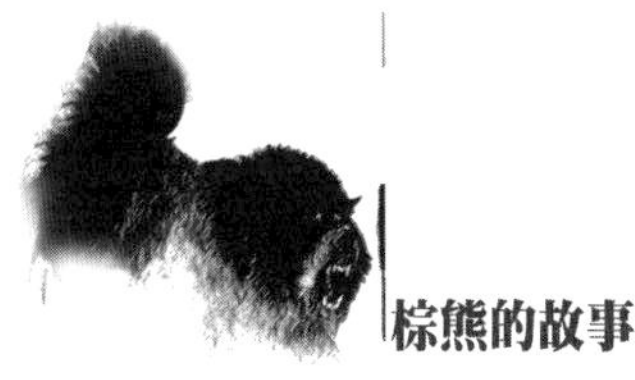

熊身上撈便宜的，因爲我不能褻瀆了世界上最美好的感情。

我抱起小麗麗，往觀察站走去。

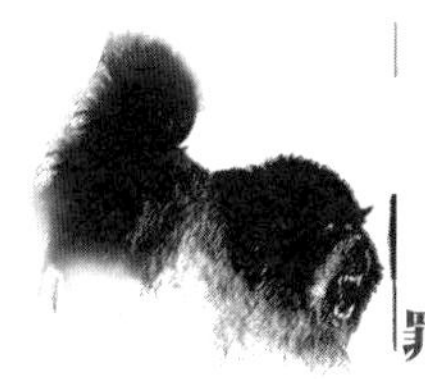

罪馬

這是一起罕見的惡性事故，讓人不寒而慄。

陽光大馬戲團到哀牢山一個名叫黑虎塚的村寨下鄉慰問演出。按照慣例，下午演出車隊開進村子後，演員們在村口草坪平整場地，然後搭建鋼架，支起巨大的帳篷。

馬戲團不比其他劇團，其他劇團無論音樂、戲曲還是歌舞，都可因陋就簡在農村的土戲台演出，也可將打穀場當做露天舞臺進行演出，馬戲團就沒這麼方便了，馬戲團許多高難度雜技節目，尤其是動物演員表演的馬戲節目，非得在大型帳篷劇場裏才能演出。帳篷劇場支起來後，又佈置燈光、佈景和音響，忙碌停當，天已經黑透。演員們顧不上休息，趕緊換裝化妝，帶領自己所馴養的動物演員匆匆忙忙走台，熟悉環境，然後登臺獻藝。

開頭還挺順利，老虎鑽火圈、人熊交誼舞、雙胞胎走鋼絲，好幾個節目都演得相當出色，沒有出過半點紕漏。

按照節目表上的順序，該輪到馬演員出場表演了。

馴獸師兼馬術表演家婁阿甲這天非常興奮，用他自己的話說，到黑虎塚就等於回到老家了。他的父母在文革時從昆明下放到黑虎塚勞動改造，後來在黑虎塚結婚成家，並在黑虎塚生下他。他在黑虎塚生活了整整十二年，一直到一九八二年才隨落實政策的父母遷往昆明。雖然闊別近二十載，但鄉親們都還記得他，他一踏進黑虎塚，便有許多老人圍上來拉著他的手噓寒問暖，更有眾多年齡相仿的兒時夥伴，爭相請他演出結束後到家去喝酒敘談，濃濃的鄉情讓他興奮異常。

也許是出於對生他養他的故鄉的眷戀之情，也許是想答謝父老鄉親的厚愛，婁阿甲演得特別賣力。他身著玫瑰紅演出服，足穿亮閃閃馬靴，繫著寶石藍領結，率領六匹渾身雪白的高頭大馬，氣宇軒昂地跑進場地。

他手執用綢帶編織的大彩球，做出各種舞蹈姿勢。隨著他的舞姿變化，金鞍銀轡披紅掛綠的白馬們變幻各種隊形。忽而後面的馬踩到前面的馬後背上，每匹馬都用兩條後肢行走，組合成一個小圓圈，忽而銜尾奔馳，後面的馬嘴咬住前面的馬尾巴，形成一個快速運動的大圓圈，忽而走出方形、菱形或三角形圖案，整個場地五彩繽紛，宛如流動的花環，令人目不暇接。

響起熱情奔放的搖滾樂，六匹白馬又排成一字橫隊，隨著搖滾樂強烈的節奏，細長的馬腿忽而右旋忽而左蹁，忽而勾起前蹄踢踏地面，忽而尥蹶子跳出空中霹靂，盡興表演馬式現代舞。

這六匹白馬都是婁阿甲一手帶大的，馬是通人性的動物，感覺到主人的澎湃激情，受主

人情緒的影響，也表現得十分出色，隊形整齊有序，動作剛柔並濟，情緒飽滿亢奮，表演非常精彩。

毫不誇張，這是一場精彩的演出。

馬戲節目告一段落，觀眾席上理所當然爆發出熱烈的掌聲。前來觀賞演出的，都是黑虎塚和附近幾個山寨的村民，感情上把婁阿甲當做自家人，爲婁阿甲出色的表演頗感自豪，也含有捧場喝采的意味，掌聲經久不息，婁阿甲三次出來謝幕，那雷鳴般的掌聲仍然潮水般湧來。

「高導演，讓我加演一個節目吧。我想演『超級馬術』。」婁阿甲向幕後執行舞臺監督職責的高導演提出請求。

所謂超級馬術，是婁阿甲最近排練成功的新節目。表演者騎在駿馬身上，一面快速奔馳，一面直立、倒立、跪姿、橫臥、翻轉、打滾，做著各種驚險的雜技動作。

「不行。你坐了一天汽車，夠累的了。馬坐了一天汽車，也夠累的了。不能搞得太疲勞，明天還要到別處去演出呢。」高導演搖著頭說。

「求您了，高導演。我媽生我時身體不好，沒有奶，寨子裏好幾位孃孃輪流餵我。我是吃鄉親們的奶長大的，鄉親們對我恩重如山。我沒有什麼可報答他們的，唯有把自己最拿手的節目奉獻出來。」婁阿甲說得很動情。

「我理解你的感情。」高導演說，「可是，這檔節目有危險。人與馬都很疲乏，又是在新場地演出，萬一有個閃失……還是別冒這個險。」

馬戲舞臺，驚險度與危險度是成正比的，節目越驚險刺激，蘊含的風險也就越大。超級馬術可說是精彩絕倫，其事故率也高得驚人，國外對這檔節目有過一個調查，騎手從馬背上摔下來的比例高達百分之十二，也就是說，演出一百場就有十二次事故。馬在高速奔跑，人要在光溜溜的馬背上忽上忽下旋轉翻滾，談何容易啊，稍有不慎，便可能失手滾落下來，輕則蹭破皮肉，重則傷筋動骨。

「高導演，您就放心吧。」婁阿甲拍著胸脯說，「我與白珊瑚朝夕相處十三年，牠從未讓我失望過。牠是最棒的表演馬，你絕對可以信任牠。」

婁阿甲說的白珊瑚，是一匹中年牝馬，也是整個馬隊的領頭馬。說起白珊瑚與婁阿甲的關係，確實不同凡響。

十三年前，白珊瑚出生剛半個月，母馬就病死了。好像是口蹄疫之類的嚴重傳染病，同廄五匹表演馬在兩個月內全部暴斃，只剩下白珊瑚這匹還在吃奶的小馬僥倖躲過劫難。婁阿甲當時剛參加工作，團裏把白珊瑚交由他飼養。

馬屬於嬌貴動物，天天要刷毛、洗澡、遛腿、曬太陽，每一匹馬都需要專人伺候。婁阿甲把白珊瑚帶回自己的宿舍去養，人馬同室住了半年多。冬夜寒冷，他就將棉被蓋在小馬身上，自己裹著一條薄薄的毯子睡覺。夏天蚊蠅肆虐，他將唯一的蚊帳罩在小馬身上，自己被蚊子咬得渾身是包。他還從菲薄的工資中省下錢買奶粉餵小馬，每天踏著熹微晨光到三里外

的滇池邊，割一筐帶著露水的嫩草，給小馬當飼料。夕陽西斜，他會帶著牠到草灘上追逐嬉鬧，月亮升空，他會吹奏短笛給牠消愁解悶。

人心換人心，人心也換馬心，馬與人成了形影不離的親密朋友。

與動物打過交道的人都知道，你對動物好，絕對不會白好，你對動物投放的感情，就好比往銀行存的錢，到期後就會連本帶利得到補償。三年後，白珊瑚變成婷婷玉立的成年雌馬，對婁阿甲高度信賴，唯命是從，叫牠做什麼牠就做什麼，很快訓練成傑出的表演馬。

不僅如此，團裏從荷蘭陸續進口四匹牙口一歲半、純種奧賽特競技馬，白珊瑚還主動協助婁阿甲調教和訓練這四個新來的同類，示範演練，言傳身教，誰在排演時調皮搗蛋或偷懶不好好練，牠還會衝上去啃咬教訓。

行話說，人馴獸慢如爬，獸馴獸快如飛。有白珊瑚參與管理和培訓，那四匹新加盟的奧賽特競技馬進步很快，八個月後就能跟著白珊瑚登臺表演節目了。

更令人喜出望外的是，白珊瑚在最近四年內連續產下兩匹小馬駒，稱得上是個理想的母親，不但將小馬駒撫養長大，還積極引導牠們從小接受馬戲訓練，經過幾年堅持不懈的努力，有一匹名叫藍寶貝的公馬已成爲合格的表演馬，另一匹名叫雪姬的小母馬，也可以作爲馬隊的替補演員，在其他馬患病或情緒不佳時，頂替正式馬演員上臺演出。婁阿甲也因成績突出，被授予馴獸師和馬術表演家的稱號。

白珊瑚在十年演出生涯中，從未出過任何事故，稱得上是匹經得起考驗的好馬。任何人做夢都不會想到，牠會將心心相印的主人送往不歸路。

高導演思忖了一會，點點頭說：「那好吧，就成全你，加演超級馬術。不過一定要小心，速度放慢點，難度大的動作省略不做，安全第一，謹慎為妙。」

婁阿甲連連點頭稱是，食指彎勾含在舌尖下，吹了一聲悠揚的呼哨。正在帳篷外吃草的白珊瑚立即停止進食，擠開其他白馬，快步來到婁阿甲身邊。

婁阿甲卸掉金鞍銀轡和垂掛在馬頭上的五彩絡纓，換上特製的馬鞍和韁繩，拍拍光滑的馬臉，在馬耳邊輕聲說：

「嘿，老朋友，今天是很特別的演出，報答父老鄉親對我的養育之恩，你可得賣力喲！」

白珊瑚昂首嘶鳴，表示牠聽懂了。婁阿甲興高采烈地翻身上馬，奔進帳篷劇場。

一進帳篷劇場，婁阿甲便將高導演的囑咐拋於腦後，策馬狂奔，絲毫沒有減慢速度。他忽而倒掛在馬頸下，忽而仰躺在馬背上，忽而站立在馬鞍上，玫瑰紅的演出服在雪白的馬匹上翻滾舞動，就像太陽在雪峰上顛跳躍動，令人眼花撩亂。

第一流的騎手，第一流的馬，人與馬配合默契，高度和諧，融為一體。

白珊瑚不愧是奧賽特競技馬的後裔，體型健壯優美，肌肉飽滿發達，脖頸光滑細膩，長著一雙罕見的藍眼睛，身體呈漂亮的流線型，尤其搶眼的是，渾身雪白，沒有一根雜毛，馬鬃飄揚如雪塵，馬尾揮動如銀絲，神態優雅穩重，舉止雍容華貴，奔跑起來像一朵隨風飄盪

亮麗的雲。

掌聲如暴風驟雨，歡呼聲此起彼伏。

婁阿甲雙足倒勾在鞍蹬上，身體彎曲像條靈動的蛇，鑽到馬肚子下去了。這叫火龍穿肚，從左側的馬肚子下穿過去，又從右側的馬肚子下鑽出來，連續三個循環。

這在超級馬術中是最高難度動作，對表演馬和騎手都是個嚴峻考驗。馬必須按精確穩定的速度奔跑，既不能快也不能慢，必須按固定的步姿運動，不能隨意調換姿勢或改變步伐，還必須順著圓形場地按既定線路兜圈，不能有任何偏離或出軌。騎手要借用馬在奔跑時的起伏顛簸，掌握身體平衡，把握動作節奏，人與馬配合得天衣無縫，才有可能獲得成功。

表演過程中，騎手好幾個動作已接近人體運動的極限，毫不誇張地說，這檔節目比攀岩運動更險象環生。婁阿甲不愧是馬術表演家，面帶微笑，動作嫻熟地在馬肚子下循環了兩圈半。他的腦袋第三次從右側馬肚子下鑽出來，只要手伸上來抓住馬鞍上的皮帶，引體向上攀爬到馬背上，這個最高難度的雜技動作就算順利完成，整套馬術表演也就圓滿結束。

應了句樂極生悲的古話，災難往往發生在離勝利僅有一步之遙的時候。就在婁阿甲的腦袋從馬肚子右側鑽出來的剎那間，場地中央被鏟倒的一蓬野草間，突然吱溜溜竄出一條一米來長的虎斑游蛇來，嘴裏吞吐著鮮紅的蛇信子，飛快朝馬蹄下游來。

虎斑游蛇亦叫「野雞脖子」，顧名思義，身上紅紅綠綠，色彩斑斕。燈光照耀，在用黃土鋪就的場地裏，虎斑游蛇顯得格外醒目。毫無疑問，演員們剛才平整場地時沒能把野草剷除乾淨，沒有發現隱藏在草根下的蛇洞。馬蹄聲聲，把虎斑游蛇從睡夢中驚醒。馬眼敏銳，白珊瑚冷不防看到一條花裏胡哨的蛇竄到自己腳蹄下來了，出於對蛇的本能恐懼，出於對突然襲擊下意識的反應，馬頭猛地一扭，斜刺躥出去，偏離了原先的路線。

剛才已經交代過了，馬戲團的帳篷劇場，是由鋼架支撐起來的。白珊瑚斜刺躥躍，剛好就從鋼架旁擦身而過。馬的奔馳速度沒有放慢，婁阿甲的腦袋恰好在這個時候鑽出馬肚，只聽咚的一聲悶響，就像葫蘆摔在石頭上的聲音，他的後腦勺重重砸在工字型鋼柱上，巨大的帳篷猛烈搖晃。他從馬上掉了下來，直挺挺躺在地上。

劇場一片死寂，人們被這突如其來的事故驚呆了。

再說白珊瑚，婁阿甲撞落倒地後，牠又順著慣性朝前衝出幾步，很快意識到出了問題，立即掉頭跑回主人身邊，馬嘴咬住主人衣袖，想把跌倒的主人攙扶起來。

這時候，人們已從震驚中回過神來，父老鄉親和馬戲團演職員紛紛湧到場地內，大聲呼喚婁阿甲的名字，婁阿甲雙目緊閉已昏死過去。他的後腦勺被砸開一個血洞，汩汩冒著鮮血，似乎顱腔也裂開了，鮮紅的血水間夾雜著絲絲縷縷白的腦漿。高導演一面讓隨團劉醫生趕緊給婁阿甲包紮，一面大聲吩咐司機趕快發動汽車，好送婁阿甲到縣醫院救治。

那條虎斑游蛇，早就被亂棍打斷七寸，像條爛草繩扔出帳篷劇場。

大家分頭忙碌，表演場地亂得像鍋粥。好多人圍上來想看看婁阿甲的傷情，以婁阿甲爲軸心圍觀的人形成了一個大圓圈，擁擠推搡間，很自然就把白珊瑚擠到圓圈外面去了。白珊

瑚焦急地咴咴叫著，在圓圈外轉了好幾遍，鑽頭覓縫想擠到圓圈裏去。但人牆厚密，馬的身體龐大，願望屢屢落空。

牠火了，咬住一位老鄉的衣肩，用力拉拽，又用馬蹄踩人家的鞋跟，還用結實的胸脯撞人家的背。人群一陣騷動，紛紛朝兩邊躲閃，人牆裂開一個豁口。牠一頭紮了進去，又要自作聰明地用馬嘴叼咬衣袖把婁阿甲攙扶起來。高導演正在幫助劉醫生往婁阿甲頭上纏繃帶，氣不打一處來，照準馬脖子狠狠抽了一巴掌，又朝著馬胸脯重重踹了一腳，怒喝道：

「該死的東西，都是你闖的禍！你還來添亂，我把你扔到瀾滄江去餵魚！」

白珊瑚大約自知理虧，不敢和高導演頂撞，氣咻咻地退出人牆。管理員老費想抓住牠的韁繩把牠拴到鋼架上去，牠靈巧地避開了，又衝開兩個想阻擋牠的村民，奔出帳篷去。

帳篷外，黑夜濃得像化不開的墨，傳來馬淒涼的嘶鳴聲。

雪亮的車燈撕破夜幕，越野吉普小心翼翼往縣城開去。這是一段狹窄的簡易公路，坡陡彎急，路面坑坑窪窪。司機緊張地轉動方向盤，儘量使車子保持平穩。

婁阿甲躺在後座上，仍然昏迷不醒。劉醫生用聽診器在婁阿甲胸口摸索著，神色嚴峻地說：

「他的心跳越來越微弱了，我已經給他注射了兩支強心針，好像不管用。」

高導演眉頭皺成疙瘩，用沙啞的嗓音對駕駛員說：「開快點，換換檔，多踩點油門！」

司機嘟囔道：「路況太差了啊。」

高導演沒好氣地說：「路況再差，也不能把汽車開得像烏龜爬！」

司機不再吭氣，咬咬牙，將二檔換成四檔，踩住油門不放，越野吉普怒吼著，加快速度向前猛衝。

公路上不僅有許多被洪水沖刷出來的水坑，還有從山上滾落下來的大大小小的石頭，水坑和石頭星如棋布，很難完全繞開。一會兒前輪駛進水坑，一會兒後輪輾著石頭，忽高忽低，車子劇烈顛簸，就像在跳霹靂舞。

突然，婁阿甲睜開眼睛，嘴唇翕動著，似乎想說話。他撞傷後，一直處於昏死狀態，還是第一次醒過來。他的聲音微弱，汽車的引擎聲又太響，高導演耳朵附到他嘴唇上，這才聽清他在說：「……慢……慢點……請……開慢點……」

「慢點，開慢點，傷患吃不消了！」高導演大聲吩咐。

司機又換成低檔，鬆開油門，車子緩慢行駛，平穩了許多。

「……開……得……太快，牠……追不上，馬是跑……不過……汽車的呀。哦……牠在叫，還……還有馬蹄聲……」婁阿甲斷斷續續地說道。

高導演和劉醫生面面相覷。毫無疑問，婁阿甲說的是白珊瑚追趕汽車來了。這可能麼？到目前爲止，高導演和劉醫生，還有那位司機，誰都不知道白珊瑚正在追趕汽車。婁阿甲昏迷不醒，怎麼會曉得白珊瑚正尾隨汽車奔馳？就算他沒有昏迷，腦袋上除了嘴巴、鼻孔和眼

睛，其他部位都纏滿繃帶，尤其兩隻耳朵，被厚厚的繃帶纏繞，又是在行駛的汽車中，引擎的轟鳴聲如此響亮，他怎麼聽得到馬在叫，怎麼聽得到馬蹄聲聲？

「這肯定是幻覺，腦部受傷者會產生幻聽幻視現象，醫學上叫作妄想症，所說的話當然就是囈語，也就是胡言亂語。」劉醫生小聲對高導演說。

「請……停車，讓牠……歇……口氣，牠跑得……太……累了。」婁阿甲請求道。

「那好吧，靠邊停車，休息幾分鐘。」高導演說。

越野吉普停在公路邊，荒山野嶺，萬籟俱寂，只有夜風吹動樹葉的沙沙聲。

過了約幾分鐘，公路上響起橐橐橐馬蹄聲，聲音由遠而近，由模糊逐漸變得清晰。借著汽車尾燈朦朧的光線，一匹白馬漸漸映入高導演和劉醫生的眼簾。果真是白珊瑚，四條馬腿黏滿泥漿，渾身熱汽騰騰，好像剛揭開蓋的蒸籠，連馬鬃也被汗水濡濕了。牠來到越野吉普車旁，大口喘息著，馬臉貼在車窗上，朝車內張望。那雙秀麗的馬眼，淚光迷濛，蓄滿哀傷。

「真是不可思議，」劉醫生輕聲說，「也許是心靈感應。」

「我們開了多少公里了？」高導演問。

司機看了看儀錶盤上的里程表說：「已經走了二十三公里。還有十公里就到縣城了。」

也就是說，白珊瑚跟在汽車後面一口氣奔跑了二十三公里，這對一匹馬戲舞臺上的表演馬來說，可說是空前絕後的創舉了。

車廂亮著頂燈，高導演看得很清楚，當白珊瑚那張痛苦的馬臉出現在車窗時，婁阿甲黯然無神的眼睛突然亮了一下，就像劃燃了火柴，但光亮轉瞬即逝，就像火柴剛劃燃卻又被狂風吹滅了，他的身體扭曲痙攣，眼睛看著高導演，嘴唇微微噏動。

高導演趕緊將耳朵貼到他嘴唇上，聽到他艱難地吐出這麼一句話來：

「……求……您……了……別……難……爲……牠……」

高導演想說點什麼，可沒等他說出來，婁阿甲就閉上了眼睛。

劉醫生捏著聽診器，驚慌地叫道：「糟糕，他的心跳好像要停止了。」

「快，快開車！」高導演大聲說。

越野吉普在公路上中速行駛，白珊瑚在車子後面緊追不捨。

還沒到縣醫院，婁阿甲就停止心跳沒有呼吸了。

黑虎塚離昆明有四百多公里，長途運送屍體，要到各相關單位部門辦理手續，非常麻煩。鄉親們提議，婁阿甲是在黑虎塚出生，又是在黑虎塚不幸以身殉職，按照當地風俗，人死後能安葬在生他養他的土地上，是人生最理想的終極歸宿了，希望能在當地厚葬婁阿甲。徵得家屬同意，決定就在黑虎塚爲婁阿甲辦理喪事。

墓地選擇在風景秀美的南山麓，背靠雄偉壯麗的哀牢山，面朝浩浩蕩蕩的瀾滄江，四周青松翠柏，漫山遍野杜鵑花，鳥鳴山谷，風吹竹篁，晨起飲仙露，日落披紅霞，比大城市邊

緣擁擠不知要好多少倍了。

葬禮很隆重，按照當地習俗，請神漢跳鬼，請巫娘念經，請吹鼓手嗚鑼吹簫，請陰陽先生在墓區步罡踏斗焚燒附籙，召喚天罡地煞前來護法守靈。婁阿甲的遺孀——陽光大馬戲團樂隊揚琴手歐陽花貝，帶著女兒婁樓，專程從昆明飛來。馬戲團下鄉慰問演出的全體演職員，黑虎塚父老鄉親連同附近幾個村寨的群眾共計三百餘人參加了葬禮。

白珊瑚也被牽到墓地來了，馬背裹著白麻，馬頸纏著黑紗。牠是肇事馬，理應為慘遭不幸的主人披麻帶孝。這確實是匹通人性的馬，似乎也懂得什麼叫死亡，垂首肅立在墓前，當棺材徐徐送進墓坑，牠撅起馬嘴，發出悲傷的嘶鳴。

在一片哭泣聲中，大地隆起土丘，豎起石碑，葬禮接近尾聲。

黑虎塚頭髮花白的老村長，帶著四位手執長矛的年輕漢子，來到高導演面前，鞠了個躬說：

「按照我們山寨的風俗，現在該剽馬了。牠是罪馬，牠是禍根，牠害死了牠的主人，理應用牠的血祭奠婁阿甲的在天之靈。」

高導演沉默無語。在馬戲團，也曾發生過動物傷人事件，那是十多年前的事了，一位女馴獸員正在給一隻老虎訓練跳躍障礙的節目，也不曉得是什麼原因，那虎突然間獸性大發，撲上去一口咬住女馴獸員的脖子，小姐的脖子細嫩光滑，哪裡經得起虎牙噬咬，喀嚓一聲，便頸椎粉碎性骨折，做了虎口冤魂，後來因家屬強烈要求，將罪虎關在一個狹小的鐵籠裏，實行槍決。

有這樣的先例，似乎也應該用同樣的方式處置白珊瑚。殺人償命，血債要用血來還，對犯罪的人尚且如此，對犯罪的動物更應該如此。可高導演總覺得，眼下這起事故，把責任完全怪罪在白珊瑚身上，似乎有失公允。無論從哪個角度講，這起事故只能算是一個意外。意外傷害與蓄意謀殺是兩種不同性質的犯罪，處以極刑似乎有點量刑過重了。

從經濟角度考慮，高導演也覺得這麼做對馬戲團來說損失太慘重了。白珊瑚是奧賽特競技馬的後裔，奧賽特競技馬在世界上頗有知名度，是十八世紀一位酷愛馬技表演藝術、名叫奧賽特的伯爵馴養而成的，可以說，全世界著名馬戲團使用的演出馬，多爲血統純正的奧賽特競技馬。奧賽特競技馬不愧是經過三百年精心培育而成的良種馬，皮毛白得就像阿爾卑斯山終年不化的冰雪，令人賞心悅目。

除了形象極具觀賞性外，頭腦也聰慧伶俐，天生具備演馬技的素質，四條腿會隨著音樂有節奏地左右橫移，跳出馬步迪斯可，還會主動配合馬背上的騎手表演各種技巧動作。牠們是爲馬戲存在的，牠們天生就是優秀的馬戲演員。現在國際市場上，一匹年富力強、訓練有素的奧賽特競技馬，價值六萬美元，即使是一匹兩歲齡以下還沒受馴的馬駒，標價也在三萬美元左右。人死不能復生，何苦還要白白扔掉六萬美元呢。

還有更麻煩的事情呢，白珊瑚是馬群中的頭馬，是六匹演出馬的核心與靈魂。馬是一種講究尊卑秩序的動物，尤其是年輕的公奧賽特競技馬，都有出「人」頭地的勃勃野心，都有

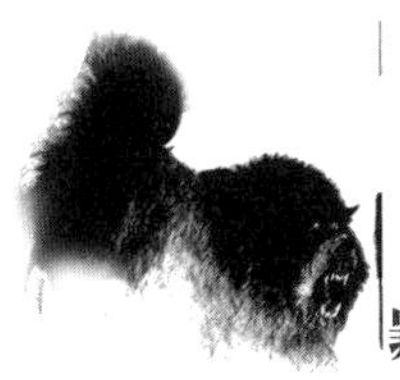

強烈的征服欲和權力欲。白珊瑚資歷深、體格棒、演技好，另外五匹演出馬，除了個別的搗蛋分子外，其他四匹演出馬對牠口服心服，已習慣在牠的統治下生活，要是白珊瑚被處死，馬群就會出現權力真空，後果不堪設想。

上海馬戲團就出過這樣的事，一匹名叫勞倫的頭馬到外地演出時被卡車撞死，馬群裏幾匹公馬誰也不服誰，誰都想當老大，誰都想爬到首領的位置上去，引發激烈的地位角逐，互相啃咬撕鬥，大打出手，鬧得馬心惶惶，鬧得烏煙瘴氣，整整半年無法正常演出，最後有兩匹公馬在內訌中死於非命，另一匹公馬登上首領寶座，權力風波才算平息，但整個馬群已經元氣大傷，演出馬由原先的七匹銳減至四匹，好幾個大型節目都沒法再演了。誰能保證白珊瑚死後，陽光大馬戲團馬群不會步上海馬戲團馬群的後塵呢？

處死白珊瑚，絕無可能讓妻阿甲死而復生，何必要白白糟蹋珍貴的奧賽特競技馬呢！

高導演雖然很想保全白珊瑚，卻不敢把想法說出來。死者的親屬沉浸在巨大的悲痛中，荒唐的復仇雖然對死者毫無意義，卻對死者的親屬是有效的寬慰。不管怎麼說，妻阿甲是騎在白珊瑚身上被撞死的，意外傷害也罷，突發事故也罷，白珊瑚都難辭其疚。親屬要求處死肇事馬，也不能說是橫蠻不講理。他若強行阻止這場血祭，從感情上和道理上都很難說得過去。倘若死者的親屬責問他：人被馬害死了，卻免於追究馬的刑事責任，難道人的生命還不如一匹馬值錢？他將無言以答。更何況，黑虎塚的鄉親們，固執地認爲白珊瑚就是災星，已經準備好用古老的祭奠方式，在墓前剽殺罪馬。人心所向，眾望所歸，他能有什麼辦法呢。

「哦，婁阿甲不愧是最優秀的馬術表演家，他臨終前留下的最後一句話是，白珊瑚是匹好馬，求我千萬別爲難牠。」高導演小聲對站在身旁的歐陽花貝說，「我現在跟妳說這話，確實不太合時宜，我沒別的意思，我只是想如實轉達婁阿甲的臨終囑咐。」

高導演是個聰明人，他曉得，現在唯一可行的辦法，就是說動死者的遺孀，放棄這場無謂的復仇。在要不要處死白珊瑚這個問題上，毫無疑問，死者親屬有最大的發言權。歐陽花貝是死者妻子，最重要的親屬，她在這個問題上可說是一言九鼎。

歐陽花貝默默流著淚，對高導演的話沒有任何反應。

老村長轉身朝一位年輕漢子耳語了幾句，那位年輕漢子將長矛橫咬在口中，從褲腰帶上抽出一條黑布，走到白珊瑚面前，動手蒙住馬的眼睛。

黑虎塚有剽牛習俗，剽牛前都要用黑布蒙上牛的眼睛，剽牛者因此可以減少殺生的心理負擔，據說也可避免冤死的牛從陰間回來報復剽牛者。

白珊瑚絕不是那種性格軟得像糯米團似的騸馬，誰都可以靠近觸摸，恰恰相反，白珊瑚的血統屬於馬中貴族，性子剛烈而自尊，不是很熟悉的人休想靠近牠，更別說觸摸牠了。假如牠沒被韁繩拴在馬廄或木樁上，陌生人走到離牠還有兩、三米遠的地方，牠就會扭身避開，始終保持一個恰當的警戒距離。假如牠是被韁繩拴在馬廄或木樁上，陌生人靠近牠時，牠會從鼻孔噴出粗氣，威脅地咴咴嘶鳴，或者抬起前蹄踩踏，或者轉過身來尥蹶子。

曾發生過這麼一件事，三年前馬戲團到中緬邊境重鎭芒市去演出，從金三角來了一位盜

馬賊，半夜偷偷溜進馬棚，想盜走白珊瑚。該盜馬賊祖孫三代都幹這檔營生，祖傳手藝，練就一手盜馬絕技，據說凡是被他相中的馬，沒有哪匹能逃脫被盜命運，闖蕩江湖三十餘年，從未失過手，在金三角一帶頗有名聲，人稱牽馬仙。

這傢伙果然有絕活，穿一身夜行黑衣，蜥蜴似地爬進馬棚，冷不防噌地在白珊瑚面前站了起來，白珊瑚嚇了一跳，本能地張嘴想叫喚，還沒等牠發出聲來，牽馬仙眼明手快，將一大坨蜂蜜拌炒的米粉塞進馬嘴，叫聲被堵了回去，又香又甜的美食已經在嘴巴裏了，吐掉怪可惜的，貪食是一切生命的本性，馬嘴不由自主地咀嚼起來，牽馬仙又飛快將一籠特製的臉罩套到馬頭上。白珊瑚覺醒自己上當了，想把蜂蜜拌炒米粉吐出來，已經遲了，馬嘴已被特製的臉罩卡住，無法張開了。

出於自衛的本能，白珊瑚舉起前蹄踩踏，牽馬仙早有準備，瘦小的身材比猿猴還靈活，在馬蹄剛剛抬舉起的瞬間，扭身閃到馬頸下，熟練地將兩隻專門盜馬用的棉套套在了馬前蹄上。白珊瑚一看前蹄踩踏不起作用，便掉轉馬頭想用馬的撒手鐧——尥蹶子來對付盜馬賊，狡猾的牽馬仙早就蹲到馬肚子底下去了，馬後蹄剛離開地面，又手腳麻利地唰唰兩下，用厚厚的棉套將馬後蹄也套住了。牽馬仙這才不慌不忙解開橫桿上的韁繩，把白珊瑚從馬棚拉到院子。

正值凌晨三點，守夜的保全人員蜷縮在椅子上已進入夢鄉。馬嘴被臉罩卡住，想叫也叫不出來，馬蹄被棉套套住，走在石板上悄無聲息，想用馬蹄聲報警也是枉然，韁繩也抓在盜馬賊手裏，白珊瑚被迫跟著盜馬賊往院門外走。牽馬仙心裏樂滋滋的，到了這個份上，盜馬就算盜成功了，可以說是三隻指頭捏田螺——十拿九穩。

院門已被打開，還差幾步就要跨出門去了，白珊瑚馬蹄蹬著地面，不管韁繩拉得有多緊，再也不願往前走。牽馬仙瘦削的臉上浮起奸笑，抽出隨身攜帶的一根約一米長的細竹棍，棍梢綁著半寸長的鐵釘，俗稱斷魂棍，照準馬脖子輕輕點了一棍，沒有發出棍子抽打的聲響，那銳利的鐵釘扎進馬皮，就像被黃蜂螫了一口，白珊瑚身體忍不住抽搐，繃得鐵緊的馬腿因抽搐而鬆勁，牽馬仙趁機猛烈拉拽韁繩，白珊瑚身不由己往前跨了兩步。馬腿已站在院門口了，牽馬仙在門外，白珊瑚在門內，一個拽緊韁繩用力要把對方拉出門去，一個繃直四條腿，竭力不讓對方企圖得逞，雙方又處於拔河比賽狀態。

牽馬仙故伎重演，又揚起斷魂棍來點擊馬脖子，這一次，沒等鐵釘扎進馬皮，白珊瑚突然朝前跨躍兩步，後拉力驟然變成前衝力，就像拔河比賽時一方突然放鬆了繩子一樣，牽馬仙沒有任何防備，仰面跌倒在地，沒等他爬起來，憤怒的白珊瑚已衝了過來，馬前蹄雨點般踩踏到他的身上，雖然馬掌上套著棉套，就像拳擊手戴著拳擊手套，打擊力和傷害程度降低了許多，但結實的馬腿外加馬身體的重量，那馬蹄仍是厲害的武器，踩踏得牽馬仙在地上抱頭打滾，胸部和大腿被踩得青一塊紫一塊，鼻子被踏歪了，好幾顆門牙也被踏斷了，怕驚醒保全人員，既不敢叫救命，也不敢哭出聲，好不容易爬了起來，還沒等他站穩，白珊瑚已迅速掉轉馬頭，勾緊馬臉，挺動馬腰，玩了個漂亮的尥蹶子，兩隻後馬蹄剛巧蹬在牽馬仙的

屁股上，牽馬仙人瘦體輕，被蹬得飛了起來，重重撞在院門上，哐啷一聲，院門也被砸落下來，人們從睡夢中驚醒，奔出屋子，不費吹灰之力就把赫赫有名的盜馬賊給生擒了。

事後牽馬仙哀嘆說，他這輩子共盜得四百零七匹馬，從沒遇見過像白珊瑚這般脾性如此倔強的馬，馬嘴被臉罩卡死了，馬蹄被棉套套住了，韁繩緊緊拽在人家手裏，馬脖子也被斷魂棍刺傷了，卻還不肯屈服，不肯服輸，不肯就範，更讓他萬萬沒有想到的是，白珊瑚竟然還會使用計謀，在雙方拼命拉扯時，突然鬆勁並就勢朝前跨躍，把他摔得四仰八叉。這傢伙說，栽在白珊瑚身上，他不覺得冤枉，也不算辱沒他的名聲。

就這麼一匹性格剛烈的馬，就這麼一匹高貴自尊不願讓陌生人靠近的馬，當那位年輕漢子用黑布綁紮牠的眼睛時，竟然沒有絲毫反抗，既沒有舉蹄踩踏，也沒有扭頭躲閃，聽任一雙陌生的手在牠臉上摸來摸去，順從得就像一匹用木頭雕出來的死馬。

只有一種解釋，白珊瑚目睹妻阿甲被埋進土裏，曉得是因爲自己過錯導致主人死亡，牠意識到自己犯下不可饒恕的彌天大罪，已放棄求生的想法，願意接受最嚴厲的處罰。

沒費多大勁，就把白珊瑚的眼睛給蒙上了。

老村長雙手捧著一個刻著經文念過咒語的大木碗，高高擎過頭頂。這是一個信號，四位年輕漢子東南西北四個方向圍住了白珊瑚，古銅色的臉莊嚴狂熱，裸露的胸脯和雙臂飾有神秘的紋身圖案，揮動長矛跳起拙樸的祭神舞。

這是古老的拜祭儀式，也是剽殺生靈的前奏。當他們順繞三圈逆轉三匝後，閃耀寒光的長矛就會無情地扎進馬的身體，老村長將用那個祖宗留傳下來的大木碗，像從自來水龍頭接水一樣，從長矛戳穿的血洞盛一碗熱騰騰的馬血，祭灑到婁阿甲的墳上。

血色黃昏，給大地塗上一層淒豔的色彩。

高導演嘆息一聲把頭轉了過去，想要保全白珊瑚的希望破滅了，他不願欣賞這血淋淋的剽殺場面。

白珊瑚佇立在墓碑前，仍是垂首默哀的姿勢，靜靜等待厄運降臨。

人與動物發生糾紛，動物傷害了人，不管是誤傷還是兇殺，都是動物的錯，殺你沒商量，人類制定的法律，那當然是偏袒人類的。

四位年輕漢子已經順繞三圈並逆轉兩匝，手中的長矛已分別指向馬身體的各個部位，一場血腥的殺戮即將展開。

就在這節骨眼上，突然，婁阿甲七歲的女兒婁樓尖叫一聲，從媽媽的懷裏掙脫出來，像蝴蝶一樣飛奔到白珊瑚身旁，抱住一條馬腿放聲大哭起來：

「嗚嗚，不要殺牠，牠是我的朋友，嗚嗚。」

四位年輕漢子不得不停止跳祭神舞，不得不停止揮舞長矛，徵詢的目光投向老村長。

婁阿甲生前經常帶著寶貝女兒到馬廄玩，婁樓還騎在白珊瑚背上照過許多相，彼此熟悉得就像老朋友。白珊瑚雖然馬眼被黑布蒙住，但用耳朵聽、用鼻子聞，也能判明是誰來到牠身邊，牠緩慢扭過頭去，伸出舌頭在婁樓辮梢上輕輕舔吻。

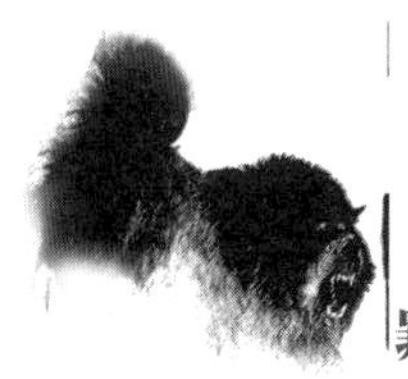

「小孩子家，不許胡鬧！」老村長皺著眉頭來拉簍樓。「牠是害死妳爸的罪魁禍手，我們是在懲罰兇犯，妳難道要包庇害死妳爸的罪馬嗎？」

「嗚嗚，假如是我突然看見一條蛇躥出來，嗚嗚，我也會嚇得逃走的，嗚嗚，這不能全怪牠呀！」簍樓哭著替白珊瑚辯解。

「簍樓乖，簍樓最聽大人話了，把手鬆開。」老村長哄勸道。

簍樓非但沒有鬆手，反而把馬腿抱得更緊了。

老村長朝弔唁人群中一位中年婦女招招手，做了個讓她把簍樓抱走的姿勢。中年婦女一手摟緊簍樓的腰，另一隻手扳鬆簍樓的手指，強行要把簍樓從白珊瑚身旁帶走。

簍樓踢蹬著腿拼命掙扎，尖起嗓子嚎叫：「爸爸，快來呀，救救白珊瑚，他們要殺你最心愛的馬啦！」

歐陽花貝長長嘆息一聲，邁動像灌滿鉛一般沉重的雙腿，走到墓碑前，拍拍那位中年婦女的肩，示意她放掉簍樓，又解開蒙住馬眼的黑布，哽咽著說：

「求大家放過這匹白馬吧。阿甲生前最喜歡這匹馬了。他和這匹白馬照的相，比和我照的相多得多。他不止一次跟我說過，我們家不是三口人，而是四口人。他確確實實把這匹白馬看作是我們的家庭成員。剛才高導演對我說，阿甲臨終前留下的最後一句話，是要我們別爲難這匹白馬。我相信高導演沒有誆騙我，我相信阿甲的確會這麼說。放過這匹白馬，原諒牠的過失，阿甲在九泉之下也會含笑對你們說聲謝謝的。」

連死者的妻子與女兒都不贊成血祭，其他人當然就不好再堅持非要這麼做了。老村長悻悻地甩袖而去，四位年輕漢子也收起長矛，跟著老村長頭也不回地下山去了。人們發現，白珊瑚的眼睛裏潮乎乎的，似乎蒙著一層淚水。

高導演朝歐陽花貝深深鞠了個躬，激動地說：「我代表陽光大馬戲團，謝謝妳的善良和寬容。」

下鄉慰問演出結束了，全體人馬回到昆明。

馬術隊除了婁阿甲外，還有一個名叫屠清霞的女演員。小屠是藝術學院馬戲專業畢業的高材生，到陽光大馬戲團工作已有兩年，與這群奧德賽競技馬相處得挺和諧。她很快發現，白珊瑚從黑虎塚回來後，好似換了一匹馬，整天耷拉著腦袋，一副愁眉苦臉的樣子。以往，她給牠刷毛，牠會撩起拂塵般潔白的馬尾巴，輕輕拍打她的身體，以表達感激之情；現在，她辛辛苦苦給牠刷毛，牠就像塊無感覺的石頭，什麼表示也沒有。以往，要進行訓練或排演新節目了，她只要站在馬廄外吆喝一聲，牠立刻精神飽滿地奔出來，揚鬃奮蹄嘶鳴，態度很積極；現在，她在馬廄外喊破嗓子，牠也耳聾似的沒有反應，必須她跑進馬廄抓住轡轡，才能把牠牽到訓練場，態度變得非常消極。

以往，牠的頭馬意識強烈，在訓練時，其他幾匹演出馬動作出現紕漏，或者偷懶貪玩，思想開小差，不用馴獸員督促，牠會主動出面干預，鼻孔打著響鼻，發出威嚴的嘶鳴，進行

嚴厲警告，迫使調皮搗蛋者乖乖就範；現在，其他演出馬即使賴在馬廄裏不肯出來參加訓練，牠也聽之任之，不加任何管束，訓練時，有的演出馬走錯了步子，隊形亂得一團糟，牠也無動於衷，似乎什麼都沒看見。馬是群體意識很強的動物，頭馬的行爲對馬群具有示範和表率作用，頭馬的精神狀態對馬群具有很大影響，其他五匹馬也很快變得情緒低落，死氣沉沉。

小屠把情況向高導演作了彙報，她擔心這樣下去，生氣勃勃的馬隊會變成一盤散沙。

高導演說：「馬是講感情的動物，白珊瑚剛失去心愛的主人，就像人死了親屬還在服喪期一樣，悲痛還沒有過去，免不了會影響情緒，再過一段時間就會好的，時間會撫平心靈的創傷。哦，妳要待牠好一點，加強感情交流，幫助牠消解哀傷，儘快恢復正常。」

小屠是個對工作很負責任的姑娘，她索性把鋪蓋搬到馬廄旁小木屋，不分白晝黑夜與這群表演馬廝混在一起。對白珊瑚，她照顧得格外細心，以往是一天刷一遍毛，現在是每天刷兩遍毛，過去是有演出任務餵精飼料，沒有演出任務餵精、粗飼料搭配的混合飼料，現在是不管有沒有演出任務，一律餵精飼料。

爲了增加彼此感情，她延長白珊瑚的遛腿時間，由原來的每天半小時改爲每天一小時。半夜醒來上廁所，也會拐個彎去到馬廄，或往食槽裏添把料，或往水槽裏添缸水。俗話說，精誠所至，金石會開，她希望透過自己的努力，能讓白珊瑚的情緒振奮起來，讓渙散的馬隊恢復正常秩序。

然而，事與願違，心血與感情彷彿扔在水裏，三個月過去了，白珊瑚仍然灰心喪氣的樣子，低落到冰點的情緒絲毫也沒有升溫的跡象，時間未能癒合牠心靈的創傷，恰恰相反，就像釀酒一樣，時間越長苦酒越濃味道也越苦。有好幾次，在舞臺上演出時，演著演著，白珊瑚突然就停下來了，像癡呆馬似地站在舞臺上發愣，馬隊正在排列對稱的隊形，或者群馬正在表演馬步迪斯可，馬隊表演是個整體，牠停下不演了，其他馬想演也演不成了，隊形排列立刻就散了架，常常造成舞臺秩序混亂，已發生多起「亂場」事故，觀眾頗有微詞。

所謂「亂場」，是馬戲團的專用術語，是指由於馴獸員指揮失誤或其他原因，動物演員在舞臺上不聽使喚，胡亂鬧騰，將節目演砸了。

這樣下去當然不行，高導演親自出面，當白珊瑚再次在訓練場不聽使喚消極怠工時，他將牠拴在柱子上，嚴加訓斥。

馬是有靈性的動物，馬犯了過失，主人厲聲呵斥，往往就能讓馬明白做錯了什麼，從而改正缺點並修正自己的行爲。

高導演用鞭子抬起馬的下巴，人眼瞪馬眼，人眼射出兩道威嚴的光：

「你給我好好聽著，妻阿甲死了，你很內疚，也很難過，這我們能理解。可事情過去四、五個月了，你還這樣萎靡不振，這也實在太過分了吧！當初沒把你剽殺血祭，留下你的性命，不是讓你淒淒慘慘無休無止悲痛下去的，而是要你更努力地演好馬戲節目，你要搞清楚了！」

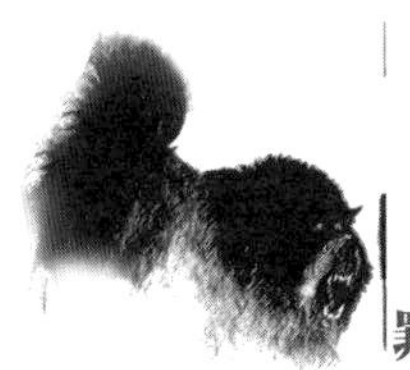

白珊瑚目光依然淒迷，馬頭扭轉去，顯示對這套說教絲毫不感興趣。

高導演火了，揮動馬鞭，啪地一聲抽在馬耳朵上，吼道：

「你這個不知好歹的東西，你是要跟誰過不去呀？你再不好好參加訓練和演出，我就用鞭子抽爛你的屁股！不不，我要把你扔到虎籠裏去餵老虎！」

馬耳朵是馬身體上的敏感部位，趕過馬車的人都知道，當馬懶惰疲憊時，抽一鞭馬耳朵，馬立刻會驚跳起來，精神亢奮地拉著車狂奔。可以這麼說，鞭抽馬耳朵，對馬而言，具有震聾發聵的驚醒作用。

然而這絕招在白珊瑚身上卻失靈了，馬鞭抽中耳朵的瞬間，牠也驚跳嘶鳴，渾身肌肉繃緊，馬眼閃閃發亮，好像真的把魂給抽醒了，但數秒鐘後，卻又垂首默立，眼睛也恢復到黯然傷神的狀態。

更讓高導演沒想到的是，自打抽了馬耳一鞭，白珊瑚就再也不肯吃東西，把馬最愛吃的麥麩炒得香噴噴，捧到牠嘴巴前，牠卻聞了聞便把頭扭轉開去。每天只喝一點清水，其他什麼都不吃。請獸醫來檢查，查不出毛病。顯然，牠絕食了。

高導演聽到彙報後，臉色氣得鐵青，咬牙切齒地說：「鳥為食亡，沒聽說過有什麼動物願意守著食物餓死的。我看牠能堅持多久？」

兩天過去了，白珊瑚沒有進食，第三天，牠已餓得頭暈眼花，走起路來都搖搖晃晃了，仍拒絕進食。牠已無法進訓練場，當然更不能登臺演出。牠總是有氣無力地站在馬廄西南角，默默眺望遠方，馬眼裏有一種望眼欲穿的企盼，牠所面對的方向，就是去往哀牢山黑虎塚的方向，換句話說，就是埋葬婁阿甲的地方。

高導演再也沉不住氣了，一匹價值六萬美元的奧賽特競技馬絕食身亡，不僅會給陽光大馬戲團帶來巨大經濟損失，傳揚出去的話，也會成爲馬戲界的笑柄，成爲人家閒聊時的笑料。有句俗話叫唯馬首是瞻，意思就是馬群裏有一匹領頭馬，其他馬都望著這匹頭馬，頭馬奔跑就跟著奔跑，頭馬躺臥就跟著躺臥。更讓高導演坐臥不安的是，現在頭馬白珊瑚絕食了，其餘五匹馬雖然沒跟著絕食，卻也不願接受訓練和登臺演出了。

馬戲團，顧名思義，就是用馬演戲的劇團。按《辭海》解釋，馬戲是由馬術演變而來的。馬是人類最早馴化的家畜之一，考古證明，馬進入人類生活的歷史，起碼可以追溯到一萬年以前的新石器時代。很長一段時間，人們以馬代步，以馬拉車，以馬馱運貨物，車有馬車，兵有騎兵，運輸東西有馬幫，連象棋上都有八面威風的馬，馬在人們的日常生活中扮演著重要角色，養馬、馴馬、騎馬、馭馬，成爲流行職業。

馬匹有優劣，技巧分高低，遂形成專業馬術表演者。這些人身手矯健，或在馬背上翻騰，或懸吊在馬肚子下疾駛，或揮刀射箭展示好武藝，或從馬背上俯身爭搶地上的羊羔，以贏得圍觀者喝采，賺取幾文賞錢養家糊口。久而久之，翻來覆去老一套馬術動作，觀眾漸生厭煩之心。

爲籠絡看客，在激烈的市場競爭中站穩腳跟，有些機靈的馬術表演者便開動腦筋，除馬匹外，另馴養猴子、黑熊、小狗、山羊、八哥、鸚鵡等類動物，依據牠們的特長，做一些或令人驚訝或令人讚嘆或令人捧腹的動作，穿插在馬術表演中，人與各種動物共同表演雜技節目，這就是馬戲團的雛形。

可以這麼說，馬是馬戲團最重要的動物演員，不可缺少的角色。一個大馬戲團，節目單上沒有馬兒表演的節目，沒有馬術表演，就等於沒有傳統，沒有正統的表演，沒有金字招牌，那是很煞風景的事。

沒辦法，只有請歐陽花貝出面幫忙。婁阿甲還活著的時候，經常帶妻女騎著白珊瑚到滇池邊兜風，有時還把白珊瑚帶回自家小院玩耍，白珊瑚與歐陽花貝也非常熟悉，也許歐陽花貝能規勸白珊瑚放棄愚蠢的絕食念頭。

高導演把情況跟歐陽花貝說了一遍。歐陽花貝輕聲責備道：

「你不該朝牠大吼大叫的，更不該用鞭子抽牠的耳朵。婁阿甲從小把牠養大，從沒有動手打過牠，也捨不得罵牠，比寵女兒還寵牠。牠的自尊心可強了，有一次，阿甲到北京開會，半個月後回來，早晨去上班，同以往一樣，他還沒有走到馬廄，白珊瑚就興奮地咴咴嘶鳴，奔到院牆門口，馬蹄不停地刨踢木門，擺出熱烈迎接主人到來的姿態，偏偏這個時候，有人喊阿甲去辦公室開會，阿甲來不及進馬廄，拐了個彎去辦公大樓了，等中午開完會後再去到馬廄，白珊瑚動氣了，躲在馬廄角落裏不出來，阿甲跑過去叫牠的名字，牠也面壁而立不予理睬，阿甲又氣又好笑，也沒有辦法，只有陪笑臉好言哄勸，三天後，牠那張馬臉才陰轉晴。」

「我要是早知道牠這般德行，我也不會去抽牠的耳朵。」高導演懊惱地說，「現在後悔也晚了，所以只有來求妳幫忙了。」

「我試試看吧。」歐陽花貝說，「我也沒把握，盡力而爲吧。」

「拜託了，妳也是馬戲團的人，這是上級交給妳的一項特別任務，妳一定要幫我解決這個棘手的難題。」高導演懇求道。

當天下午，歐陽花貝就去到馬廄。白珊瑚鬃毛凌亂，滿臉憔悴，已因拒食而瘦得身上肋骨一根根突兀出來，見到她，牠慢慢走過來，馬臉摩蹭她的肩膀，感情依然顯得很親密，可當她抓起一把香噴噴麥麩時，牠卻把頭扭開了。

她揪住轡嚼，將麥麩往馬嘴裏塞。牠雖然沒有用力掙扎，但馬嘴緊閉，不肯妥協。她不管三七二十一，將淡鹽水拌濕的麥麩搓成細條，糊在馬齒與馬唇間，強制餵食。

牠閉著眼睛一動不動，任憑她擺佈。可當她一鬆手，牠就使勁搖晃馬頭，把黏在唇齒間的麥麩統統甩掉，好像還嫌吐得不夠徹底，馬嘴在草地上擦了又擦，把唇齒間沒有甩乾淨的麥麩屑粒抹得乾乾淨淨。

歐陽花貝有點氣餒，可又不甘心就這麼敗下陣來，想了想，跑回家去，從櫥櫃裏翻出一件妻阿甲生前經常穿的花格毛呢休閒裝，還取了妻阿甲的遺像，又回到馬廄。

她先把那件花格毛呢休閒裝展現在白珊瑚面前，白珊瑚嘴吻伸過來聞了聞，失神的馬眼突然像螢火蟲似地閃亮，身體瑟瑟顫抖，咴——發出悲戚的嘶鳴。

馬的嗅覺非常靈敏，毫無疑問，白珊瑚從這件舊衣裳上聞到了十分熟悉的氣味，一種生生死死都無法忘懷的主人的氣味。

解剖學表明，許多哺乳動物大腦裏都有一個氣味記憶庫，生命過程中所有的接觸與體驗，都會轉化爲氣味資訊儲存在氣味記憶庫裏，親朋天敵，善惡美醜，是非曲直，都分門別類貼上了氣味標籤，氣味記憶庫又與大腦皮層的情感區域緊密貫通，一旦聞到了某種氣味，立刻會有相應的情緒反應，喜怒哀樂，歡愉淒愁，甜蜜悲苦，盡在其中。

接著，歐陽花貝又舉起了遺像。婁阿甲這幀照片照得很清晰，雙目炯炯有神，嘴角凝固永恆的微笑。白珊瑚一步跨到照片前，鼻孔呼呼噴著粗氣，馬脖子彎曲扭動，朝著遺像做出交頸廝磨的動作。

對馬來說，交頸廝磨是最親暱的社交舉動，只有從小養大並關愛備至的馬，才會對主人這般纏綿。遺像是平面而沒有質感的，再傳神的遺像，也替代不了活生生有血有肉的人。白珊瑚馬臉觸摸到的是沒有生命、沒有感覺，冷冰冰的玻璃鏡框，可牠仍不斷做出交頸廝磨的姿勢，四隻馬蹄急促地踢蹬地面，透露內心的無比激動。

刻骨銘心的思念，生死相隨的依戀。

「白珊瑚啊白珊瑚，你知道嗎，他臨死前留下的最後一句話，就是要我們別爲難你。他要你活著，你懂不懂？他雖然到另一個世界去了，可我相信，他的眼睛永遠在看著你。你不吃東西，你不參加訓練和演出，整個馬隊都被你攪亂了，你不僅僅是在糟蹋你自己的生命，你也是在踐踏他對你的信任和愛，這樣做你對得起誰呀！」

歐陽花貝說得很懇切，說得很動情，觸動了喪夫的悲哀，眼淚止不住奪眶而出，聲音哽咽，抽抽泣泣，哭得十分傷心。

白珊瑚圍著歐陽花貝轉圈，馬眼淚花閃爍，一會兒親吻那件花格毛呢休閒裝，一會兒輕輕用馬臉摩蹭她的頭髮，看得出來，牠與她沉浸在同樣的悲傷之中，眼裏流的是同樣的淚，心尖滴的是同樣的血。牠不會說人類寬心的話，牠只能用身體語言，給予她無言的慰藉。

「你要是真心疼我，你要是真懷念阿甲，你就不能再糟蹋自己的身體。」歐陽花貝抓起一把麥麩送到白珊瑚嘴邊，將那幀遺像同時送到馬眼前，「是他要你吃東西，他希望你活著，希望你永遠是匹活躍在馬戲舞臺上的最優秀的表演馬。」

讓人欣慰的事發生了，白珊瑚張開嘴，大口咀嚼香噴噴的麥麩。

一場史無前例的動物絕食鬥爭，頃刻間煙消雲散，化爲烏有。

白珊瑚本來就是一匹良種馬，年富力強，體格健壯，自打放棄絕食後，餵了半個月精飼料，瘦削的身體很快就變得強壯起來，皮毛恢復閃閃發亮的銀白色，四肢肌肉重新變得緊湊飽滿，精神狀態也大有改觀，兢兢業業訓練，認認真真演出，又變得像匹意氣風發的演出

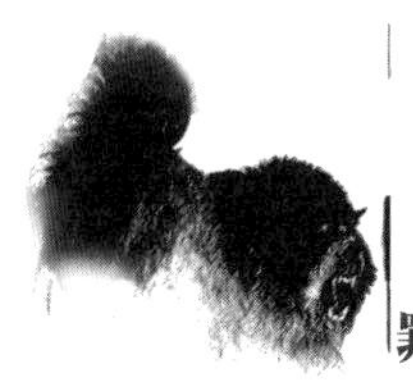

馬。

由於頭馬的表率作用，馬隊恢復了生機勃勃的景象，又能在舞臺上紅紅火火演出，贏得觀眾的掌聲與喝采，再沒有發生過亂場現象。

表面看，似乎一切都恢復了正常，但馴獸員屠清霞發現，與以前相比，白珊瑚身上還是發生了某些令人擔心的變化。首先，牠那雙細長的馬眼，似乎還留著一絲淡淡的憂傷。再者，進到馬廄後，除了進食飲水，牠總喜歡佇立在西南角，眺望天邊五彩雲霞，有時一站就是兩個小時。小屠知道，牠天天眺望的方位，正是去哀牢山黑虎塚的方向。最顯著的變化，是牠要把頭馬的位置讓給那匹名叫眉心紅的大公馬。

一群馬中間，只有一匹馬是發號施令的頭馬，其餘的馬都是聽命於頭馬的臣民。頭馬是一種崇高榮譽，頭馬是一種耀眼光環，頭馬是一種權力象徵，頭馬是一種價值體現，頭馬是一種珍貴身分。像許多具備群體意識的動物一樣，馬群中存在爭奪頭馬寶座的暗潮激流。誰都想做老大，誰都想乾坤獨斷唯我獨尊，誰都想吃得好住得好成為馬上馬，免不了會有野心家和權力渴望者。

眉心紅就是這麼一匹做夢都想登上頭馬寶座的野心勃勃的大公馬。這傢伙牙口六歲，對馬來說，屬於風華正茂的年齡。體格健壯，標準的高頭大馬，四條馬腿栗子肉凹凸如石頭，馬鬃飄拂，長長的馬尾如白雲纏繞，確實是匹難得的好馬。與眾不同的是，牠的腦門中間，有一顆蠶豆大的紅痣，在銀白皮毛的襯托下，格外顯眼。眉心紅由此而得名。

牠的智力和牠的體形同樣漂亮，馬術技巧可與白珊瑚媲美，馬戲表演也和白珊瑚不相上下。也許正因爲形象頗佳、才華出眾，自以爲了不起，牠不大把白珊瑚放在眼裏，顯得桀驁不馴。進食時，其他馬都規規矩矩吃自己面前食槽裏的料，就牠不肯安分守己，會冷不防扭過頭去，搶奪白珊瑚的飼料。這已經不是普通的饞癆鬼搶食，而是對尊者的有意冒犯。

從馬廄去往訓練場，其他馬都排成一路縱隊，默默跟在白珊瑚後面，就牠不肯乖乖跟隨，走著走著，突然就從隊伍裏躥出來，或者用嘴啃咬，或者用身體擠撞，把前面的馬推搡開，一直衝到白珊瑚身後，佔據馬隊第二把交椅的位置，仍覺得不過癮，又用馬頭叩擊白珊瑚的腰，企圖把白珊瑚擠兌開，自己跑到馬隊的最前面去。這已經不是一般的調皮搗蛋了，而是對頭馬的肆意挑釁。

婁阿甲生前早就發現眉心紅有搶班奪權的不良傾向，曾不止一次地用馬鞭指著牠的鼻子呵斥：「你給我聽著，老老實實做馬，不准你造白珊瑚的反，不然的話，我就用鞭子抽爛你的屁股！」

雄性都是社會地位的角逐者，膨脹的權力欲豈是幾句呵斥就能鎮壓得下去的。眉心紅仍然我行我素，一有機會就向白珊瑚發起挑釁，終於不可避免爆發武力衝突。

那是一年前的事了，那天早晨，屠清霞帶著馬隊到訓練場，排演一個名叫「白馬向太陽」的新節目。

節目是這樣編排的：有一個直徑一米的大紅塑膠球，六匹白馬圍成圓圈，用馬嘴頂著塑

膠球，勾緊前肢直立起來，六隻馬頭將大紅塑膠球托舉到空中，然後順時針方向旋轉數圈。這個節目難度並不算大，都是訓練有素的奧賽特競技馬，直立旋轉是最基本的馬戲動作，關鍵是要步調一致，才能排演成功。

這種時候，頭馬所起的作用是非常大的，當馴獸員發出表演指令後，其他馬都看著頭馬，頭馬的嘴觸碰到大紅塑膠球，其他馬也會跟著用嘴把大紅塑膠球頂起來，頭馬開始跨出橫步，其他馬也會跟著舉步轉圈。唯馬首是瞻，心往一處想，勁往一處使，節目就能排演得很圓滿。

可眉心紅偏偏就要暗中作對，當白珊瑚做出用馬嘴頂球的暗示後，其他馬都同時低下頭去用馬嘴頂球了，眉心紅卻仍高昂著頭，因爲用力不勻，因爲圓圈有缺口，那大紅塑膠球才舉到與馬頭平行的高度，便滾落下來。眉心紅搗蛋成功，高興得哼哼打響鼻。

屠清霞不得不出面干預，在眉心紅脖子上捶了兩拳，牠才老實一點。

好不容易把球給托舉了起來，在白珊瑚的帶領下，六匹馬踩著整齊的步子，順時針方向慢慢旋轉。突然，眉心紅逆時針方向轉動，把旁邊那匹馬撞了個趔趄，引起連鎖反應，整個馬隊東倒西歪，漂亮的舞蹈隊形立刻崩潰散架，大紅塑膠球又掉落在地。眉心紅還衝著白珊瑚咴咴嘶鳴，馬臉一派譏諷神情，彷彿在說：

「妳看妳，連這麼簡單的一個節目都指揮不好，占著茅坑拉不出屎，不如自動退位，由我來當頭馬，我絕對比妳指揮得好！」

這是故意破壞，惡意排擠，有意挑釁。白珊瑚再不採取行動的話，必將威信掃地，大權旁落，今後甭想再領導這支馬隊了。牠衝到眉心紅面前，舉起前蹄朝眉心紅身上踩踏。牠是頭馬，牠有權懲罰害群之馬。眉心紅可不是省油的燈，本來就想找碴打架，只愁找不到機會呢。牠立刻舉蹄反擊，乒乒乓乓，互相踢來蹬去，哼哼唧唧，你啃我一口我咬你一嘴，訓練場變成了戰場，展開一場爭權惡鬥。

當時訓練場上只有屠清霞一個人，衝上去勸架，無奈勢單力薄，根本勸解不開，雙方都鬥紅了眼，抽馬鞭也無濟於事。

眉心紅年輕體壯，又是公馬，體力上有優勢，性別上也佔有優勢，很快就佔據上風，把白珊瑚打得節節後退。

這時候，另一匹年輕的公馬跳將出來，幫著白珊瑚，揚鬃嘶鳴，朝眉心紅發起反擊。這匹半路殺出來的公馬，當時牙口三歲，屬於青春派公馬，也是流線型身體，也是冰雪般潔白的皮毛，也是一雙罕見的藍眼睛，大名就叫藍寶貝，是白珊瑚的親生兒子。

白珊瑚共生育兩胎，除了藍寶貝，還有一匹名叫雪姬的一歲齡小母馬。雪姬年齡尚小，還沒編進動物演員花名冊，還不算馬隊的正式成員。

二對一，以眾敵寡，力量對比立刻發生逆轉。眉心紅受到兩面夾擊，顧了頭顧不了尾，剛剛躲過白珊瑚的尥蹶子，背後卻遭到藍寶貝猛烈攻擊，被活生生啃掉一綹馬尾巴。牠掉轉馬頭來對付藍寶貝，腹部又被白珊瑚前蹄重重踩了兩下。牠雖然腹背受敵，被動挨打，卻不

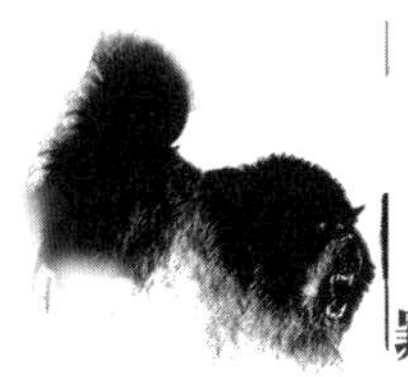

乏拼命三郎精神，仍頑強抵抗，發瘋般地嘶鳴啃咬，兇狠地連續不斷尥蹶子。藍寶貝後腿被踢裂了一條血口，白珊瑚鬃毛也被啃掉了一口。

權力鬥爭你死我活，充滿血腥味。

正打得不可開交，婁阿甲聞訊趕到，與屠清霞一起用木棒和馬鞭將雙方分開。

婁阿甲很瞭解眉心紅的德性，曉得又是牠在尋事生釁，給牠套上結實的轡繩，緊緊拴在柱子上，左右開弓揮動馬鞭，咬牙切齒叱罵：

「你這匹劣馬，你這個孬種，看你還敢惹是生非！」

細長馬鞭像條黑色靈蛇，饑渴地舔吻眉心紅的屁股。白毛飛旋，肌肉飽滿的臀部爆起一條條紅蚯蚓似的血痕。

轡繩放得極短，馬嘴幾乎貼在柱子上了，這種拴馬方式，就像把犯人五花大綁了，使受鞭笞的馬無處躲藏。眉心紅撕心裂肺地嗚叫，四隻馬蹄胡亂踢踏，圍著柱子小範圍避閃，卻根本不管用，馬鞭仍雨點般落到牠身上。黑色的馬鞭被血染紅，馬的嘶鳴聲漸漸嘶啞。婁阿甲打累了，這才罷手。

整整一個星期，眉心紅只能瘸著腿走路。

這頓暴揍打掉了眉心紅的威風，挫敗了眉心紅的銳氣。也許牠看出來了，白珊瑚受主人寵愛，有主人撐腰，自己爭奪頭馬寶座的希望是非常渺茫的。也許牠經過掂量，覺得白珊瑚和藍寶貝母子聯盟，自己勢單力薄很難取勝。也許毒蛇似的馬鞭使牠吸取了血的教訓，再不敢輕舉妄動。反正從此以後，眉心紅再沒有搶奪領導權的不軌舉動，與其他幾匹表演馬一樣，在白珊瑚面前表現得很順從，進食時，再也不扭頭搶奪白珊瑚食槽裏的草料，到了訓練場上，也不再調皮搗蛋惡作劇，而是服服貼貼地聽從白珊瑚的調遣。

野心家脫胎換骨變成了馴服的良民。

可突然間，白珊瑚竟做出明顯姿態，要把頭馬位置禪讓給眉心紅。禪讓者，即用和平方式無條件地將王位奉送給繼承者。

那是在白珊瑚停止絕食的第三天，屠清霞吆喝馬隊前往訓練場。同以往一樣，白珊瑚走在隊伍的最前面，另五匹白馬跟隨其後。剛走出馬廄，進到狹窄的花園甬道，白珊瑚扭頭望望緊跟在牠身後眉心紅，突然朝旁邊跨了一大步，擠到花壇的牆根下，停了下來。

按照慣例，頭馬停了下來，後面的馬也都駐足觀望。白珊瑚眼睛盯著眉心紅，馬頭不斷朝前晃動，做出一種謙讓姿態，似乎是在告訴眉心紅：我已經讓出路來，請你先往前走吧。

眉心紅瞪起警惕的眼睛，不僅沒有朝前走，反而往後退縮了一步。

這可不是誰先誰後這麼簡單的問題。馬是一種以奔跑見長的動物，對馬來說，行進中的順序其實也就是地位排序，頭馬永遠是在整群馬的最前面。頭馬頭馬，就是領頭的馬，走在最前面，決定群體的去向，負責種群的安危，這既是頭馬的責任，也是頭馬的特權。超越頭馬，其實就是蔑視權威，犯上作亂。爭奪頭馬寶座，是高風險賭博，輸的可能性極大，贏的可能性極小，牠已有過慘痛的教訓，不願再重蹈覆轍了。

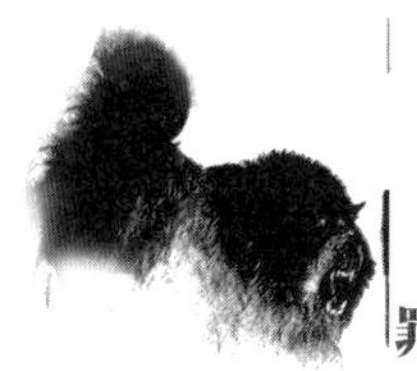

咴咴，白珊瑚柔聲嘶鳴。聲音也是一種形象，表達出友善的態度。牠再次往花壇牆根邊靠，讓出更寬敞的路來，示意眉心紅走到前面去。

眉心紅舉蹄欲往前走，才跨出半步，馬蹄剛剛落地，卻又像踩著火炭似地縮了回去。不難猜測牠的心理，埋藏在心底的權力欲其實並沒泯滅，很想過一把頭馬癮，可又有所畏懼，搞不清楚白珊瑚爲什麼要把頭馬位置空缺出來讓牠上，葫蘆裏到底賣的什麼藥？牠可能會有這樣的懷疑：這會不會是陰謀和圈套，誘使牠暴露出搶奪頭馬寶座的野心，然後再像上次那樣，母子兩匹馬夾攻牠一匹馬，還借主人的手用鞭子抽得牠皮開肉綻？

一朝被蛇咬，十年怕草繩，還是小心爲妙。

六匹高頭大馬擁擠在狹窄的花園甬道，堵塞了交通，屠清霞不知發生了何事，在後面大聲叫喚，催促馬隊快往前走。

白珊瑚顯得很焦急，用馬嘴叼住眉心紅的鬃毛，往前拉扯。眉心紅咴咴叫著，身不由己往前躥出兩步，走到馬隊最前列去了。白珊瑚緊跟其後，用額頭抵著眉心紅的屁股，推搡著牠往前走。

眉心紅走兩步就要扭頭往後看一眼，生怕白珊瑚趁機咬牠的尾巴或啃牠的臀部，走得提心吊膽，走得心驚肉跳。其實，牠的擔心純屬多餘。白珊瑚像個本份的臣民，規規矩矩跟隨在牠身後，走得踏實穩健，絲毫也沒有要捉弄牠的意思。

到了訓練場，這天是溫習一個名叫「馬步迪斯可」的老節目。錄音機播放搖滾音樂，六匹白馬排成前一中二後三的三角隊形，跟著音樂翩然起舞。

這三角隊形，是根據馬的地位和舞蹈水準來排列的。白珊瑚是頭馬，迪斯可跳得也最棒，理所當然站在三角隊形的尖端。眉心紅舞跳得也挺好，在馬群中的地位僅次於白珊瑚，所以排在中間左側位置。藍寶貝的舞藝在馬隊排名第三，站在中間右側位置。其餘三匹白馬，分別站在最後一排。

這個節目已經上臺演出過，無非是溫故而知新。六匹表演馬都曉得自己在這個節目中所扮演的角色，音樂一響，不用馴獸員吆喝拉拽，便各自走到屬於自己的位置，很熟練地排成三角隊形。

屠清霞剛要揮動小紅旗以示訓練開始，突然，白珊瑚扭頭離開了三角隊形的尖端位置，朝左拐來到眉心紅身旁，用身體將眉心紅擠撞開。眉心紅咴咴嘶鳴，彷彿在埋怨：你佔據了我的位置，那我站到哪裡去呀?白珊瑚馬頭聳動著，不斷朝三角隊形尖端位置點頭示意，用形體語言明確表達這麼一個意思：請你站到領舞的位置上去吧。

眉心紅偷偷瞟了三角隊形尖端位置一眼，眼神曖昧，既有幾分竊喜，也有幾分膽怯。那既是領舞者的位置，也是公認的頭馬位置。牠早就渴望能登上頭馬寶座，可上次權力爭鬥留給牠的教訓太深刻了，至今回想起來仍心有餘悸，牠不敢做得太露骨。

兩匹馬在那兒推讓擠撞，當然會影響訓練正常進行。

屠清霞不得不出面干預了，她來到白珊瑚身邊，撫摸光滑的馬脖子，指著三角隊形尖端

位置說：「你是頭馬，這個節目一向由你領舞的，你應該站到哪兒去！」

說著，她牽拉白珊瑚的轡嚼，想把牠拉到領舞者位置上去。讓她驚訝的是，白珊瑚四隻馬蹄像生了根一樣，怎麼也拉不動牠。

「妳究竟想幹什麼呀？」屠清霞厲聲發問。

白珊瑚馬頭抵住眉心紅的腰，一個勁往三角隊形尖端位置推搡。

「妳是想讓眉心紅代替妳領舞？妳是在犯傻，還是在犯賤？我沒有時間跟妳開玩笑，妳再不肯聽話，我可真的要讓眉心紅站到頭馬的位置上去了喲！」她拉住眉心紅的轡嚼，試探著往三角隊形尖端位置拉，觀察白珊瑚的反應。

白珊瑚嫻靜地站立著，對她動手把眉心紅拉往領舞者崗位，沒有任何反感的表示，恰恰相反，那雙馬眼溫柔地望著她，似乎在鼓勵她去這麼做。

倒是白珊瑚的兒子，那匹名叫藍寶貝的大公馬，很不滿意眉心紅與白珊瑚交換位置。當眉心紅站到領舞者崗位後，藍寶貝發出憤怒的嘶鳴，並揚鬃踢蹄擺出一副廝鬥的架勢。白珊瑚立刻跑攏過去，朝著藍寶貝的耳朵嚴厲嘶鳴一聲，用自己的脖子壓在藍寶貝額頭上，用力將藍寶貝氣勢洶洶高昂的馬頭壓得低垂下來，其實也就是把藍寶貝不滿的情緒給壓制下去。然後，白珊瑚又跑回三角隊形第二排左側位置，很規矩地站立待命。

眉心紅被屠清霞牽拉著，進兩步退一步，似乎也不願被牽到領舞者位置上去，扭擰馬頭做出抗拒的姿態，忸忸怩怩欲走還休，最終卻半推半就去到三角隊形尖端位置。

「那好吧，就由你來領舞！」屠清霞氣呼呼地拍著眉心紅的背脊說。

眉心紅揚起脖子咴地發出委屈的嘶鳴，彷彿是在向馬群聲明：不是我要篡奪頭馬的領舞權，大家都看清楚了，我身不由己，是主人逼我這樣做的！

牠雖然馬耳耷落，馬嘴噏動，好像很痛苦的樣子，可馬眼活潑地轉動，馬尾巴不停地左右揮甩，掩飾不住內心的喜悅和得意。

公平地說，由眉心紅來領舞，也未嘗不可。在這六匹馬中，眉心紅的地位僅次於白珊瑚，從演技來說，眉心紅雖然沒有白珊瑚那麼熟練，那麼富有舞臺經驗，可牠年紀輕，身體更高大健壯，皮毛更有光澤和彈性，也更有青春的氣息和生命的活力。

訓練開始了，眉心紅跳得很賣力，精神抖擻，激情澎湃。牠迪斯可本來就跳得不錯，馬逢喜事精神爽，第一次登上頭馬寶座，夢寐以求的事變成了現實，踏破鐵蹄無覓處，得來全不費工夫，所以舞姿格外優美，發揮得特別出色，領著五匹白馬一口氣跳了六支曲子，沒出現任何紕漏。

屠清霞注意觀察白珊瑚的反應，牠神色平靜，並沒有因為眉心紅佔據了牠的領舞位置而生氣或嫉恨。牠望著前面的眉心紅，跟隨著音樂的節奏，亦步亦趨，認認真真跳完每一個曲子。那順從的姿勢，那平穩的心態，就好像牠從來沒做過頭馬，從來就是眉心紅在統轄這個馬群，牠歷來就是處處看頭馬臉色行事的普通臣民。

這讓屠清霞感到迷惑不解，只聽說過馬群為爭奪頭馬寶座鬧得不可開交的事，卻從沒聽

說過有哪個馬群、哪匹頭馬會主動將頭馬寶座禪讓給屬下的臣民。太陽從西邊出來了，真讓人摸不著頭腦。

白珊瑚雖然牙口已十三歲，但還沒到年邁體弱的程度，奧賽特競技馬生理壽限爲二十五歲，藝術生命可保持到二十歲左右，應該說，白珊瑚還屬於年富力強的範圍。牠在頭馬位置上已待了許多年，建立起足夠的威望，連候補馬演員雪姬加在內，六匹臣民中，有兩匹是牠產下的兒女，統治地位是非常穩固的，至今爲止，馬群裏並沒出現任何信仰危機或政權危機。可突然間，牠卻平白無故地要把頭馬位置讓給眉心紅。

這種行爲，完全不符合馬的物種特性。她心裏隱隱不安，就把事情原原本本向高導演作了彙報，希望高導演能幫她找到一個合理的解釋。

高導演皺起眉頭沉思了一陣，說：「單獨地看，這確實很奇怪。可如果把這件事放在大半年前妻阿甲意外身亡的背景下去分析，白珊瑚的禪讓行爲還是可以理解的。牠一直懷著深深的內疚，認爲自己不配再當馬群的頭馬，類似於引咎辭職。哦，妳說牠的馬眼裏有一層淡淡的憂傷，還說牠喜歡佇立在西南角眺望哀牢山黑虎塚方向，這說明，牠至今還未能從事故的陰影中解脫出來，心力交瘁，身心疲憊，已無力再承擔頭馬的職責。」

「高導演，你分析得有道理。」屠清霞信服地點點頭，「那你說，我該怎麼辦？是要順水推舟讓眉心紅當頭馬，還是設法維持馬群的原有秩序？」

「與動物打交道，很多事情，順其自然要比人爲干預好得多。」高導演微笑著說，「白珊瑚已經十三歲多了，生理年齡和藝術生命都快要走下坡路了。眉心紅牙口六、七歲，就像早晨八、九點鐘的太陽，朝氣蓬勃，身體素質和馬技表演都是第一流的，讓牠當頭馬，也未嘗不可啊。」

「那好吧，我就順其自然。」屠清霞說。

沒想到，白珊瑚會捨得把藍寶貝踢倒咬傷。

馬屬於哺乳類動物。凡哺乳類動物，母獸用自己的乳汁餵養幼仔，都會表現出強烈的母愛。白珊瑚也不例外，藍寶貝是牠頭胎產下的馬駒，吃牠奶長大，當然百般疼愛。

藍寶貝還小的時候，要白珊瑚登臺演出，必須將藍寶貝牽到幕側牠一眼就能看到的地方，不然的話，牠就不肯上臺演出。有一次，藍寶貝患急性痢疾，怕傳染給其他演出馬，只有將牠牽出馬廄隔離起來。白珊瑚發瘋般地在馬廄裏轉圈奔跑，用身體猛烈撞牆，發出悲愴的嘶鳴，一副尋死尋活的樣子。沒辦法，只好採取變通辦法，在給藍寶貝看病的隔離間，牆上安裝一面大玻璃，把白珊瑚拴在隔離間外，透過玻璃能看見正在打點滴的藍寶貝，牠才算安靜下來。

藍寶貝已經牙口四歲多了，已完全成年，可白珊瑚沒事的時候，還會跑過去，用柔軟的脖頸摩挲藍寶貝的額頭、臉頰和脊背，深情溺愛。

藍寶貝有點淘氣，也許是仗著自己的媽媽是頭馬，有時候在馬群裏還有點霸道。或搶奪

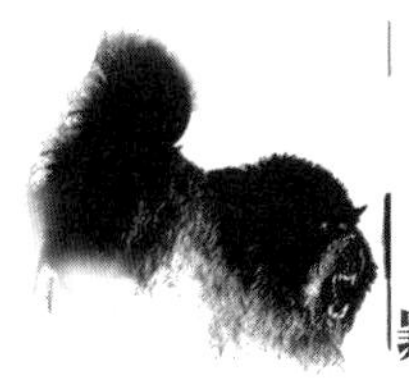

其他馬的食物，或欺負比牠年幼的同胞妹妹雪姬，或故意把馬糞屙在別的馬鼻子底下，每每發生爭紛，白珊瑚很難做到公平公正，總會袒護藍寶貝，假如是是非不清的爭吵，牠就公開站在藍寶貝一邊，責罰另一方，假如明顯是藍寶貝錯了，牠就裝聾作啞好像什麼也沒看見。母愛轉化爲包庇和縱容，這種現象在人類社會與動物界普遍存在。

可突然間，白珊瑚把慈祥的母愛拋卻腦後，竟然採用最嚴厲的手段懲罰愛子藍寶貝，這不僅讓馬群感到震驚，也讓屠清霞頗感意外。

事情的經過是這樣的，這天是週末，晚上有演出任務，下午三點左右，屠清霞領著馬隊到劇場去走台。

按節目表上的程序，馬隊第一個節目是障礙跑。在狹窄的馬戲場地，豎立起三道一米五高的欄桿。馬隊兜圈跑動，不斷跨越欄桿。這檔節目難度不大，特別優秀的奧賽特競技馬曾創造過跨越兩米高障礙的記錄，一米五高的欄桿對牠們來說實在算不了什麼。可要演好這檔節目也並非易事，場地狹小，助跑距離很短，而且要連續不斷跨越欄桿，對隊形與節奏要求極高。六匹馬必須步速一致，配合默契，整齊劃一。其中只要有一匹馬在奔跑時突然加快或突然變慢，馬匹就會前後相撞，造成舞臺混亂。在這檔節目裏，頭馬的作用是非常大的，頭馬當然得率先助跑並跨越欄桿，頭馬不僅要自己跑得漂亮，跳得瀟灑，還要控制好整個馬隊的步速，還要控制好跨越欄桿的節奏，其他馬要眼睛緊盯著頭馬的動作，唯馬首之瞻，適時調整自己的步伐，才能演出成功。

眉心紅站到頭馬的位置，引頸抖鬃，向馬群示意表演就要開始。白珊瑚站在馬隊第二位，對眉心紅行使頭馬職責，並無任何異議。

屠清霞做了個可以開始的手勢，眉心紅剛要揚蹄奔跑，突然，排在第三位的藍寶貝從隊伍裏躥了出來，咴咴激烈地嘶鳴著，直奔馬隊最前面的眉心紅。牠鬃毛豎立，漂亮如藍寶石的馬眼裏佈滿血絲，到了眉心紅面前，昂首挺胸，不時身體後仰，抬起前肢做出踢蹬姿勢，很明顯，這是一種威逼挑釁行爲，目的也很清楚，是要叫眉心紅從頭馬位置滾蛋！

眉心紅立刻也豎鬃彈尾，身體竄挺，兩隻前馬蹄在空中踢踏，擺開應戰架勢。可牠好像突然想起了什麼，扭頭望了白珊瑚一眼，收斂打架的姿勢，跳閃到旁邊去。

假如跳出來的不是藍寶貝，而是另一匹公馬，牠會毫不猶豫地猛衝過去，用馬蹄踩踏，用馬嘴啃咬，用霹靂手段將爭奪頭馬寶座的壞傢伙鎮壓下去。可跳出來尋釁鬧事的是藍寶貝，牠就不能不有所顧慮，不能不謹慎對待了。牠當然曉得白珊瑚與藍寶貝是親生母子，牠還記得自己曾經被這母子倆前後夾攻打得屁滾尿流，牠不願讓歷史的悲劇重演，好漢不吃眼前虧，好馬也不吃眼前虧，只有忍耐避讓。

藍寶貝迅速走到馬隊最前列，取而代之站在頭馬的位置上，發出長長的嘶鳴，彷彿在向天下發佈告示：我是頭馬，這群馬歸我統轄了！

不難理解藍寶貝的行爲，牠是匹牙口四歲半的公馬，就像所有的雄性動物一樣，渴望建功立業，渴望出「人」頭地，渴望獲得優越的社會地位。白珊瑚做頭馬，順理成章，牠當然

擁戴。可白珊瑚幾次三番要把頭馬寶座禪讓給眉心紅，牠實在看不下去了。既然白珊瑚要把頭馬寶座讓出來，幹嘛就不讓給牠呢？牠是白珊瑚親生兒子，血緣親情，王位相襲，母親把頭馬寶座禪讓給兒子，那是天經地義的事。牠已經是頂天立地的大公馬了，就像野心家通常都很狂妄一樣，牠覺得自己各方面都不比眉心紅差，完全有條件也有能力坐上頭馬寶座。

走台還沒開始，馬隊卻陷入爭權奪利的混亂中。

屠清霞氣呼呼地跑過來，用拳頭擂藍寶貝的脖頸，嚷嚷道：

「滾開！你有什麼資格當頭馬？你年紀比眉心紅小，演技比眉心紅差，你做了頭馬，沒有一匹馬會服氣的！讓你坐馬隊第三把交椅，已經是很抬舉你了，你應該有點自知之明嘛！」

藍寶貝當然聽不懂屠清霞在說些什麼，即使牠能聽懂屠清霞這番話的意思，牠也絕不會認爲她講的是金玉良言。野心膨脹，必然自視甚高。動物界也經常會有利令智昏者。

無論屠清霞怎麼罵怎麼打，藍寶貝就是佔據著頭馬位置不肯退讓。眉心紅打著憤懣的響鼻，鬃毛姿張，馬尾聳動，內心已怒火萬丈。牠不斷乜斜眼睛看著白珊瑚，很顯然，假如白珊瑚允許的話，牠會立刻衝上去與藍寶貝惡鬥一場。

白珊瑚似乎也識破眉心紅的意圖，咴地發出威嚴的嘶鳴，毫不遲疑地向藍寶貝靠近一步，這等於在警告眉心紅：不管發生什麼事，你敢傷害藍寶貝的話，我跟你沒完！

眉心紅高漲的鬥志迅速萎癟下來，鬃毛與馬尾軟軟耷落，悻悻嘶鳴著，轉身跑開去。藍寶貝有白珊瑚替牠撐腰，氣焰更囂張，在頭馬位置上歡蹦亂跳。

白珊瑚低頭沉思了約半分鐘，緩緩去到藍寶貝身邊，長長的馬脖子柔軟彎曲，就像高級技師在做人體按摩一樣，在藍寶貝身上輕輕摩挲。

馬是一種需要愛撫的動物，養過馬的人都知道，天天用梳子替馬梳毛，是增進人與馬感情最佳方法。白珊瑚摩挲得非常仔細，四肢、臀部、腰胸、背脊、肩胛、脖頸及馬頭上的五官，統統摩挲了一遍。然後，牠脖子貼著藍寶貝的脖子，身體擠著藍寶貝的身體，似乎要把藍寶貝從頭馬位置推搡開去。

藍寶貝站立不穩，朝旁邊閃了兩步，牠不滿地咴咴嘶叫，仄轉身用力頂撞，又頑強地回到頭馬位置上。

白珊瑚仍用慢慢推擠的方法，要叫藍寶貝離開這個位置，馬嘴不停地咴咴哼哼，似乎在用馬的特有語言勸告對方：我的心肝，你太年輕，資歷和演技都不足以服眾，聽媽媽的話，回到你自己的位置上去，別胡鬧了！

屠清霞暗暗鬆了口氣，只要白珊瑚反對藍寶貝搶奪頭馬寶座，應該說這場危機就有和平解決的希望。

讓她想不到的是，藍寶貝根本不把白珊瑚的忠告當回事，牠唰地轉過馬頭，來啃咬白珊瑚的脖子，白珊瑚只有跳閃躲避。牠銜著白珊瑚長長嘶鳴一聲，似乎在說：誰也別想動搖我登上頭馬寶座的決心，誰阻攔我，誰就是我的敵人！

藍寶貝也許是這麼想的，不管牠做什麼，白珊瑚最終肯定是站在牠這一邊的。經驗告訴牠，母愛永不褪色，母愛永不變質，母愛永不枯萎，母愛永不凋落。就算牠做了荒唐事，白珊瑚也會原諒牠的過失，寬恕牠的錯誤。牠有恃無恐，當然隨心所欲，想怎麼做就怎麼做。

白珊瑚退離藍寶貝身邊後，低著頭馬嘴貼著地面，像是在尋找可以啃食的青草，慢慢踱到藍寶貝的側後位置，馬尾與馬尾形成一個九十度夾角。牠的眼睛蒙著一層悲哀，身體也在微微發抖，似乎很傷心也很絕望。

藍寶貝仍神氣活現地站在頭馬位置，四蹄不斷踢蹬，急不可耐想要履行頭馬職責，率領馬群表演障礙跑節目。

眉心紅咴咴引頸嘶鳴，始終擺著討伐叛逆的架勢。其餘三匹白馬，馬心惶惶，擠在舞臺邊緣，不知該如何是好。

屠清霞心裏又開始焦急了，假如白珊瑚放棄不管的話，這事就難以圓滿收場了。要麼聽任眉心紅和藍寶貝惡鬥一場，決出輸贏，裁定尊卑秩序，這樣做雖然能解決問題，但舞臺變成戰場，肯定會鬧得烏煙瘴氣，再說，這兩匹大公馬脾氣都有點暴烈，不打得你死我活不肯甘休，極有可能兩敗俱傷，影響晚上的正式演出，那麻煩就大了。要麼叫兩個保全人員來，硬把藍寶貝拖下場去，地位爭紛也就自然平息，讓候補馬演員雪姬來頂替藍寶貝演出，這樣倒是能和平解決問題了，但留下的後遺症是，治標不治本，難以從根本上消除誰尊誰卑的矛盾，仍留下爭權隱患，因爲不可能永遠把藍寶貝單獨羈押起來，藍寶貝野心未泯，一旦回到馬群，又會掀起爭奪頭馬寶座的狂風惡浪。

就在屠清霞左右爲難不知該如何是好時，突然，白珊瑚勾緊脖子，鬃毛唰地豎立，兩條前腿肌肉刹那間繃緊，腰肢彎成弧形，兩隻後蹄凌空飛起，做了一個非常漂亮、非常標準的尥蹶子動作，啪地一聲，兩隻馬蹄不偏不倚踢在藍寶貝左側臀部。白珊瑚動作迅疾，事先沒有任何預兆，藍寶貝根本沒有防備，一下被蹬翻在地，摔了個四仰八叉。

兩匹白馬在翻騰，猶如一場小型雪崩。

馬尥蹶子，是馬抗擊敵害最厲害的絕招，曾有人計算過，一匹體格強健的馬，尥蹶子所產生的衝擊力，超過一千磅。國外有一位動物學家在非洲草原曾親眼目睹這樣一件事，一隻雄獅追逐一匹斑馬，當獅爪就要抓住馬屁股的瞬間，那匹斑馬突然尥了個蹶子，兩隻馬蹄蹬在獅子下巴胲，雄獅當場被踢暈過去，那匹斑馬趁機逃之夭夭，十幾分鐘後，倒楣的雄獅甦醒過來，下巴開裂，無法嚼咬吞咽食物，數日後活活餓死。

馬戲劇場裏，包括眉心紅在內所有的馬，都被白珊瑚的舉動驚呆了，泥塑木雕般地站在原地，半天沒回過神來。

屠清霞也驚得目瞪口呆，要不是親眼看見，她決不會相信這是真的。

最震驚的當然是藍寶貝了，牠被蹬倒在地了，仍不明白發生了什麼事，扭著脖頸咴咴嘶鳴，彷彿在責問：這是怎麼回事，我怎麼會躺在地上了呀？

似乎是在對付最討厭的仇敵，白珊瑚尥蹶子把藍寶貝蹬翻後，仍不肯甘休，鬃毛姿張，

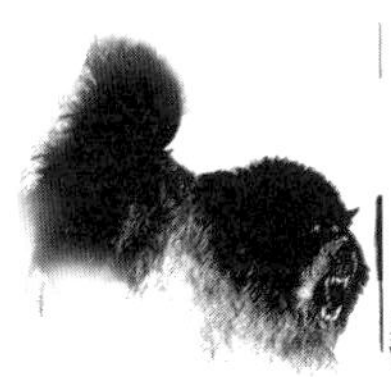

惡狠狠衝將過來，張嘴咬藍寶貝的脖子。馬雖然是食草動物，只有平整的臼齒，沒有尖銳的犬牙，不能像食肉獸那樣進行致命的噬咬，但馬的門齒鋒利，能輕易切割青草，被啃咬一口的話，也會皮開肉綻，鮮血直流。

藍寶貝這才如夢驚醒，明白是白珊瑚踢倒了牠，而且還要啃咬牠的脖子，驚訝的咴叫聲變成悲憤的嘶鳴，一面竭力掙扎想重新站起來，一面扭動脖子躲避兇猛的啃咬。

屠清霞趕緊衝上去，抱住白珊瑚的脖子，強行把牠拉開。

這時，馬戲團幾位馴獸師聞訊趕了過來，在好幾個人的幫助下，藍寶貝才顫顫微微勉強站了起來，左臀被蹭掉一片白毛，腫得像塊發糕，佈滿烏紫的淤血，走路瘸瘸拐拐，看樣子傷得不輕。請獸醫來檢查，不幸中的萬幸，只是傷了皮肉，沒傷著骨頭，但起碼也要休養個把月才能參加訓練和演出。

藍寶貝被牽到獸醫站包紮專治跌打損傷的草藥去了，一場風波就此平息。屠清霞把馬候補演員雪姬牽來劇場，代替藍寶貝走後留下的空缺。白馬們各就各位，走台秩序井然。那天晚上演出，也順順利利正常進行。

白珊瑚大動干戈教訓藍寶貝，客觀上幫了眉心紅的大忙，等於在向每一匹白馬表明，牠是堅決支持眉心紅登上頭馬寶座的，誰膽敢向眉心紅發起挑釁，即使是牠的親兒子，牠也是毫無保留站在眉心紅這一邊的。

眉心紅威信大增，地位日趨穩固。

一個半月後，藍寶貝傷癒歸隊，爭權的野心早就化爲烏有，老老實實跟隨在眉心紅身後，看頭馬的臉色行事，變成一個守規矩懂禮貌、聽話馴服的臣民。只是有一點，藍寶貝對待白珊瑚的態度變得很惡劣，白珊瑚在馬廄東端，牠就跑到馬廄西端，訓練和演出時排列隊形，堅決不願與白珊瑚挨著站在一起，白珊瑚站在隊伍的第二位，牠非要站在第四或第五的位置上去，不然就不肯參加訓練和演出，母子關係冷漠而疏遠。

站在藍寶貝的立場，這種怨恨不是毫無理由的，白珊瑚破碎了牠的頭馬夢，白珊瑚尥蹶子蹬斷了溫馨母子情，牠不能原諒這樣無情無義的媽媽。

屠清霞發現，每當藍寶貝故意從白珊瑚身旁躲離得遠些，白珊瑚身體就會像觸電似地一陣痙攣，眼神也更加憂鬱凄迷，很明顯看出牠內心非常痛苦。有好幾次，藍寶貝在訓練場排練節目，白珊瑚站在隊列裏癡癡地望著兒子，柔軟的脖頸曲扭著，做出一連串摩挲皮毛的動作來，似乎在想像中把藍寶貝愛撫了一遍。

有一天中午，屠清霞到馬廄去噴灑滅蚊靈，看到這麼一個情景：藍寶貝站在馬廄東端圍牆邊，頭朝外尾朝內，一面曬太陽一面打盹，白珊瑚原本站在馬廄西端的，猶猶豫豫往藍寶貝靠近，牠腳步放得很輕，凝神屏息，就像做賊一樣。到了藍寶貝身後，牠抻直馬嘴，小心翼翼貼近藍寶貝身體，鼻翼聳動，作嗅聞狀。

牠馬眼微閉，表情很陶醉，鼻翼翕動的頻率越來越快，用貪婪嗅聞來形容絕不過分。也

許是深沉的呼吸吹癢了馬毛，也許是不小心鼻尖觸碰到皮膚，藍寶貝突然從昏睡中驚醒，扭頭一看，是白珊瑚貼在自己身邊，就像看到一個怪物正撲過來，豎鬃抖尾驚跳起來，打著憤怒的響鼻，逃竄到馬廄的西端去了。

屠清霞看得清清楚楚，當藍寶貝驚跳逃離後，白珊瑚兩眼發直，渾身顫抖，口角泛出白沫，症狀猶如癲癇患者發病，好一陣才算緩過勁來，偏仄脖子發出長長的嘶鳴，聲音特別悲涼，可用錐心泣血這四個字來形容。

顯而易見，白珊瑚仍很愛藍寶貝，濃濃的母愛沒有絲毫稀釋淡化。

讓屠清霞百思不得其解的是，白珊瑚既然這麼疼愛藍寶貝，為何要在眉心紅與藍寶貝發生爭權衝突時，站在眉心紅一邊，並如此兇狠地尥蹶子踢傷藍寶貝，這在情理上是很難解釋得通的啊。

白珊瑚逃亡了，不辭而別，不知去向。

事情發生得很突然，事先沒有一點預兆。晚上還在圓頂馬戲劇場演出呢，白珊瑚認認真真表演節目，該牠出場就出場，該牠做什麼動作就做什麼動作，沒有絲毫反常表現，也沒有任何想要逃跑的跡象。

演出完後，已是夜裏十點半，天淅瀝淅瀝下著雨，屠清霞撐著傘，像往常一樣，帶著馬隊回馬廄。路過中央花園時，她突然聽見緩慢而有節奏的馬蹄聲中，響起嗒嗒嗒急促的馬蹄聲，由近而遠，似有一匹馬離開隊伍在奔跑。她急忙回頭看，昏暗的燈光下，霧濛濛的雨絲中，果真有團晃動的白影，沿著花壇間青石板甬道，向馬戲團大門跑去。

當時隊伍裏共有六匹白馬，她還搞不清是哪匹調皮馬跑掉了。她第一個反應是，緊緊揪住眉心紅的轡繩，一般來講，只要頭馬不跑，其他馬就不會跟著瞎起哄。隨後，她放開喉嚨大喊：「來人哪，馬跑了！」

大門口有兩位值勤保全人員，聽到她喊聲了，兵分兩路，一位衝上來攔截，另一位去關小門洞的鐵門。

這是一座新型大門，分大門洞與小門洞兩個部分，大門洞通行機動車，小門洞通行非機動車與行人。大門洞安裝的是一米五高的有軌不銹鋼柵欄門，有機動車駛來時，值勤保全人員在傳達室裏撳動按扭，柵欄門就會自動關攏或打開；小門洞安裝的是普通鐵門，半夜十一點至凌晨六點上鎖，其餘時間均有專人看守。

在離大門還有三十來米遠時，那位值勤保全人員攔住了逃跑的馬，可不等他來抓轡繩，那馬敏捷地轉換方向，一閃身從他身旁穿插而過，然後直奔小門洞而來。另一位值勤保全人員動作非常利索，在奔逃的馬離小門洞還有五、六米遠時，及時將小門洞的鐵門關攏了。隨後，兩名值勤保全人員一前一後形成夾攻之勢，向逃跑的馬圍捕過來。那馬似乎早有準備，昂奮地嘶鳴一聲，斜刺躥向大門洞，緊跑幾步，揚鬃抖尾身體豎直起來，憑藉嫻熟的馬戲技巧，玩了個在舞臺上經常玩的跨越障礙的動作，從一米五高的不銹鋼柵欄門穿越而過，穩穩

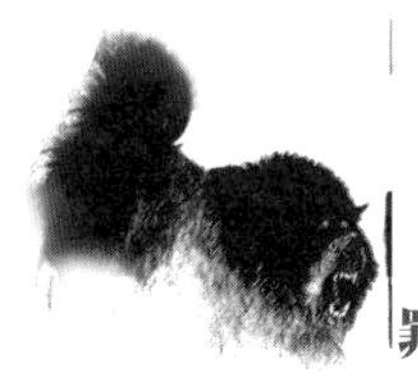

地落到門外，沿著馬路狂奔而去，不一會就消失在雨絲紛迷的濃濃夜色中。

這時候，屠清霞把馬群引進馬廄，這才弄清楚，逃亡的是白珊瑚。

馬戲團動物演員逃逸，算是一件大事。雖然逃跑的不是猛獸演員，不必擔心會傷及無辜行人，但奧賽特競技馬價格昂貴，丟失一匹就是丟失一筆財富。再說，一匹馬在大城市霓虹燈閃爍的街道狂奔亂跑，影響也很巨大。尹團長和高導演連夜組織十支追捕小分隊，出動所有車輛，卡車、客車、中巴、轎車、摩托車和自行車，拉網式地分頭尋找。冒雨找了整整一夜，城市每條街道每個角落幾乎都找遍了，不見白珊瑚的蹤影。無奈之下，只好向交通警察求救，設卡堵截，封鎖每一條出城道路，折騰了兩天兩夜，仍得不到白珊瑚的任何音訊。

白珊瑚彷彿是匹隱身馬，魔術般地消失得無影無蹤。

雖然白珊瑚逃亡，卻不怎麼影響馬隊的正常訓練和演出。牠已經不是頭馬，而是馬隊的普通臣民，牠的出走不會引起權力真空或政局動盪。大公馬眉心紅已如願以償登上頭馬寶座，藍寶貝的野心得到有效遏制，眾馬對新頭馬心悅誠服，牠的出走不會造成內訌。牠生的馬女雪姬，已長大成材，當候補演員已有大半年，絕大部分節目都已經能夠勝任，完全可以頂替牠在舞臺上的角色。

只不過一匹訓練有素的奧賽特競技馬，價值昂貴，丟掉了怪可惜的。

有一次，高導演與屠清霞一起分析白珊瑚出逃的原因和逃亡的去向。高導演皺緊眉頭說：

「馬戲團免不了會發生動物演員出逃的事，可白珊瑚逃得實在蹊蹺，給我的感覺，不是那種調皮搗蛋者心血來潮一時衝動趁機逃逸，而是有預謀、有計劃，按步驟實施的叛逃。哦，妳想想，牠執意要把頭馬寶座讓給眉心紅，牠不顧母子親情踢傷藍寶貝，當時我們都不明白牠為什麼要這麼做，假如把這幾件事聯繫起來看，其實牠的目的很清楚，就是想逃跑。」

屠清霞頻頻點頭說：「白珊瑚確實是匹很有心機的馬，逃跑也很會挑時間，演出歸來，夜深人靜，老天又下著雨，這種時候，誰都會疏於防範的，牠沒流露出任何想要出逃的蛛絲馬跡，突然一轉身就逃掉了，讓人猝不及防，逃得很有章法，肯定是處心積慮早就想逃跑了。」

高導演說：「假定牠是有預謀要逃跑的，從邏輯上說，牠也早就設計好要逃到哪裡去。牠想逃到哪兒去呢？牠的祖籍在歐洲阿爾卑斯山，牠插上翅膀變成一匹行空天馬也飛不過去的。牠出生在陽光大馬戲團，這兒就是牠的家，我不明白，還有什麼地方比家更值得牠留戀、更值得牠嚮往的呢？」

「我想起來了，」屠清霞說，「牠沒事的時候，總喜歡佇立在馬廄西南角，眺望天邊五彩雲霞，有時一站就是兩個小時……」

「牠去了哀牢山黑虎塚！」高導演和屠清霞異口同聲叫了起來。

果然不出他們所料，半個月後，四百多公里外的哀牢山黑虎塚傳來消息，南山麓深山老

林裏，出沒一匹渾身雪白的馬，總是在婁阿甲的墓地四周悠轉，有時會靜靜站立在墓碑前，神情肅穆，一站就是好幾個小時。好幾位樵夫和草醫都看見過這匹白馬，牠奔跑如飛，非常機警，不等人靠近牠，就像一朵白雲似地飄進密林裏去了。

毫無疑問，婁阿甲墓前出現的白馬，就是在逃犯白珊瑚。

屠清霞請示高導演，要不要派輛車，再派幾個人，帶一支麻醉槍，去哀牢山黑虎塚把白珊瑚押回陽光大馬戲團來。動物演員屬於馬戲團的財產，不慎丟失，現有失物招領，把丟失的財產去領回來，也是合情合理的。

高導演臉皺得像枚苦瓜，沉思了半天，才嘆息一聲說：「這匹馬，在舞臺上活躍了十年，還給我們生下一兒一女，爲陽光大馬戲團立下了汗馬功勞。牠很懂事啊，怕自己出走會給馬術隊帶來麻煩，事先把頭馬位置讓了出來，又平息了藍寶貝的爭權風波。一切安排妥當，牠才伺機逃亡。有的人會講人話，行爲卻像畜生；牠雖不會說人話，卻很難把牠當畜生看。牠已經牙口十四歲了，最多還有五、六年，演員生涯就到頭了。強行把牠弄回來，拴得住牠的身體，恐怕也拴不住牠的心了。俗話說，好馬不吃回頭草，強扭的瓜不甜。牠與婁阿甲感情太深了，牠願意生死相隨，那就……那就……我個人的意見，那就遂了牠的心願吧。」

屠清霞噙著淚，拼命點頭。

兩年過去了，白珊瑚仍出沒在哀牢山南麓老林子裏，據當地老鄉說，這匹白馬除了喜歡在婁阿甲墓地四周活動外，還有一個很特別的嗜好，就是喜歡踩蛇，只要看見有蛇在墓地附近游走，不管是紅蛇綠蛇黑蛇白蛇花蛇大蛇小蛇毒蛇或無毒蛇，立刻就會鬃毛姿張，發出亢奮的嘶鳴，毫無畏懼地衝過去，敏捷地蹦跳踩踏，用凌厲的馬蹄將蛇踩死。哀牢山溫暖潮濕，屬於多蛇地區，村民去到婁阿甲墓地，經常可以看到被馬蹄踩得稀爛的死蛇。

當地老鄉不知道這匹白馬叫什麼名字，他們管牠叫守靈馬，也有人叫牠踩蛇馬。

母鹿

傣族青年艾溫扁和傣族妙齡少女依香瑛，是一對相配得不能再相配的戀人。至於他和她究竟是怎樣愛上的，心裏的情種是怎樣破土而出的，又是怎樣發芽開花的等等等等有關邊地少數民族具有特殊風味的戀愛細節，都被作者大筆一揮，刪得一乾二淨。作者只能說，他和她的關係已突破和超越了紡車前調情、竹樓下拉琴、月夜對歌、互贈檳榔盒，每年互擲彩包、互相追逐潑水、山盟海誓卿卿我我這麼一種愛情務虛階段，而進入了織筒裙、置嫁妝、蓋新房、選吉日良辰、準備請佛爺來拴線的婚姻實質性階段。這一階段都是些雞毛蒜皮瑣碎雜事，實在挖掘不出可以告慰看官的浪漫故事來，務請多多原諒。

話說主角艾溫扁長得鼻正臉方、眉清目秀、英俊瀟灑，絕對一表人才，會犁田、會耙地、會養牛、會捉魚、會蓋房、會打獵，還會編織臘腸一樣精緻的長竹筒，捉拿滑溜溜的黃鱔，他還有一門堪稱一絕的本事，就是會口技。他的嘴巧得就像多功能卡西歐電子琴，能模仿鳥叫春、狗求偶、老鼠打架豬爭食。

有天夜裏，他和她到芭蕉林幽會，不幸被一條癩皮癩臉的大黑狗跟蹤追擊，好像牠是什麼風化員警，這可把他氣壞了，嘴角一撇，發出一聲威嚴的虎嘯，嚇得大黑狗屁滾尿流夾著尾巴逃回寨子，殊不料虎嘯驚動了全寨子獵人，霎時間鉦鑼噹噹，象腳鼓咚咚、牛角號嘟嘟，火把形成一條長龍，火藥槍乒乒乓乓打得震天價響，差點沒把他和她嚇暈過去。

他的口技確實惟妙惟肖、爐火純青，幾乎達到亂真地步，可惜還沒被文工團的伯樂發現，這實在有點屈才。女主角依香瑛自然也長得柳眉杏眼，外加挺拔的胸脯，大理石一般光滑細嫩的肌膚，假如搬上雜誌封面或彩印掛曆，絕對能使印刷商和書販生意興旺、財源亨通，只是請別逃漏稅。

那天清早，艾溫扁頭纏青帕、肩扛獵槍，腰掛火藥葫蘆走出曼蚌寨，到猛巴納西原始森林去狩獵，依香瑛身穿墨綠碎花筒裙、粉紅緊身小衫，在竹樓曬臺上頻頻翹首遠望，祈禱菩薩保佑她心愛的哥哥千萬別遇上兇惡的豺狼虎豹和野性十足的象群野牛，祝願她心愛的哥哥一槍打中兩隻狡猾的狐狸，槍子兒恰巧從四隻狐狸眼睛貫穿過去，絲毫沒傷及皮毛，這樣的狐皮就能拿到供銷社賣上等好價錢。

婚禮已經逼近，手頭有點拮据、阮囊有點羞澀，指望進山的哥哥滿載而歸，爲酒宴增光添彩，頂好還有餘錢買架立體聲收錄音機放在新房，咿哩哇啦風光風光，人生一世，草木一秋，對普通百姓來說，也許婚禮就是人生的唯一高潮，唯一一次扮演嶄露頭角的明星的機會，因此排場一下，並不算什麼彌天大罪。假如誰硬要橫加指責，務請找中醫診脈，絕對陰虛陽亢、肝火鬱結，需要吃點龍川苦膽片疏導疏導。

夕陽西墜，晚風輕拂，太陽變成一隻噴香噴香的紅燒餅，逗得天狗唾液四濺，肚皮咕嚕咕嚕叫得歡。艾溫扁終於從森林歸來，一根青竹扁擔挑著兩頭馬鹿。

由於人口膨脹，人類和動物爭奪生存空間，全世界動物資源日益枯竭，西雙版納密林再也不是棒打斑鳩、腳踢麂子的動物王國了，一次能打到兩頭馬鹿，實在是神靈附身、天靈蓋碰到天花板，交了好運，祖墳冒青煙，實屬罕見，可喜可賀，可以載入史冊。雖說兩頭馬鹿都是年輕的母鹿，既沒有稀罕的鹿茸，也沒有珍貴的鹿胎，但山珍野味拿到允景洪，賣給望江樓賓館，也能換回一大筆錢。喜得依香瑛一手提著裙襬，一手護著花頭巾，臉紅得像天邊的晚霞，顛兒顛兒一溜小跑來到艾溫扁身邊。

阿哥阿哥，你真好，你真是我心愛的哥哥！你怎麼就能一下打到兩頭馬鹿。你瞧波龍康當了四十年獵手，可上個月進山打獵，整整三天只打到一隻野雉、一隻松鼠，還不夠塞獵狗的牙縫。阿哥阿哥，你比他們都能幹。馬鹿換了錢，我要買一條比熟透的鳳梨更豔麗的柔姿紗花筒裙，你同意不同意，你快說話呀。其實，你的功勞也有我的一份，我整天在竹樓裏爲你祈禱，你一定聽見了，當然不是用耳朵聽見的，而是用心聽見的，你說對不對呀。

像藤子纏大樹一樣纏著我的阿妹，請妳鬆鬆手，我可是累壞啦，我想抽枝老草煙、喝盅糯米香茶，頂好能在妳粉嫩的臉上和芬芳的唇上，像啄木鳥一樣盡情地啄個夠，就像電影裏常演的那樣。我能打到兩頭馬鹿，起碼一半功勞應當歸妳，妳的愛情是防彈衣、是防彈玻璃、是裝甲車、是鋼筋水泥碉堡、是永久性戰略工事、是最好的護身符，不然的話，我早就被大象踩死、被狗熊拍死、被野牛挑死、被蟒蛇纏死了。等馬鹿換了錢，別說買一條比鳳梨還豔麗的筒裙，就是買十條比孔雀還豔麗的筒裙，哥哥我要說個不字，就從捨身崖上跳下去。我要把妳打扮得像天上的仙女那樣美麗，讓天下所有的男人見了妳，眼睛都不會拐彎，讓天下所有的姑娘一想起妳就牙齦流酸水。

阿哥阿哥，你的嘴比諾樂多（**傣族神話中會唱歌的鳥**）還靈巧，你說的話比贊哈（**傣族民間歌手**）唱的歌還好聽，你快說呀，你是怎麼一下打到兩條馬鹿的，妹妹想聽哩。

哦，森林裏的野獸變得越來越少，越來越賊精，沒點絕招，即使你有十桿獵槍也只能去打地球。

艾溫扁得意地笑了，古怪地笑了，大模大樣地笑了。他在自我欣賞、自我陶醉，爲他的技藝、爲他的智慧，也爲馬鹿的蠢笨。

哦，他稜角分明的嘴唇撮成「O」形，兩條蠶眉陡地豎起，喉結如玻璃蛋子上下滑動，蔚藍天空響起一串呦呦的鹿鳴。這是強壯的成熟的公鹿的鳴叫，聲音悅耳悠長，一聽便曉得是繞過柴火似的琥珀色的半透明的鹿角架傳出來的，優雅、急切、煩燥、騷動、奔放、華麗、喑啞，是求偶的呼喚，是愛情的宣言，是佔有的囂叫，是孤獨的呻吟，是痛苦的涕泣，是尋求伴侶的廣告，是物種遺傳的訊息，因此，也是大自然最和諧、最自然、最美妙、最神聖、最具有生命力的一種音響。

我躲在河邊一塊岩石背後，把槍管從斑茅草叢中伸出去，我……

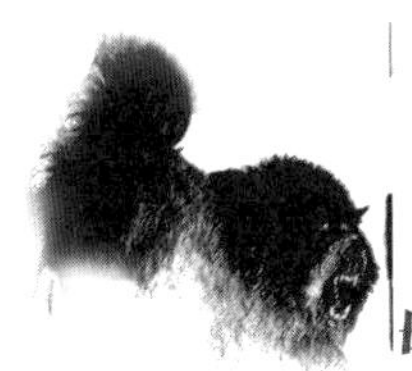

別說了，別說了，我求求你再也別說了。她的臉突然變得慘白，渾身觳觫，像颶風中一片飄零的樹葉，好像中了魔，好像中了邪，好像琵琶鬼附身，好像駭怕傳染上會爛鼻子、爛眼睛、爛全身皮肉的痲瘋病菌。怪不得這兩條可憐的馬鹿一條是母的，另一條還是母的。牠們躺在地上顯得那麼年輕，全身毛色金黃，其中一頭嘴唇上有一塊月牙形的白斑，另一頭鼻樑赤紫，就像銜了一朵嬌豔的紫牡丹。牠們眼睛還睜著，瞳仁裏永遠凝留著追求生命的深邃的光澤，然而，牠們已經死了，心臟早已停止了跳動，牠們富有彈性的胸口都被無情的鉛彈鑽了一個梅花型窟窿，汩汩冒著血水，就像撒出大把大把帶著甘露的紅杜鵑。

根本不用他說明，她完全可以想像當時的情景，她用母性的本能、用女性的理解、用一個已經歷過愛情狂瀾的女人的直覺，重新再現當時的情景。這雖然是想像，卻比艾溫扁這個當事人親眼看到、親耳聽到、親手去做的更要真實一百倍、一千倍、一萬倍。

白唇鹿和赤唇鹿生活在越來越狹小的猛巴納西森林裏，生命天天處在威脅中，因此變得異常賊精、異常靈敏，甚至有點神經質。白唇鹿躲在猛獸無法到達的曼西河上游的亂石灘間，赤唇鹿藏在獵人無法攀越的懸崖背後，這都是名副其實的安全地帶。遠處有金色的沙灘茂盛的草地、甘甜的山泉，還有五彩繽紛的野花，可牠們寧願在亂石灘上嚼苦澀的羊齒草充饑，在懸崖背後舔石洞裏滲出的水珠解渴，也不僭越安全地帶一步，牠們是有靈性的動物，牠們曉得金色的沙灘上、遼闊的草原裏，甘甜的山泉旁會有虎豹的血盆大口和獵人的鉛彈。生命是最重要的，生存永遠擺在首要的位置上。

熟的鳴叫。

忽然，金色的沙灘上，遼闊的草原裏，甘甜的山泉旁，傳來一串嘹亮的大公鹿雄壯而成熟的鳴叫。

她曉得白唇鹿能抵制住明媚的陽光、湛藍的天空、潔白的雲朵、和煦的春風、肥嫩的青草、甘甜的山泉、芬芳的野花，以至世界上任何誘惑，牠惟一無法抵禦的就是大公鹿雄壯而又成熟的鳴叫。

那聲嘹亮悠長的呦呦鹿鳴，似地震、似雪崩、似海嘯，像鉤子鉤魂，像火種引爆，像佛光照耀，白唇鹿寧靜的靈魂被擾亂了，平穩的血液沸騰了，冰河解凍，牽引出一泓洶湧的春水，火山爆發噴濺出滿天熾熱岩漿。牠亂了方寸，忘了危險，如癡如醉、昏頭昏腦從曼西河上游的亂石灘上奔出來了，帶著寂寞、帶著苦悶、帶著孤獨、帶著溫情、帶著微笑、帶著希冀、帶著迷惘、帶著體香、帶著腥臊、帶著復甦的母性、帶著躁動的情欲、帶著純正的情懷、帶著美麗的憧憬，向金色的沙灘奔去。

突然一聲巨響，牠被死神的巨掌推入無底的深淵。

在這一瞬間，牠並沒覺得疼痛，懵懵懂懂只是覺得渾身被一團白光籠罩，白光輕柔如雪花，溫暖如柳絮，虛無縹緲得就像一朵白雲，在生與死的交界處，在短暫的彌留間，牠產生了一種幻覺，還以爲是躺在大公鹿結實而飽滿的胸懷裏，牠感到滿足，感到幸福，享受極度的快感，因此牠死亡的臉那麼安詳，看不出絲毫的痛苦。

槍聲平息，硝煙散盡，寂靜的森林裏又響起大公鹿充滿誘惑的鳴叫。赤唇鹿像被一根繩

索牽引著似地，從懸崖背後鑽出來了，牠靈敏的嗅覺遠遠就聞到了一股濃烈的血腥味，一股邪惡的死亡氣息，理智告訴牠，這大公鹿的鳴叫也許是引誘、是陰謀、是圈套、是喪鐘、是警報、是墳墓，應當立即轉身逃離，頭也不要回，奔向茫茫密林，但此刻，理智的力量是那麼微小、那麼蒼白、那麼虛弱，即使前面出現深淵、出現冰湖、出現火山、出現泥石流、出現球狀閃電，牠也會忘情地不顧一切地奔過去，直到獵槍噴出的刺鼻的硝煙吞噬掉牠。

我走了，比熟透的鳳梨、比孔雀的羽毛更豔麗的筒裙我也不要了，我走了。

好妹妹，妳怎麼啦？哥哥我有什麼話得罪妳了，妳罵我也行、擰我耳朵也行，但妳千萬不要走。

牠們是奔向草原、奔向藍天、奔向愛情、奔向戀人、奔向幸福、奔向五彩繽紛的鮮花，等待牠們的，卻是白色的死亡，這不公平，太不公平了。

打獵都是一樣的，都要想方設法引誘獵物上當，妳瞧漁夫往魚鉤上套魚餌，獵人在道路上挖陷阱、埋捕獸鐵夾……

那是不一樣的，不一樣的，根本不一樣的。

都是爲了把牠們打死，牠們終歸要死的，運用什麼手段都是一樣的。

那是不一樣的，艾溫扁，你不懂，你不會懂的，你永遠不會懂的。我走了，我再也不來了，你別來找我了。

他以為她是故意和他賭氣鬧彆扭，使小性子，他覺得女人都一樣感情脆弱，受不了刺激，動不動就傷心掉淚，過後就會反悔，就會覺悟，就會意識到自己的行為何等幼稚可笑，於是就重新投入他的懷抱，女人是離不開愛情的，他堅信這一點。

他把兩條母鹿賣了個好價錢，然後跑進比椰子樹還高的黎明之城民族貿易中心，一口氣挑了七件像是用彩虹織成的筒裙，他耐心地等了五天，結果完全出乎他的意料之外，依香瑛根本沒來找他。

他再也按捺不住，如饑如渴的思念，月夜來到依香瑛竹樓下，吹起金竹瑟，拉起葫蘆琴，滾燙的情歌唱了一百零八首，唱到金雞司晨，唱到東方既白，唱到嗓子嘶啞，竹樓的曬臺還沒出現她的倩影。以往談情說愛，他戀歌一出口，她就像隻小松鼠蹦跳到芭蕉林同他幽會。她說，他的戀歌就像野貓抓破了她的心。

他氣憤，他委屈，他痛苦，他算是品嘗到了失戀的苦酒；他頭痛，他失眠，他精神恍惚，他惡向膽邊生，把白牛角匕首磨得鋒利，躲在水井邊，終於劫住了挑著一對瓦罐前來打水的依香瑛。

依香瑛，妳別忘了妳向叭英（傣族神話傳說中至高無上的神）起過誓，說我們不能同日生但願同日死，妳不理我了，我活著沒意思，今天我只要妳回答一句話，是跟我好還是不好？他將匕首在她胸前比劃著，鋒刃寒光閃閃刺痛了她的眼睛。

她不退縮、不避讓、不哀求，也不喊救命。她面色蒼白、神情憔悴，但眼睛裏沒有恐懼，沒有欣喜，也沒有怨恨。她淡淡地說，來吧，艾溫扁，就像你開槍打死那兩條可憐的母鹿那樣刺我一刀吧！我的心在這裏，看在過去的情份上，請你別刺歪了。

他不知怎麼搞的打了個寒噤。其實太陽正當頭，大地熱得像只蒸籠，他卻打了個寒噤手一哆嗦，匡噹一聲，匕首掉地，他像條受傷的野豬一樣，長嚎一聲轉身跑掉了。

半年後，依香瑛嫁到遙遠的猛遮壩曼賀寨去了，夫婿是個三十多歲的鰥夫，還帶著一個六歲的男孩，沒什麼手藝，人也長得很一般，又瘦又矮，比起艾溫扁來實在差得遠了。

就在依香瑛出嫁那天，艾溫扁賣掉了獵槍，跑到曼國緬寺出家當了和尚。他吃苦耐勞，掃地、敲鐘、化緣、削便棍，樣樣活計都搶著幹，生性聰慧，兩個月便把寺內藏經讀了個遍，曼國緬寺主持大佛爺斷言此人可以造就，前程無量，只要堅持不還俗，三五年內也許可以榮升祜巴（傣族一種宗教職位，高於佛爺）。

朋友大白兔

要不是我竭力阻擾，我的朋友湯圓早就變成飯桌上的一碗菜了。

我這裏說的湯圓，不是裏頭裹著豆沙或芝麻餡的糯米食品，也不是一個人的綽號，而是一隻大白兔的名字。

我六歲生日時，奶奶從寧波鄉下帶來一隻小白兔，當生日禮物送給我。這是一隻很漂亮的小白兔，全身潔白，沒有一根雜毛，兩隻長長的耳朵靈活地轉來轉去，把牠捧在手裏，立刻害怕地把頭縮進腹部，身體裹得圓圓的，就像一隻大湯圓。我就順口給牠起名叫湯圓。

爸爸對我說：「給你養著玩，養大後，殺了給你吃兔肉。」

我一聽，高興得跳起來。我高興的不是將來可以吃兔肉，而是高興終於能親手飼養一個小動物了。

也不知爲什麼，我從四歲開始，就非常渴望能養些小動物，小雞小鴨都行，當然最好是養條小狗。那時，我們家住在上海金陵東路一條弄堂裏，家境貧寒，城市裏也規定不准飼養家畜，所以父母一直未能滿足我的願望。記得一位姓王的街坊養著一隻波斯貓，我有事沒事就會跑到他們家去，看他們給貓餵食，看他們逗貓玩耍，羨慕得口水都要流出來了。

如今有了屬於我自己的小白兔，我當然要好好善待牠。我省下吃冰棒的錢，到煙紙店買了一隻紙箱，挖了個洞當門，裏頭墊了一些破棉絮，算是湯圓的窩。

牠喜歡吃青菜，我天天跑到小菜場去撿菜葉子，聽人家講，菜葉子上灑過農藥，兔子吃了會中毒死掉，我就把每一片菜葉子都仔細洗乾淨，又聽人家講，兔子吃了濕漉漉的菜葉子會拉肚子，我就先把菜葉子晾乾了再餵牠。

開始時，牠很害羞，不大願意在我面前吃東西，總是趁我不注意時，叼著菜葉子溜到紙箱裏去。吃東西都要躲著人，多沒勁啊。我就打開紙箱蓋，把牠從窩裏抱出來，再用小板凳堵住紙箱的門洞，強迫牠在我面前吃東西。

順便說一句，人家告訴我，捉兔子可以揪牠的耳朵，提起來很方便，但我從來沒有揪過湯圓的耳朵，我淘氣時，爸爸常要揪我的耳朵，耳朵皮像要被撕下來，腦袋嗡嗡響，一陣陣發暈，耳朵血血紅，就像用紅墨水染過的，我最害怕就是爸爸揪我的耳朵了，我想，揪兔子的耳朵，兔子也會疼的，所以我從來不揪湯圓的耳朵，總是像捧一隻容易打碎的玻璃杯，把牠抱過來抱過去的。

幾天以後，牠就跟我熟悉起來，只要房間裏不進來生人，牠就安安靜靜待在我身邊吃菜葉子，即使門洞敞開，牠也不會伺機叼著菜葉子逃進紙箱去了。

我家周圍的鄰居沒有哪家養兔子的，湯圓找不到伴，很孤單；我那時還沒上學，白天爸

爸媽媽去上班，姐姐去讀書，家裏只有我一個人，我也很孤單。大概是彼此都很孤單的緣故吧，我和牠很快成爲形影不離的最要好的玩伴。

牠很聰明，我一叫牠的名字，牠就會蹦蹦跳跳跑到我身邊來。我們最愛玩的遊戲就是捉迷藏，我發現牠的嗅覺和聽覺都十分靈敏，一點也不亞於狗，無論我躲在床底下還是鑽進米桶裏，牠都毫不費力就能找到我。

有一次，我把自己鎖進衣櫃，一動不動，連大氣也不敢喘，牠在房間、閣樓和走道找了一遍，也沒能找到我，我正在得意，掛在我頭頂的一件衣服從衣架上滑落下來，罩在我的頭上，我把衣服扯開，就這麼一點輕微的聲響，立刻被牠雷達似的長耳朵捕捉到了，跳到衣櫃前，用前爪咚咚咚敲衣櫃門，表示我已經被牠俘虜了。要是牠去當警犬的話，準能找到強盜裝金銀珠寶的秘密洞窟。

遺憾的是，牠性格太文靜，從來不敢大聲叫嚷，肚子餓了向我討食吃，也是吱吱吱叫得輕聲細氣，比蚊子叫稍響些。膽子也小得可憐，別說陌生人到我們家來，就是樓道裏有人咳嗽，也會驚慌失措地躲到我懷裏來。這麼文靜這麼膽小，當然沒法訓練牠去做警犬嘍。

湯圓長得很快，不到半年時間，小白兔就變成一隻大白兔了。一個星期天，姑媽到我家來做客，爸爸笑眯眯地對我說：

「湯圓長肥了，唔，殺了牠，我來做一鍋黃悶兔丁，招待姑媽，好嗎？」

我一聽，差點沒急暈過去，頭搖得像潑浪鼓，連聲說：「不行，不行，湯圓是我的好朋友，不能殺牠！」

「小孩子，要聽大人的話。」爸爸不悅地說，「兔子養大了，本來就是要給人吃的嘛！」說著，他就掀開紙盒蓋要去揪湯圓的耳朵。

我也不知道從哪裡來的勇氣，一個箭步衝上去，搶到爸爸前頭，一把抱起湯圓，緊緊摟在懷裏，委屈地哭嚎起來：「我要湯圓，我不要吃兔肉！」

我從小愛哭，淚腺特別發達，眼淚一串串往下掉，哭聲響徹雲霄，真正的涕泗滂沱，讓人擔心我再哭下去就要斷氣了。這是我對付爸爸媽媽的秘密武器，很靈光，可說是戰無不勝。我真的非常傷心，湯圓雖然是隻兔子，但牠聽得懂我的名字，天天陪我玩，我早就把牠當做我最最要好的朋友，我怎麼能看著牠被殺死？

姑媽被我哭得心軟了，趕緊聲明：「哦，兔肉有腥味，我從來不吃的。」她又過來摸著我的頭說，「別哭了，我們不殺湯圓。」

「好好，不殺不殺，我去買點牛肉來，我們燉牛肉吃。」媽媽大概怕我哭出病來，也出來打圓場。

「好吧，那就讓牠再多活點日子。」爸爸也只得妥協了。

我保住了我的朋友，這才關閉眼淚的閘門。

隔了兩個月，我上學了。每天早晨，當我背起書包，牠就知道我要出門了，跟在我的後面，一直把我送到樓梯口，戀戀不捨地望著我下樓梯，我的腳步聲消失了，牠才一溜煙跑回自己的窩去。

牠好像知道我是牠最可靠的保護神，我不在家時，牠就一直縮在紙箱裏，從不出來玩耍。中午，當我放學回家，剛踏上樓梯，牠就會從紙箱裏躥出來，蹲在樓梯口，一面梳理著嘴唇兩邊的鬍鬚，一面焦急地向樓梯下張望，我一出現在樓梯的轉彎處，牠就會興奮地吱吱叫起來，好像在向我訴說牠的思念和等待。

我登上樓梯，牠迫不及待地摟著我的腳，身體在我的腳桿上輕輕摩蹭，然後跟在我後面，快樂地蹦蹦跳跳，跟我一起進房間去。

過了一段時間，牠好像摸熟了我的生活規律，知道我每天早晨七點鐘就得準時起床，不然上學就會遲到，於是，牠就像只活鬧鐘一樣，一到七點正，便跳到我睡覺的小閣樓來，不斷用腳爪敲擊我小床邊的地板，橐橐橐，橐橐橐，直到我打著哈欠從床上坐起來，牠才停止敲地。

後來我從一本書上看到，在野外，兔子就是用敲地來互相聯絡的，牠是在用兔子特有的方式和我聯絡，催我起床呢。

牠非常準時，從沒耽誤過我上學，但牠缺乏靈活性，星期天學校不上課，我想睡個懶覺，牠卻還是七點鐘就來敲地板，不讓牠敲也不行，使我哭笑不得。

有一次，我肚子有點不舒服，早上六點多就醒了，解了個大便，一看七點還差十分，時間差不多了，再去睡也睡不著了，就穿好衣裳收拾被褥準備吃早點。就在這時，鄰居家一架老式掛鐘噹噹噹響了七下，湯圓從紙箱裏鑽出來，一看我已經起床穿好衣裳了，氣得不得了，一會兒把我的鞋子拖到床底下去，一會兒發瘋般地啃咬小板凳，我叫牠的名字，牠也不理睬我，我餵牠東西，牠也不吃，滿屋子亂躥，還故意把尿撒到我的小床前，好像要臭死我一樣。我沒辦法，只好重新鋪開被子，脫了衣裳，鑽進被窩去。牠很莊重地一蹦一跳來到我床前，橐橐橐，橐橐橐，前爪敲擊地板，我假裝剛剛睡醒，打了了哈欠坐起來，牠這才心滿意足地去吃牠的菜葉子。

牠把叫我起床看成是牠神聖不可侵犯的權利。

二年級下學期剛開學不久的一個星期天，學校安排我們去看早場電影，我臨出門時，媽媽對我說，遠在西寧工作的舅舅要來我家做客。爸爸則神秘地衝我一笑說，今天中午，他要做一樣最好吃的菜給我吃。

到了電影院，剛坐下來，我突然覺得心神不寧，總覺得有一樁心事放不下來，大冷天的，汗也急出來了，身上像長出了痱子一樣癢得難受。電影開場了，我腦子裏一會兒響起媽媽說的話，舅舅要來我家做客，一會兒出現爸爸神秘的笑容，一會兒看見一把明晃晃的飛刀正在湯圓頭頂飛旋……腦子裏就像放映小電影一樣，真正大銀幕上放映的電影我一點沒看進去。我突然意識到我的湯圓面臨危險，客人光臨，家畜遭殃，爸爸是不是又要動壞腦筋想殺兔吃肉了？想到這裏，我如坐針氈，跟老師撒了個謊，說要小便，溜出電影院，撒腿就往家

跑。

我上氣不接下氣跑回家，推開門，只見地上擺著一隻盛滿清水的鉛桶，媽媽抓牢湯圓的兩條前腿，爸爸一隻手抓牢湯圓的兩條後腿，一隻手揪住湯圓的一雙長耳朵，正要把湯圓的腦袋往鉛桶裏摁。這是一種殺兔方法，俗稱水悶法，就是將兔子悶進水裏活活嗆死，據說用這種方法殺出來的兔，兔血溶進兔肉，滋味更加鮮美，還能補養身體。

我倒吸了一口冷氣，好險哪，我要是再遲回來一分鐘，湯圓就要遭殃了。

媽媽見我突然回家了，吃了一驚，就像做了虧心事被人當場發現了一樣，白白的臉騰地變成了一塊大紅布，手不由自主地鬆開，很尷尬地笑著說：

「你……你怎麼這麼早就回來了？電影這麼快就……就散場了嗎？」

湯圓拼命踢蹬兩條解放了的前腿，爸爸抓不穩牠，也只得鬆開手，湯圓掉到地上，翻了個身，立刻朝我蹦跳過來，我頭一次見牠跳得這麼高，足足有半米，一下就撲進我的懷抱，臉埋進我的胸口，顫抖個不停。牠嚇壞了，牠在尋求我的保護。

爸爸像被人揭穿了陰謀一樣，惱羞成怒地說：「不好好去看電影，跑回來做啥？」

我緊緊抱著湯圓，眼淚簌簌流了下來。

「小孩子家，要聽大人的話。」爸爸虎著臉，沒好氣地說，「這隻兔子養了快兩年了，再不殺，肉就老了，不好吃了。」

媽媽也在一旁幫腔：「誰家養兔子都是為了養大後剝兔皮吃兔肉的，你不讓我們殺牠，難道要給牠養老送終嗎？」

我不說話，也不哭出聲，就讓眼淚像兩條小河似地流淌。我在一本書上看到過，那叫無聲啜泣，表示最難過最悲痛的一種哭法。

媽媽果然被我的新式哭法嚇住了，不安地摸著我的頭問：「你這是怎麼啦？連哭都哭不出聲來了，真有那麼傷心啊！」

爸爸瞟了我一眼說：「他這是在嚇唬我們呢！」

「算了，算了。」媽媽朝爸爸做了個要他讓步的手勢，嘆了口氣說，「別為了一隻兔子傷了孩子的感情。」

「好吧，好吧。」爸爸把鉛桶裏的水倒掉，悻悻地對我說，「我們不吃兔肉了，你就養牠到老死吧。」

「行了吧？」媽媽替我擦乾臉上的淚，「我們答應你不殺牠了，你快回電影院去吧，別讓老師到處找你。」

「我不去看電影。」我哽咽著說，「我以後也不去上學了。」

「為什麼？」他倆異口同聲地問。

「我要在家裏守著湯圓。我不讓你們背著我偷偷殺牠。」

「我們保證不殺牠了，行了吧。」媽媽和顏悅色地說。

「我們大人說話是算數的。」爸爸拍著胸脯說。

「不，你們要寫保證書！」我覺得只有白紙黑字的保證書才能讓我放心。

他倆互相望了望，媽媽苦笑著說：「好吧，我們寫保證書。」

爸爸一面寫保證書，一面嘮叨：「世道變了，父母要給兒子寫保證書，唉，過兩年，說不定他還要我們寫悔過書、寫認罪書呢！」

我還堅持讓他們在保證書上簽名畫押，這才將湯圓放進紙箱，返回電影院去。

這事發生過後，湯圓好像知道是我救了牠，對我更加親熱更加信賴，我在家做作業，牠就鑽在桌子底下陪著我，舔舔我的鞋，咬咬我的褲腿，很依戀的樣子。有一次我扁桃腺發炎，高燒不退，在醫院的急診室躺了一天一夜，據媽媽講，湯圓一天一夜沒有吃東西，不下數百次跑到樓梯口張望諦聽，等我回家。

一轉眼我就讀五年級了，湯圓已有六歲。牠背上的兔毛由純白變成銀白，耳廓長出一圈褐色的毛邊，鬍鬚由銀白變成琥珀色，一根根又硬又粗，大白兔快變成老白兔了。牠的膽子比過去稍大了些，敢跟著我一起下樓到弄堂裏去了，蹲在牆根下，看著我跟小夥伴玩。

我家住的是老式石庫門房子，弄堂口有一爿老虎灶，就是一種燒柴禾的大灶，專門賣開水的，從早到晚，老虎嘴似的爐膛裏燃著熊熊火焰；由老虎灶往左拐，是一條有一米多寬的水溝，終日流淌著渾濁的污水。這兩個地方，湯圓是絕對不敢去的。有一次，我一隻手抱牠，一隻手提著熱水瓶，到老虎灶去打開水，剛走到老虎灶門口，爐膛裏一股熱焰撲來，牠吱地怪叫一聲，拚命從我懷裏掙脫出來，跳到地上，頭也不回地逃回家去。牠跟在我後面走，我只要走到水溝邊，牠就會很自覺地停下來，我怎麼叫牠，牠也不會再往前挪半步。動物都怕火，兔子當然也不例外。兔子不會游泳，也懼怕水。牠什麼都怕，標準的兔子膽，沒辦法，牠本來就是一隻兔子嘛。

我升到六年級時，傳來一個很可怕的消息，說是有一家人家養了一條大狼犬，不幸得了狂犬病，離家出走，變成瘋狗，就在我家附近寧海路菜場這一帶出沒，已有兩個人被咬傷，員警正在追捕。

有一天晚上，我做作業時，發現語文書忘記在教室裏了，只有向同學吳志剛借。吳志剛家不遠，就在弄堂口那條水溝背後。我出門時，湯圓也像往常一樣，蹦跳著跟在我後面。來到水溝邊，牠停了下來。我曉得，牠不敢再往前走了。我朝牠揮揮手說：

「湯圓，回家去，我借了語文書馬上就回來的。」

說完，我抬腳要跨上小石橋去。突然，牠跳了過來，一口咬住我的一隻褲腿，往後拉扯，嘴角還發出吱吱的叫聲。

我以爲牠在跟我鬧著玩呢，拍著牠的腦袋生氣地說：「鬆開，你把我的褲子都要咬壞了！」

牠鬆開了嘴，我將牠身體扭轉過去，打牠的屁股：「別搗亂了，回去，快回去！」

牠朝前跳了一步，骨碌又調轉方向，臉朝著我，兩隻耳朵撲楞撲楞閃動著，就好像在捕

捉什麼可疑的動靜。我沒再管牠，登上小石橋。牠吱吱叫得更響了，追逐自己的短尾巴，身體像只陀螺似地旋轉起來，給我的感覺，好像有什麼事情讓牠急得團團轉。我想，只要我走過小石橋，牠看不見我了，就會回家去的。

昏暗的路燈下，黑黝黝的水溝散發著一股臭味。水溝這一帶本來住戶就少，天晚了，還飄著毛毛細雨，路上見不到一個行人，有點陰森可怕。我身上冒起雞皮疙瘩，加快腳步，還哼起歌為自己壯膽。

我剛走到橋下，忽然聽到背後有撲通撲通的聲響，回頭一看，大吃一驚，原來是湯圓跳到小石橋上來了，正一蹦一蹦朝我趕來。

牠從沒上過小石橋，牠膽子小得連水溝邊都不敢去的呀。牠今天是怎麼啦？我正納悶，突然，橋下的水溝裏躥出一條黑影，並伴隨著一聲低嚎。轉眼間，一條大狼犬出現在我面前。

這是一條黑黃相間的狼犬，尖尖的嘴吻，粗粗的尾巴，身上塗滿污泥，又髒又瘦，肚皮癟得貼到了脊樑骨，兩隻眼睛佈滿血絲，比兔眼還要紅，惡狠狠盯著我，長長的舌頭殘忍地磨動著尖利的犬牙。

這肯定是員警正在捕捉的瘋狗！我腦子嗡地一聲，嚇呆了。我想跑，但腿軟得發抖，腳好像被釘子釘在地上了，怎麼也拔不起來；我想叫，但嘴唇發涼，舌頭發麻，張著嘴卻一點聲音都發不出來。

瘋狗四肢彎曲，身體後蹲，眼瞅著就要朝我撲過來了。

吱——就在這時，湯圓叫了一聲，從石橋中央三躥兩跳飛奔過來。我從沒聽牠叫得這麼響亮，也從沒見牠跑得如此迅速，就像一支白色的箭，轉眼間從我頭頂飛躍而過，落到瘋狗和我之間。牠渾身的兔毛姿張開來，儘量將自己的身體膨脹大，朝瘋狗呲牙裂嘴，挑釁地吱吱叫著。

在野外，野狼和野狗都是兔子的天敵。狼狗是狼和狗的雜交，吸收了狼和狗各自的優點，比單純的狼或狗都要厲害。一隻兔子和一條狼狗廝咬，就好比用雞蛋去砸石頭。

我突然明白了，湯圓之所以剛才在水溝邊咬著我的褲腿朝後拉扯，之所以在牆根急得團團轉，是要阻止我過小石橋。牠靈敏的嗅覺已經聞到了瘋狗身上的騷臭味，牠雷達似的耳朵已聽到了瘋狗危險的響動，牠用兔子特殊的方式給我報警，可惜我沒有弄懂。

牠只是一隻普通的兔子，天生就是兔子膽，但為了保護我，牠勇敢地跳到瘋狗面前來了。

瘋狗看到天上掉下隻兔子來，就好像人看到天上掉下塊餡餅來一樣，立刻張牙舞爪撲了上來，湯圓毫無畏懼地蹦跳迎戰。牠足足跳出半米高，躍到瘋狗上方。瘋狗大概做夢也想不到一隻兔子敢在牠的凌厲撲擊下奮起反抗，一時慌了神，半空中難以調整姿勢，便抻直狗脖子，想去咬兔腿。

就在狗嘴還沒來得及咬下去時，湯圓敏捷地打了個挺，一口咬住瘋狗的脖子。狗和兔掉

在地上，扭成一團。瘋狗把湯圓壓在底下，雖然狗脖子被兔牙緊緊咬住，使牠無法施展狗牙的威力，但四隻狗爪在湯圓身上狂撕爛抓，企圖把湯圓從自己身上踢開。白色的兔毛像天女散花，在空中飛旋。湯圓死死咬住瘋狗的脖子不放。湯圓的門牙天天啃樓梯啃牆磚，磨得十分鋒利，瘋狗無法掙脫兔牙致命的噬咬，發出一聲聲淒厲的哀嚎。

狗嚎聲驚動了四周的住戶，人們打著手電筒，握著菜刀、擀麵杖和晾衣服的丫杈，紛紛朝小石橋湧來。我這才如夢初醒，哇地哭出聲來，返身朝家奔去。

我剛跑過小石橋，爸爸媽媽已聞訊趕來，爸爸抱住我，連聲說：「別怕，有我在，別怕！」

媽媽摸我的頭、手、腳和身體其他部位，焦急地問：「瘋狗咬著你了嗎？」

我哭著說：「瘋狗要咬我，是湯圓救了我。」

十多支手電筒向小石橋下面照去，狗和兔仍在扭打。瘋狗喉管已被兔牙切開，汙血流淌，雙眼暴突，嚎叫聲越來越低沉嘶啞。

沒有人敢上去幫湯圓，這太危險了，不管是被瘋狗抓著還是咬著，都會傳染狂犬病，很難治得好。

終於，瘋狗的叫聲越來越微弱，直挺挺躺在地上，再也站不起來了。湯圓這才鬆開嘴，從狗爪下退了出來。

牠皮開肉綻，一隻兔耳被撕得稀爛，一隻兔眼也已被摳瞎，渾身是血，白兔變成了紅兔。牠一會兒撲到石橋上，啃咬堅硬的石頭，一會兒蹦到已經斷氣的瘋狗身上，舉爪撕打，一會兒跳到水溝裏，攪得水花四濺。牠東奔西突，狂蹦亂跳，像狗那樣四肢趴在地上，腦袋一拱一拱發出吱歐吱歐的嚎叫，看起來處於神志不清半瘋狂狀態了。

「牠已經傳染上狂犬病了，快，把牠殺了！」圍觀的人群中，不知是誰這麼叫了一聲，立刻，好幾根晾衣服的丫杈朝湯圓伸過去。

湯圓是爲了救我才被瘋狗咬傷的，牠咬死了瘋狗，爲民除了一害，他們竟然要殺死牠，我覺得這太不公平也太殘酷了。我大哭大叫起來：

「不許傷害湯圓，是牠救了我！」

我的哭叫起了作用，人們面面相覷，收回了丫杈。

湯圓蹦上小石橋，人們害怕傳染上狂犬病，潮水似地往後退卻。牠一步步跳過小石橋，跳進弄堂來。我想叫牠，但爸爸一隻大手用力捂住我的嘴，不讓我叫出聲來。他一定是怕湯圓聽到我的叫聲後，會朝我跳來，把可怕的狂犬病傳給我。

湯圓經過的地上，留下斑斑點點血跡。牠拐過牆根，一直朝前跳去。

「壞了，牠要回我們家去了。」媽媽帶著哭聲說，「牠會把狂犬病帶到我們家去的！」

「唉，這該怎麼辦呢？」爸爸的臉皺得像枚苦瓜。

湯圓跳到弄堂的丁字路口，突然停了下來。牠的左面是我家，牠的右面是老虎灶。牠臉朝著我家，默默站了一會，然後吃力地轉動那隻獨眼，東瞧西望，似乎在尋找什麼。

我突然扳開爸爸捂住我嘴的手，大叫一聲：

「湯圓！」

牠聽到我的叫聲了，偏仄腦袋，獨眼凝視著我，吱——最後叫了一聲，然後，倏地一個轉身，朝老虎灶連續蹦跳而去。

老虎灶裏的人爭先恐後逃了出來。牠徑直跳到爐膛前。爐膛裏燃燒著熊熊烈焰。牠在爐膛前停頓了一下。明亮的火光照耀著牠，牠的神態異常莊嚴肅穆。火苗從爐膛裏竄出來，炙烤著牠的臉，有兩根鬍鬚被點著了，燃起通紅的火星。牠彷彿受到了火神的召喚，緩慢地擺出躥躍的姿勢。

「湯圓，不——」我在爸爸的懷裏踢蹬著，掙扎著，扯開喉嚨拚命叫喚。但已遲了，牠縱身一躍，撲進爐膛。火焰像塊紅綢布，立刻把牠給裹了起來。

事隔三十三年了，當時的情景我還歷歷在目，記憶猶新。當我的好朋友湯圓跳進老虎灶烈焰翻滾的爐膛時，四周一片寂靜，所有在場的人都垂下了頭，爸爸媽媽的眼角還流出了幾滴羞愧的淚。

白斑母豹

渡過鱷魚灘，跨過野豬嶺，穿過魔鬼谷，登上禿鷲峰，你就能看見一棵被球狀閃電燒成焦炭的古榕樹，巫娘端坐在牛頭神椿上，手掐一串祖先傳下來的用虎豹豺狼狗牛馬豬羊騍鹿麂十二種走獸、二十四顆髕骨製成的大念珠喃喃說道，你站在死樹後面，背靠陽光，從丫型樹杈正中間直直向前望去，就能看見一隻骷髏形狀的石洞，貝朧，我的孩子，願狩獵精靈梢斯（**基諾族將獵神分為梢斯、扣摸和厚交三種，梢斯居首**）保佑你九年前咬死你阿媽的這頭畜牲，就棲身在那個骷髏洞裏。

月光下，巫娘皺紋縱橫、枯瘦乾癟的臉，顯得高深莫測，嘴角白沫氾濫，又吐出一句不友好、不中聽、不信任、不吉利的話來。你雙手捂住耳朵，不想聽清也不想記住巫娘最後一句話。

現代科學無法解釋巫娘到底是因具有人體特異功能，還是祖先傳下來的二十四顆走獸髕骨賦予了她某種超人的智慧，才使得她能占卜未來，預測凶吉，料事如神。你站在她指點的位置，果然聞到一股刺鼻的騷臭。你擰亮一次能裝六節一號電池的大電棒，把並不很深的骷髏洞照得賊亮。一頭渾身佈滿黑色金錢斑紋的母豹赫然映入你的眼簾。你迅速將手電筒光柱向上移到豹肚豹背、豹頸豹頭，光柱凝固，時間凝固，空氣凝固，你只聽得見自己的怦怦心跳。寬闊金黃平滑的豹額中央，有一塊形如蛤蟆、白如雪球的毛斑。

是牠！就是牠！果真是牠這該死的惡獸！

九年前，驕陽如火的夏日，阿媽用背簍背著你下山寨，到瀾滄江邊去採擷水蕨芨，剛走到山腳一片灌木林，腥風突起，吼聲震天，躥出一頭惡豹，那雙銅鈴豹眼死盯著阿媽背脊上的你，閃爍著饑饉貪婪的光。阿媽抽出象牙長刀左劈右砍，但到底不是惡豹對手，很快被豹爪撕爛衣衫，前胸血肉模糊。

才五歲的你，在阿媽背上嚇得嚎啕大哭，哭聲在空寂無人的山谷發出空洞的迴響。阿媽退到一座陡峭的石崖下。你至今都無法想像，當年阿媽是用什麼力氣、什麼技巧、什麼姿勢，沿岩羊和大青猴見了都要發愁的石崖向上攀爬了一丈多高。

阿媽剛解下背簍，擎過頭頂，把你放穩在一道石坎上，惡豹已追至石崖，縱身一撲叼住了阿媽的腳脖子，把阿媽拽墜下去。你居高臨下，目睹了阿媽葬身豹腹的全過程。這惡豹吃飽喝足了，竟然還大模大樣扯住阿媽隨身攜帶的花筒帕（**基諾族婦女繡製的一種款式古樸的挎包**）當手絹，揩揩嘴角和豹鬚上黏留的血漿。於是，你在一丈多高的石坎上，用淚眼死死盯住豹額上那塊蛤蟆形的白斑，咬碎自己的舌頭，立下一個帶血的誓言：

你長大成人後要做的第一件事情，就是找到這頭惡豹，親手剮下牠的腦殼，血祭親愛的

阿媽。

畜牲，出來吧！出來吧！你端平獵槍朝骷髏石洞高聲喊叫。九年前的血債今天要償還，九年前的仇恨今天要勾銷，九年前的冤家今天又相聚，九年前的誓言今天要兌現，我貝臘已經長大成人了！

十四歲在漢族看來還是個淘氣撒嬌、在學堂用功的讀書娃，你儘管也還在鄉中讀初一，但在基諾人眼裏，已經是個可以獨立闖蕩世界的成人了。今天清晨在山頂空曠的剽牛場寨子裏，三位頭髮雪白、鬍子雪白、眉毛雪白、年高德劭的老人，按基諾祖宗傳下的規矩，爲你主持了古老的成丁禮，那是告別童年進入成年的神聖禮儀。

你在熊熊燃燒的篝火這端，脫下用黃線在前襟和袖口繡有大象狗熊老虎蟒蛇象徵驅邪避凶圖案的娃娃衫，在金色的太陽面前，裸露被西雙版納炎熱的氣候和基諾山寨艱辛的生活催得早熟的身體，讓三位老人用石針、用苦艾、用酸醋，在你胳臂亞麻色的皮膚上，刺紋兩隻藍鳥的翅膀，象徵你將擁有森林、擁有河流、擁有藍天、擁有大地、擁有全部成年男人的自由。你跨過篝火，接過老人手中的一桿獵槍和一隻犁頭，穿起用紅線在坎肩上繡有月亮太陽星星山巒湖泊徽記圖案的成年男裝。

貝臘，基諾人的兒子，從此，你就有權像寨子裏所有的成年男子那樣去耕地、去割穀、去釀酒、去蓋房、去打獵，也可以去串姑娘，三位老人齊聲說道，貝臘，基諾人的兒子，願你成爲善良誠實、正直驍勇的男子漢。

你熱血沸騰，你終於等來了這一天，你終於可以實踐自己九年前立下的誓言了。

出來吧雜種！出來較量較量！你稚氣未脫的嗓音在怪石猙獰的禿鷲峰發出嫋嫋回聲。

石洞悄然無聲靜得像座墳。

畜牲！你想賴在洞裏不出來，你是孬種，你是懦夫，你是耗子養的膽小鬼。你害怕了，你發抖了，你想屈膝投降，你想乞求饒命，告訴你門都沒有！今天不是你死就是我活，你對著洞口厲聲叫罵。

呼嚕哈呼嚕哈，石洞裏終於傳出豹子的低嚎，聲音嘶啞如悲如嘆、如泣如訴、如詛咒如祈禱，有種力不從心的淒涼和無可奈何的感慨。你曾多次跟隨阿爸和舅舅攆山狩獵，也曾和山豹打過交道，卻還從未聽到過如此壓抑悲愴、驚心動魄的豹吼，你心生疑竇，好生奇怪，忍不住少年的探奇心理，再次擰亮了手電筒，聚光照亮豹額白斑，然後緩慢下移，滑過肉感極強的鼻吻，滑過醜陋的豹嘴，滑過柔軟的豹頸，滑過流線型的豹身，滑過又粗又長飾有十幾節棕色環帶的豹尾，突然看到了你不忍心看到的情景：

耷拉著的豹尾尾根正湧出一團團血沫，石洞地上已積起厚厚一層淤血，兩隻剛剛出生還沒有睜開眼的豹崽在汙血中蠕動，其中有一隻豹崽還裹著一層胞衣、還拖著一條臍帶。呸呸呸！你使勁往地上吐唾沫，原來是頭母豹，真晦氣，真倒楣，剛巧碰上牠分娩！

突然，你不願意聽清，也不願意記住，更不願意回憶的巫娘的最後一句話，這時鬼使神差般響起在你的耳畔：貝臘！你今天去也是白走一趟，你只能看看牠，但你殺不了牠。

呸呸呸！我貝臘不信神、不信鬼、不信祖先傳下來的二十四顆走獸髑骨，今天我非要宰了這畜牲不可。你撫摸著阿媽遺留下來的象牙長刀，和那被牠當過手絹揩嘴巴的花筒帕，惡狠狠對自己說。

管牠是難產是順產、是橫胎是豎胎，反正牠產後大流血，已虛弱得連豹尾都豎不起來，你正好不用費勁、不用麻煩，不用擔心牠凶蠻頑抗、趁虛而入，輕輕鬆鬆送牠上西天。母豹一死，兩隻初生豹崽也很快會餓死。

死就死，你貝臘管不了這麼多，牠是咬死你阿媽的仇敵，你不是菩薩，用不著跟牠講什麼客氣。你不在牠咽氣前當著牠的面用刀捅了牠的崽，讓牠母性的心連同生命一起破碎，算是便宜了牠！說到底，除惡務盡，斬草除根，不是你貝臘的新發明。

滾出來吧！畜牲，滾不出來你就爬出來！要不然，我就胡亂朝洞內放槍，把你們母子三個一起送進地獄，讓豹窩頃刻間變成豹墓。

你看見手電筒聚光下，牠吃力地扭過頭去，用豹牙咬斷一隻豹崽身上的臍帶，咬破那層胞衣，你看見牠輕輕把兩隻小豹崽從汙血中叼起，移到石洞底端一塊乾燥的地上，你看見牠伸出長長的粉紅色的豹舌，舔牠們身上的黏液，舔牠們身上的汙血，也許還在用舌尖傳遞母獸的戀情和母子生離死別的惆悵。

舔吧，舔吧，上了西天，你就舔不到你的小寶貝啦！

牠終於出來了，四肢彎曲，有氣無力爬到了洞口。牠嘴角抿動，豹鬚顫抖，眼皮微垂，銅鈴豹眼半睜半閉，黯然無光，似乎還蓄著一汪淚花。

你是鐵石心腸的男兒，天不怕地不怕，難道還會怕牠哭嗎？你手指扣住扳機，黑森森的槍口瞄準牠額上那塊致命的白斑。

牠的頭探出洞外，整個身體還留在洞內便不再動彈。牠懶洋洋地望了你一眼，便把花紋錦簇的豹頭向上翹昂凝望天空。天空落日噴著橘黃的光焰，寧靜深沉、莊嚴肅穆、儀態萬端、熱情而又冷漠地注視著大地。牠目光憂傷，一副聽天由命、絕望沮喪的表情。

牠爲什麼賴在洞口不出來？難道牠連在槍口下逃命的本能都喪失了？牠到底要幹什麼？牠究竟在想什麼？

牠身後是新生的豹崽，牠面前是象徵死亡的槍口。牠曉得自己產後虛弱的身體無法同你抗衡，因此放棄了反抗，也放棄了逃命。牠用自己的身體把狹小的骷髏形洞口堵得嚴嚴實實，是想擋住鉛彈不讓死神鑽進洞去。牠想用自己的生命在生與死之間設置一道障礙、劃一條鴻溝。

不不不，牠不可能這麼想。牠是蟊賊、牠是惡棍、牠是食人的生番，牠根本不配有這種高尚的母愛，有這種偉大的意志，有這種火熱的情懷，有這種赤誠的心胸，有這種無私的奉獻精神。你想，你努力地想，你使勁地想，牠是狗屎，牠是鼻涕，牠是無賴，牠是流氓，牠是痞子，牠是毛毛蟲，牠想裝出一副可憐相動搖你的意志、軟化你的決心、阻擋你的復仇衝動。

你到底才十四歲，還沒成熟到可以閉著眼睛說瞎話自己欺騙自己。你無法否認、無法回避、無法明明看見了裝著沒看見牠用身體堵住洞口這個鐵的事實。

滾出來！滾出來！滾出來！滾出來！

只要牠離開洞口，只要牠再向前走幾步，就足以證明牠在死亡面前膽怯了，害怕了，稀鬆了，魂飛魄散把剛產下的小豹崽棄之不顧，自己逃命要緊，就足以證明牠是標準軟蛋、雙重惡棍、一流孬種、超級懦夫、死有餘辜的冷血動物。你就有權開槍，你就理直氣壯地扣動扳機，你就心安理得地讓滾燙的鉛彈洞穿牠的軀體，你就無所顧忌地用鋒利的象牙長刀割下牠美麗的頭顱，你就問心無愧地將血淋淋的豹頭祭奠在阿媽墳前。

牠趴在洞口紋絲不動，像入定的和尚，像練瑜珈的術士，像沉思的哲人，在夕陽的照耀下通體金紅，像幅彩墨工筆畫，又像尊用紫銅澆鑄的塑像。

你忍無可忍，你氣急敗壞，你隨手撿起一塊帶稜角拳頭般大小的石頭，朝牠用力擲去，石頭也有靈性，石頭也講感情，石頭也體諒你的痛苦的心境，不偏不倚擊中豹額上那塊白斑，咚，這是你向牠擂動的戰鼓，向牠提出的挑戰，向牠發出的最後通牒。

白斑被尖銳的石頭砸出血洞來了，像朵盛開的罌粟花，又幻變成一串紅珠子滴進豹眼、滴進豹嘴、滴進豹鼻。牠只是輕輕甩了甩脖頸，只是鬱悒地、陰沉地、刻毒地、怨恨地瞥了你一眼，又像被釘子釘住了似的端然不動。

你食指扣在扳機上。這扳機彷彿有千斤重，你咬緊牙關，你使出吃奶的力氣卻也扣不動。

你不能讓牠死得那麼安詳，死得那麼鎮定，死得那麼光彩，死得那麼輝煌，死得那麼驚天動地，死得那麼震撼人心，死得那麼氣貫長虹，死得那麼光照日月。這吃人的惡豹牠根本不配這種死法。牠只配驚駭地死，牠只配猥瑣地死，牠只配醜陋地死，牠只配渺小地死，牠只配窩窩囊囊地死。

你朝天開了一槍，霰彈擊中巉岩，飛起漫天碎石、草葉和土屑。我再給你活兩年，兩年後的今天，我們再在這裏相會，那時，你的小豹崽已長大，你就沒有什麼牽掛，我也就可以安安心心剁下你的頭顱！

臨離開禿鷲峰前，你跺著腳向牠吼叫。你看見牠一雙豹眼又泛起晶瑩的淚花，似乎還輕輕地頷首點頭，這當然極有可能是你過分激動產生的幻覺。

光陰荏苒，日月如梭，花開花謝，春夏秋冬四季輪迴，候鳥歸去來兮，轉眼兩年過去了。你再次背著獵槍，挎著阿媽遺留下來的象牙長刀，懷揣那隻血跡斑斑的花筒帕登上禿鷲峰。

用紅黃藍黑四色彩泥把臉畫得奇形怪狀的巫娘在牛頭樁前攔著你說，貝臘，我的孩子！你一定要記住巫娘的話，不等牠醒來就朝牠開槍。

我會的，我會殺死牠的，我早已不是孩子了。

唉唉唉唉，巫娘在你背後發出一串吟唱般的陰沉沉的喟嘆。

這畜牲還真守約，還真準時，還真膽大妄為，還真吃了豹子膽。不不不！牠本來就有一顆邪惡的豹子膽。牠臥在骷髏形石洞前一塊荒草灘上，四隻豹爪前後趴開，那顆色彩斑斕的豹頭歪仄在胸窩間，豹眼閉闔，正在睡午覺。

山野靜悄悄，你猜想兩年前牠產下的那對豹崽已長大，並按自然規律離窩出走，脫離母豹，自己獨自闖蕩世界去了。再也沒有什麼東西能阻止你殺掉這頭該死的白斑母豹，為阿媽報仇雪恨了。

你坦蕩蕩、穩當當、雄赳赳、氣昂昂走到離牠二十米遠的一棵黑心樹下。

歲月不饒人也不饒豹，牠比兩年前蒼老得多了，銀白的豹鬚變得焦黃，並已脫落得稀稀疏疏，嘴角兩邊褶襇深得像挨過刀砍，眼角佈滿濁黃的眵目糊，毛色由金黃退化成土黃，金錢狀斑紋已不再凸突鮮亮呈立體感，而像是糊塗亂抹在身上。掐指算算，牠起碼也有十三歲齡，這對生活在亞熱帶叢林的山豹來說，已由壯年開始步入暮年。

你舉起獵槍，將準星缺口和豹額那塊白斑三點連成一條直線，剛想扳動槍機，又猶豫著垂下槍管。

牠正在睡覺，也許正做著一個活逮了一隻小黃麂，或者從山寨農夫的牲廄裏叼出一頭小伢豬的美夢，這樣開槍，牠死得沒有痛苦、沒有恐懼、沒有遺憾，讓牠揣著好夢離開這個世界，未免太便宜了牠。你沒讓牠認出你是誰，沒讓牠品味復仇的苦澀，沒讓牠在槍口下顫抖，沒讓牠為自己十一年前犯下的滔天罪行後悔，似乎這仇報得還不夠徹底，還難解你的心頭之恨。

你不是普通的狩獵，不是一般意義上的射殺。你要弄醒牠，中斷牠的好夢，強迫牠從美妙的夢境回到嚴酷的現實中來。你要讓牠看清楚站在牠面前的復仇使者是誰，讓牠醜陋的靈魂受到毀滅性的震動，讓牠驚駭變色，讓牠發瘋發狂、咆哮如雷、暴跳如雷、張牙舞爪、氣勢洶洶朝你撲過來。你將巍然不動屹立大地，俐落乾淨地一槍擊碎牠的頭顱。

這才夠味，這才精彩，這才驚天地泣鬼神，這才能渲洩盡憋在胸臆十一載的那口惡氣，這才能讓阿媽在九泉下露出欣慰的笑。

你把被阿媽鮮血浸泡過的、又被梅花型豹爪踐踏過的花筒帕揉成團用力拋過去。帶血的筒帕在藍天白雲間劃出一道彩虹般瑰麗的弧線，落到牠的前爪上。

醒醒吧！醒醒吧！你的末日已到，我很快會讓你如願以償，長眠不醒的。

牠慢吞吞睜開眼，又慢吞吞用兩隻前爪摟住花筒帕，放在鼻子底下嗅嗅聞聞。這是牠十一年前犯罪時留下的罪證，也是打開記憶的閘門。果然，這畜牲惺忪睡眼裏掠過一道驚悸的光。

你以為牠會站起來，會兇猛地撲過來，可你想錯了，牠眼中那道驚悸的光似流星般閃亮了一下，又很快熄滅，面部猙獰的表情也稍縱即逝，牠又懶洋洋閉闔銅鈴豹眼，發出咕嚕咕嚕的鼾聲。

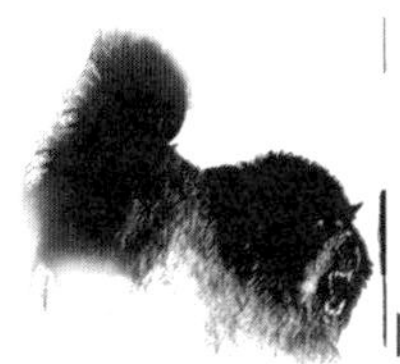

牠怎麼可能在槍口下還呼呼大睡睡得這般香甜、睡得這般安逸？你突然看見牠兩隻像菩提樹葉狀的招風耳在劇烈抖動，這無疑是個破綻，暴露了牠極不平靜的內心世界。

牠是在裝睡，你恍然大悟。霎時間，你產生了一種被欺騙、被奚落、被捉弄、被侮辱的感覺。這該死的畜牲，牠憑著銳利的視覺和靈敏的嗅覺，其實早就看見你，並認出你的身分，識破你的來歷，洞悉你的企圖。牠假裝入睡，是牠覺得自己偉大、自己強壯、自己兇猛、自己是強者；牠不願和你正面交鋒，是牠覺得你渺小、你單薄、你孱弱、你是個孩子、你是個弱者。牠願意讓你不費吹灰之力就射殺牠，其實是對你的一種可憐、一種同情、一種憐憫、一種恩賜、一種施捨、一種居高臨下的慷慨。

也許牠放棄自衛權利，是因為兩年前你沒捨得朝牠開槍，讓牠苟活至今，並使牠兩隻小豹崽也得以保全性命，但即使牠真的出於這個不算太卑鄙的動機，也絲毫不能減輕你的憤懣。你已十六歲，你兩年前就舉行過成丁禮，你已有權犁地蓋房、祭神剽牛串姑娘，你雖然個頭還沒長夠，但身上已長出銳角狀的肌肉，嘴唇已長有一圈淡褐色的髫鬚，你早已不是孩子了。你不需要廉價的同情、虛假的憐憫，並最最痛恨誰把你當小孩耍。

起來！站起來！滾起來！爬起來！躥起來！撲起來！你這衰老的母豹！你這生命之火已快熄滅卻還要裝腔作勢、自以為是強者的愚蠢的傢伙！

「砰——」你咒罵著扣動了扳機，但槍管卻有意識地向上抬高了半寸。霰彈帶著魔鬼般的呼嘯撲向前去。那顆能致牠以死命的主鉛彈貼著牠的額頂飄向天空，火藥星子噴濺在牠臉上，燒焦了白斑，燙傷了豹鬚，熏黑了豹鼻，灼疼了豹眼，好幾粒綠豆般大小的霰彈鑽進豹臉，雖不至於要牠命、奪牠魂，卻也鑽出一個個小血洞，湧流出一條條小溪般的汙血。

牠終於站起來了，牠終於被激怒了，濃重的血腥味使牠野性勃發，牠伸長脖頸吼叫一聲，似雷、似鼓、似鑼、似天崩、似地裂，震得山搖地動，一隻躲在樹上的白鷳被嚇得肝膽俱裂，摔落下來，嗚呼哀哉。牠前爪堅挺，後爪微曲，流線型的美麗的身軀騰空而起，氣勢磅礴地朝你撲壓過來。

牠被汙血和火藥弄得醜陋不堪的豹臉痛苦地扭曲著，滿口結實的雹牙像排列整齊的琴鍵在彈奏死亡之曲。牠雖然步入暮年，但並未徹底衰老，威風尚在，銳氣不減，要與你拼個魚死網破。

這才叫復仇，這才叫狩獵，這才叫生活，你在心裏喝采叫好。

你使用的是每發射一次就必須重新裝填一次火藥鉛巴的老式火藥槍。你輕蔑地笑笑，將空膛獵槍扔進草叢，嗖的一聲，抽出阿媽遺留下來的那柄象牙長刀，縱身一躍，帶著男子漢的尊嚴，帶著人類的尊嚴，向白斑母豹迎去。

少年獵手和白斑母豹在空中相遇撞了個滿懷。你只感覺到雙臂一麻，長刀已砍進豹腹攪出一團腥熱、一團骯髒。也就在這時，白斑母豹兩隻前爪搭在你肩上，沉沉的像壓著一座山血盆大口，沒容你躲閃便咬住了你的喉管。

你這才想起臨行時巫娘的警告和她那串吟唱般的陰沉沉的喟嘆。你只想有機會對好心的巫娘發出一個表示歉意的微笑。你對你自己的選擇決不後悔。

你和牠直立著摟抱著，互相充滿敵意地對視著。你滿臉驕傲和自信，牠也沒半點恐懼和絕望。也不知過了多久，牠銅鈴似的豹眼慢慢閉闔、沉重的身軀訇然歪倒。你窒息的喉嚨頓時一陣舒暢，牠到底倒在了你的前頭，你痛快酣暢地吐出最後一口血沫。

只有夕陽若無其事地冷峻地注視著大地。

沈石溪作品集

軍犬與藏獒 地上生靈【新封珍藏版】

作者：沈石溪
發行人：陳曉林
出版所：風雲時代出版股份有限公司
地址：10576台北市民生東路五段178號7樓之3
電話：(02) 2756-0949
傳真：(02) 2765-3799
執行主編：朱墨菲
美術設計：許惠芳
行銷企劃：林安莉
業務總監：張瑋鳳

出版日期：2018年10月
版權授權：沈石溪
ISBN ：978-986-352-633-9
風雲書網：http://www.eastbooks.com.tw
官方部落格：http://eastbooks.pixnet.net/blog
Facebook：http://www.facebook.com/h7560949
E-mail：h7560949@ms15.hinet.net
劃撥帳號：12043291
戶名：風雲時代出版股份有限公司

風雲發行所：33373桃園市龜山區公西村2鄰復興街304巷96號
電話：(03) 318-1378
傳真：(03) 318-1378
法律顧問：永然法律事務所 李永然律師
　　　　　北辰著作權事務所 蕭雄淋律師

行政院新聞局局版台業字第3595號 營利事業統一編號22759935

定價：300元

國家圖書館出版品預行編目資料

軍犬與藏獒：地上生靈 ／沈石溪 著. -- 臺北市：風雲時代，2018.09- 面；公分

ISBN 978-986-352-633-9 （平裝）

857.63　　　　107012028